KB253235

토바코대륙
루멘대륙
엘프하임
플레이트
나이틀리던전
게벨던전
아리엘 대산맥
아벨왕국
록트왕국
티러스산맥
드워프
엘프마을
헤네시 제국
필립공국
그리니치
셸턴
몰오르
카트나제국
드워프
마을
중앙해역
첼시공국
피델리공국
켄트왕국
델라
론랜드
파비앙
콘라드왕국
페타왕국
루멘제국
루메리아
플레타
바실
아스턴산맥
쿠페라 왕국

라일특구
1군
1군
메린
근위군
랭버
솔즈
자유로
미쉘
보레
엘프하임
아벨수도
베른
에던
2군
2군
베론특구
록트리아
제피
플레이르
에우로
링켈
로엘
악튜
피렌
피렌 소산맥
델리언
라팅
노토
밀노
브렌토강
골로니
커스팅
3군
3군
타린
갈리언
에그테르
올리브강
레켄
5군
천국의 길
벤시
4군
앨버
앙겔스
벨라시
나이틀리 던전
1군
세라노시
컬리
탈라
1군
시온
마라
필립수도
켈포크
아크라
2군
레이드
아가르
타나
엘민
그리니치수도
2군
하버
아덴
3군
아부로
카트나제국 제1주둔군

톡트리온

LOCKTRION

정향 판타지 장편 소설

록트리온 1

정향 판타지 장편 소설

초판 1쇄 찍은 날 § 2006년 8월 22일
초판 1쇄 펴낸 날 § 2006년 8월 31일

지은이 § 정향
펴낸이 § 서경석

편집장 § 문혜영
편집책임 § 문정흠
편집 § 최하나

펴낸곳 § 도서출판 청어람
등록번호 § 제1081-1-89호
등록일자 § 1999. 5. 31
어람번호 § 제1-0739호

주소 § 경기도 부천시 원미구 심곡1동 350-1 남성B/D 3F (우) 420-011
전화 § 032-656-4452 팩스 § 032-656-4453
http://www.chungeoram.com
E-mail § eoram99@chollian.net

ISBN 89-251-0285-4 04810
ISBN 89-251-0284-6 (세트)

정향 판타지 장편 소설
Fantasy Frontier Spirit

①

LOCKTRION

독트리온

도서출판 청어람

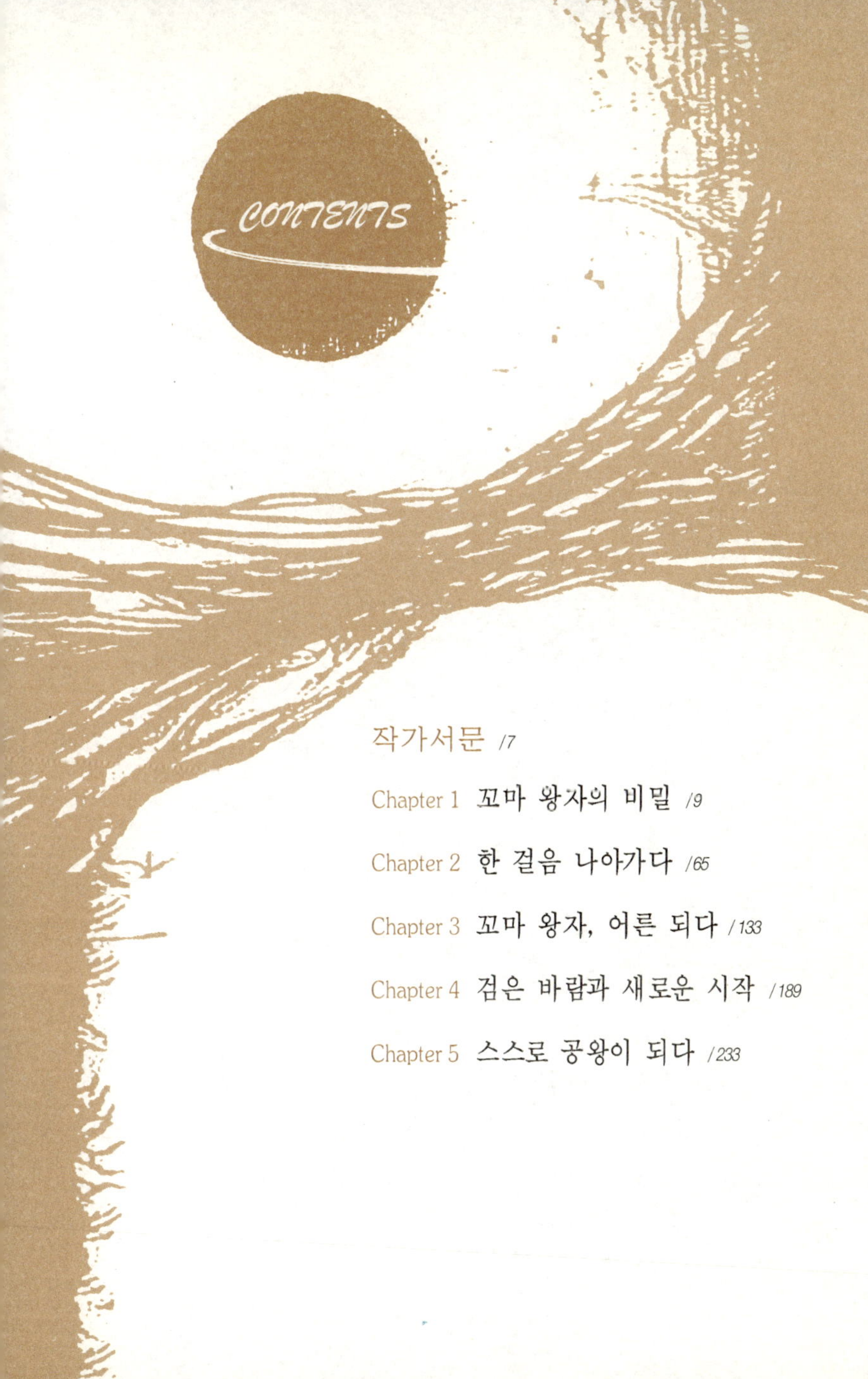

CONTENTS

작가 서문(序文)

처음 글을 씁니다. 많이 부족합니다.

평소 영지발전물을 너무 좋아해서 영지발전물 책들을 주로 보아왔습니다. 이것 또한 영지발전물입니다. 다만 영지에서 시작하는 것이 아닌 왕국의 왕자로 시작합니다.

읽기만 하던 제가 책을 내면서 많은 고민을 했습니다. 처음 글을 쓰고 그것을 책으로까지 내게 될 것이라고는 생각지 못했기 때문입니다.

하지만 이것 또한 나의 인생의 전환점이 되지는 않을까 하는 기대로 출판을 결정하게 되었습니다.

앞서 말씀드린 대로 많이 부족합니다. 다만 한 권 한 권 쓰면서 더욱 나아지는 모습을 보여 드리기 위해 최선을 다하겠습니다. 이 책을 집어주신 모든 분들께 고개 숙여 감사를 드립니다.

—정향(靜香).

Chapter 1

꼬마 왕자의 비밀

갈색 머리에 이목구비가 또렷하고 양 볼에 남아 있는 젖살
로 더욱 귀여워 보이는 한 꼬마 아이가 소파 뒤 맨바닥에 잠
들어 있었다.

조금 전까지 자신의 시녀들과 궁 안에서 숨바꼭질 놀이를
하던 꼬마 왕자 샤가 작은 발로 열심히 뛰어 숨은 곳은 상왕
의 집무실이었고, 집무실 한쪽 소파 뒤에 숨어 있던 샤는 시
녀들이 한참 동안 찾으러 오질 않자 기다리다 지쳤는지 자신
도 모르게 잠이 들어버리고 만 것이다.

그 시간, 샤를 찾아야 하는 샤의 놀이 친구 겸 시녀인 에이

프릴과 메이는 따로 떨어져 샤를 찾던 중 에이프릴은 시녀장을 만나 심부름을 하고 있었고, 메이는 시종장의 심부름을 하고 있었다. 아직은 어린 나이에 생각이 깊지 못한 두 시녀는 궁에 들어온 지 얼마 안 되는, 이제 막 15세가 된 소녀들이었다.

두 소녀는 심부름에 정신이 팔려 있었다. 그녀들에겐 왕자보다 항상 자신들을 무섭게 다그치는 시녀장과 시종장이 더 무서웠기에 왕자는 까맣게 잊어버리고 있었다.

심부름을 마친 후 그들의 근무처 겸 숙소인 2왕자궁으로 돌아온 둘은 서로를 보며 당황스러워하고 있었다. 서로를 믿고 심부름을 마치고 왕자궁으로 돌아온 두 시녀는 왕자가 보이지 않자 서로에게 물었다.

"너, 왕자님은 어쩌고 혼자야?"

"넌 왕자님이랑 같이 안 있었어?"

"꺄~악!"

항상 사고를 치며 주위 사람들의 간담을 서늘하게 하는 이 두 시녀가 또 한 건을 한 것이다. 지금 둘은 달리고 있었다. 왕자궁 주변을 아무리 찾아보아도 샤는 보이질 않았다. 순식간에 궁 안이 발칵 뒤집힌 것이다. 왕국의 2왕자 샤는 잠시간이지만 잊혀진 채로 버려진 것이다.

"학교 다녀오겠습니다."

"그래, 우리 아들, 잘 갔다와~"

여섯 살 정도로 보이는 검은 머리에 검은 눈동자의 귀여운 아이가 학교를 가기 위해 문 앞에 서서 인사를 하고 있었다.

그 아이는 금세 커서 다른 아이들과 축구를 하고 있었다. 축구를 하던 아이는 여자 친구를 사귀었는지 수줍어하며 여자 친구와 맑은 개천을 따라 걸으며 쉬지 않고 이야기를 나누었다.

어느덧 그 소년은 청년이 되어 군복을 입고, 소총을 들고, 철망 밑을 비지땀을 흘리며 기어가는 훈련을 받고 있었다. 순간 청년의 모습이 변하여 말끔한 정장에 푸른 넥타이를 매고 열심히 일하는 모습도 보이고, 어린 시절 청년의 옆을 걸었던 소녀가 어느새 숙녀가 되어 청년과 팔짱을 끼고 서로를 웃는 얼굴로 바라보며 거리를 걷는 모습도 보였다.

결혼을 하고 아이가 태어나고, 아이가 학교를 들어가고, 그렇게 그 청년은 아버지가 되고 나이가 들어갔다. 그리고 정년퇴직을 하고 나이가 들어 부인과 시골의 전원주택에서 텃밭을 일구며 살아가는 굴곡없는 평범한 삶이 현실처럼 샤의 눈앞에 펼쳐지고 있었다.

샤는 꿈을 꾸고 있었다. 꿈속 주인공과 자신이 동화되며 마치 지난 과거를 회상하는 것 같은 느낌이 생생하게 각인되고 있었다. 꿈에서 깨어 천천히 눈을 뜨고 있을 때, 누군가가 다가오며 자신을 부르는 소리가 들려왔다. 샤에게 익숙한 모습과 목소리였다.

"왕자님, 괜찮으세요?"

"음, 에이프릴. 왜 이제 와? 내가 얼마나 기다렸는데!"

"흑흑! 왕자님, 죽을죄를 지었어요."

두 시녀는 샤를 찾아 다행이라 생각하면서도 자신들이 저지른 죄를 알기에 어떤 일이 벌어질지 두려움이 앞섰다. 벌써 왕자궁 안이 발칵 뒤집혔기 때문이다.

내성 안의 모든 사람들은 지금 이 순간에도 사라진 2왕자를 찾기 위해 분주히 돌아다니며 왕자를 부르고 있었다.

"샤 왕자님, 어디 계세요?!"

아직도 밖에선 이 소리가 들린다. 지금 들리는 목소리는 빌일 것이다. 그때 시종장 빌의 목소리가 가까이에서 들려왔다.

강한 인상과 고집스러움이 느껴지는 눈매와 단단한 체구가 인상적인 빌은 전혀 시종장 같지 않은 외모를 가지고 있어 처음 마주치는 사람들이 느끼기엔 근위기사라고 착각하게 했다. 그런 덕분에 빌은 시녀들과 시종들에게는 두려움의 대상이었다. 하지만 샤에게는 더없이 친근하고 푸근한 사람이었다.

샤는 빌의 소리에 까치발로 밖을 내다보며 한창 정신없이 자신을 찾고 있는 시종장을 소리쳐 불렀다.

불안한 표정으로 샤를 부르던 빌은 샤의 목소리에 고개를 돌렸다. 아직 국왕과 왕비가 모르고 있는 지금 찾지 못하면 자신뿐만 아니라 샤의 시녀들까지 모두 죽음을 면치 못할 것이란 생각에 불안해하며 샤를 부르던 빌이 안도의 한숨을 내쉬었다.

"빌, 나 여기 있어!"

"왕자님, 괜찮으세요?"

"응! 숨바꼭질한 건데 당연히 괜찮지!"

"네. 괜찮으시다니 다행입니다, 왕자님."

말은 부드럽게 하지만 샤의 옆에 서 있는 에이프릴과 메이를 향해 강렬한 눈빛을 보내고 있었다.

둘은 빌과 눈이 마주치자 고개를 푹 숙였다. 할 말이 없었다. 둘이서 여섯 살 꼬마 하나를 못 돌보다니, 이젠 죽었구나 싶었다. 샤는 그런 상황과는 상관없는 듯 에이프릴의 손을 잡아끌며 밖으로 나가자는 신호를 보냈다.

"에이프릴, 가자~"

"네, 왕자님."

"에이프릴, 배고프다. 밥 먹으로 가자."

'이런, 그러고 보니 왕자님께선 점심 식사도 거르셨구나. 에휴~'

둘은 이번 일을 왕비나 국왕이 알면 필히 최소한 죽음이라고 생각했다.

샤와 왕자궁으로 가며 에이프릴과 메이는 착잡한 심정이

었다. 일이 꼬이려고 하니까 평소에는 시키지도 않던 급한 심부름을 둘 다 하게 되고, 확인도 안 하고 서로를 믿어버리는 실수까지… 정말 되는 것이 없는 둘이었다.

아니나 다를까, 왕자를 다른 시녀들에게 잠시 맡기고 둘은 시종장에게 불려갔다.

"아무리 왕자님이 어리고 두 사람을 잘 따른다지만 어떻게 그렇게 정신을 놓고 다닐 수가 있는지, 정말 내 머리로는 이해할 수가 없다! 국왕 전하와 왕비 마마가 모르셔서 다행이지 아시게 되었더라면 나까지 죽음을 면치 못했을 것이 아니냐! 만약 한 번만 더 이런 일이 벌어지면, 필히 두 사람은 왕비 마마에게 아뢰어 죽음을 면치 못할 것이다! 알겠느냐?!"

시종장 빌은 너무도 화가 나는지 얼굴에선 차가운 냉기가 흘렀다.

"네, 시종장님."

둘은 동시에 바닥을 보며 굳은 얼굴로 다행이라고 생각했다.

간혹 다른 왕국은 귀족과 눈이 마주쳤다는 이유만으로 죽임을 당했다는 이야길 평소 자주 들었기 때문이다.

샤는 점심을 먹고 자신의 침실로 와서 꿈을 생각했다. 너무나 실감나는 꿈, 자신의 이야기 같은 낯설지 않고 친숙한 꿈속의 일이 자꾸만 생각났다.

'꿈속의 세상은 너무나 친숙하면서 낯설구나! 하늘을 날아다니는 기계며 불을 뿜어내는 총이라니! 아, 그런데 내가 총이라는 이름을 어찌 알았지?

샤는 자신이 꾸었던 꿈속 세상에 나오는 기물의 이름을 자신이 자연스럽게 알게 되었다는 것이 너무도 신기했다. 한참을 꿈속에서 보았던 것들을 떠올리며 고민해야 했다.

며칠이 지나 샤는 다시 그와 비슷한 꿈을 꾸게 되었다. 당혹스러웠다. 짧으면 이틀, 길면 5일에 한 번씩 비슷한 꿈을 꾸는 것이다. 마치 머릿속에 각인되듯 꿈은 또렷하고 생생하게 머릿속에 저장되고 있었다.

꿈의 내용은 매번 달랐는데, 어떨 때에는 그가 장군으로 나와 수만의 병사를 거느리고 나라를 지키기 위해 전쟁을 하는 꿈을 꾸기도 했다. 이럴 때 잔혹한 전쟁의 참상이 그대로 전해지며 잠결에도 안타까운 마음에 눈물을 흘리며 잠에서 깨어나기도 했다.

대문호가 되어 한 줄의 글을 쓰기 위해 몇 날 며칠을 고생하는 모습이 보이고, 그렇게 완성된 한 권의 책을 보며 기뻐할 땐 기쁨의 감정도 따라서 느끼는 샤였다.

다른 꿈에서는 독실한 종교인으로, 신을 향해 모든 인간의 평화와 행복을 위해 간절히 기도하는 마음에 저절로 동화되어 꿈속임에도 따라서 기도를 드렸을 정도로 감정 이입이 되는 것이다.

"어찌하여 당신의 자식들을 버리시나이까? 당신의 자식들이 서로를 시기하며, 자신의 이익을 위해 자신의 형제들과 칼을 겨누고 싸움을 그치지 않습니다. 진정 인간이란 그런 존재입니까? 신이시여! 저의 목숨을 받으시고 인간들의 원한을 거두어주소서!"

처절한 울부짖음으로 기도를 드렸지만, 결국 인간들의 전쟁과 죄악은 사라지지 않았다.

어떤 날은 원주민의 부족장이 되어 외부에서 쳐들어오는 낯선 인간들과 끝없는 전투를 했는데, 그 싸움은 끝이 없었다. 낯선 외부인들은 끝없이 신무기들을 들고 밀려들어 왔는데 자신의 일족과 원주민들은 끝없이 죽어나갔다. 결국 땅을 뺏기고 서러운 지배를 받는, 너무도 안타깝고 비통한 삶을 살아야 했다. 샤의 이름은 '바람의 전설'로 불리웠다. 일족 최고의 전사로 결국 일족과 최후의 결사대를 만들어 싸우다 적의 신무기에 몸이 난자당하여 죽어갔다. 샤는 꿈을 꾸고 나서 한참을 울어야 했다.

"아! 인간은 잔혹하고 이기적이구나! 어찌 착하기만 하고 순박한 이들을 이리도 핍박한단 말인가!"

　상인이 되어 많은 곳을 돌아다니며 장사를 하는 꿈도 꾸었다. 어느 날은 여행가가 되어 새로운 땅을 찾아 목숨을 걸고 여행길을 떠나는 모습도 보았고, 한 나라의 재상이 되어 나라의 발전을 위해 밤새워 가며 일하는 그를 반역이라는 누명을 씌워 죽음으로 몰고 가는 삶도 살아야 했다.
　꿈속에는 수많은 종족과 수없이 많은 언어와 문화가 보였는데 모두 이해를 하고 이름을 기억하고 있다는 것이 샤는 참으로 신기했다.

　어느 날이었다. 샤는 자신의 꿈에 관한 비밀을 알게 되었다. 정확히는 그것 또한 꿈을 통해 알게 된 것이다.
　"아! 나의 전생이었단 말인가?"
　꿈속의 주인공은 죽기 전에 다음 생을 이야기하였다.
　'다음 생은 이처럼 어리석게 살지 않으리라.'
　억울하게 죽거나 아쉬움이 남는 삶을 살았을 때의 꿈속 주인공들의 마지막 대사였다. 샤는 그것으로 알아버린 것이다. 자신이 꾸었던 꿈이 자신의 전생이었다는 것을. 그리고 또다시 고민이 시작되었다.
　"신벌일까, 아니면 난 특별한 존재일까? 그도 아니라면 난 돌연변이 인간일까?"

며칠을 두고 샤는 고민에 빠져야 했다. 자신의 존재에 대해, 전생의 기억에 대해 누구와도 의논할 수가 없었다. 아니, 의논한다고 해결될 문제가 아니라는 것을 알고 있었다. 그것 또한 전생의 기억을 통해서 말이다.

샤는 한동안 하던 고민을 하지 않기로 했다. 전생을 기억하는 삶이 그에게 주어진 운명이자 숙명이라면 담담히 받아들이기로 하였다. 고민을 한다고 당장 해결될 문제가 아니라는 것이 결론이라면 결론이 된 것이다. 모든 것이 신의 뜻일 것이라고 생각되었다.

전생의 기억을 뒤로하고 샤는 이곳의 상황을 생각했다. 앞으로 살아야 할 곳이니 궁금증이 생기는 것은 당연했다. 어느새 샤는 겉모습은 여섯 살의 꼬마지만 전생의 기억을 어느 정도 찾음으로 인해 노회(老獪)한 노인 같은 생각을 하게 됐다. 주변을 보는 시각과 받아들이는 느낌이 달라진 것이다.

"이곳은 전생과 비교하면 문명의 초기 단계로 들어서는 곳이겠구나."

샤는 온 가족이 함께하는 아침 식사를 하려고 식탁에 앉았다.

그전에는 당연하게 받아들였던 것이 새삼스럽게 다가왔

다. 모든 그릇과 잔은 은과 금으로 만들어져 있다. 물론 도금한 것들일 거라고 생각했다. 그리고 뒤에서 시녀들이 일일이 모든 일에 시중을 들고, 하다못해 세수하는 것, 잠자리에 드는 것, 옷을 갈아입는 것까지 시녀들의 손에 의해 이루어지고 있었다.

샤는 온 가족이 함께한 아침 식사를 마칠 때쯤 글을 배우고 싶다고 아버지인 록트 국왕에게 말하자 아버지인 록트 국왕을 비롯한 상왕과 가족들이 모두 샤를 보며 놀라는 눈치였다.

왕자는 8세가 되면 스승을 정해 공부를 시작한다. 그때가 되면 왕국 내의 덕망 높은 학자나 마법사를 초빙해 왕자를 위한 교육을 담당케 하는 것이다. 아직은 2년이나 뒤의 일인 것이다. 아이들이 먼저 공부하고 싶다고 하는 경우는 거의 없다. 공부란 것에 대한 인식조차 없다는 것이 맞을 것이다. 전생 같으면 여섯 살의 나이라면 외국어에 각종 교육을 받아 상당한 지식을 가지고 있을 나이지만, 이곳은 8세가 되어야 배움을 시작하는 곳이었다.

샤는 가족들의 반응에 의아해하였다.

'왜들 그러지?'

상왕은 그런 샤를 보며 기특한지 웃음을 보이며 물었다.

"허허, 우리 손자가 글을 배우고 싶다고? 글은 배워서 뭘 하려고 그러느냐?"

아직은 어린 꼬마인 여섯 살의 샤가 먼저 글을 배우고 싶다고 하니 왜 배우고 싶어하는지 묻는 상왕이었다. 상왕의 질문에 또렷한 눈빛으로 또박또박 대답하는 샤였다.

"네, 상왕 전하. 글을 알면 재미있는 이야기가 많이 적혀 있는 책을 직접 읽을 수 있잖아요. 그래서 글을 배우고 싶어요."

그런 샤의 대답에 국왕은 스승을 알아보아야겠다는 생각을 하며 샤에게 다정하게 말을 하였다.

"글을 배우고 싶다고 먼저 청을 하니 대견하구나. 너의 청을 받아주마."

국왕은 고개를 돌려 왕비를 보며 샤의 스승을 구해주라고 이야기했다. 아무리 자식이고 왕자의 일이라지만 한 나라의 국왕이 일일이 모든 것을 처리할 수는 없기 때문이다.

"왕비는 샤의 글 스승을 구해주구려. 짐은 기사단장에게 이야기하여 검술 스승을 알아보라 일러두겠소."

"예, 전하. 준비하겠습니다."

샤는 아버지와 어머니의 이야길 들으며 현재 자신의 가족들을 생각해 보았다. 이제 어른의 생각을 하게 된 샤는 자신의 가족이 전생의 왕국 왕족들과는 다른 특이한 가족이라고 생각했다.

상왕인 마르텔 폰 록트리온은 평생 왕보다는 한 명의 마법사로 살기를 원하며 그렇게 살기 위해 노력했지만 왕세자라는 신분 때문에 그렇게 살지 못했다.

상왕이 국왕으로 있을 당시 그는 자신의 동생을 보며 항상 부러워하였다. 동생은 꿈이었던 마스터의 단계를 이루기 위해 대륙의 여러 왕국과 영지들의 검술 대가들을 찾아다니며 배움을 얻고 대련을 통해 검술의 경지를 높일 수 있었기 때문이다. 그것은 그에게 씌워진 짐이 없었기에 가능했다. 항시 자신의 꿈인 대마법사가 되길 염원했던 상왕은 이십여 년 전 자신이 살 날이 얼마 남지 않았다고 공표(公表)하고, 자신의 딸 넷과 외아들을 불러 모아놓고 왕위를 아들에게 넘기고 상왕으로 물러났다.

물론 그것은 마법에 매진하기 위한 그의 잔머리였다는 소문이 있었다. 그렇게 상왕으로 물러나고도 이십여 년을 더 살았으니 아마도 주위의 말이 맞는 것 같다. 참 해외 토픽감이다. 마법사가 되기 위해 왕위를 일찍 아들에게 넘겨 버린 왕이라니 말이다.

샤의 어머니인 베일리 폰 록트리온은 동남쪽에 있는 필립 공국의 제1공주였다.

본래 카트나 제국 후작가의 아들과 약혼한 상태에서 결혼을 얼마 남기지 않고 후작가의 아들이 떠돌이 기사와 목숨을 걸고 결투를 하다 죽어버렸다.

어머니가 하는 말로는 슬퍼해야 하는데 너무 기뻤다고 한다. 그 후작가의 아들이 오우거 같은 사람이었기 때문이라고 한다. 힘만 세고 정말 볼품없는 외모에 왕자병까지 있는, 네 가지가 상당히 없는 사람이었단다. 나중에 밝혀진 사실이지만 그 떠돌이 기사는 바로 샤의 아버지였다.

샤의 아버지는 젊은 날 상왕의 동생이며 왕국제일의 검으로 최연소 소드 마스터에 오른 메린 공작에게 검을 배우고 자신감에 차 있었다. 샤의 아버지는 대륙 횡단 여행을 했다고 한다. 수많은 죽을 고비를 넘기며 익스퍼트 상급의 경지를 이루고 왕국으로 돌아오던 중 우연히 말려든 싸움에서 제국 후작의 아들을 죽이는 일이 있었다는 것이다.

그리고 왕국으로 돌아와 우연찮게 필립 공국의 제1공주를 아내로 맞이하게 된 것이다.

샤의 형은 말 그대로 모범생이다. 좀 답답한 면이 없지는 않지만 심성이 착하고 천성이 남을 배려할 줄 아는 성품이라 주위의 평이 좋은 편이다.

형제 간이라고는 하지만 여덟 살의 나이 차이로 인해 형과는 많은 시간을 보내지는 못했다. 1왕자인 형은 무슨 할 일이 그렇게 많은지 매일같이 공부와 수련, 그리고 아버지를 따라다니며 업무를 배우느라 휴식 없이 바쁘게 지내고 있어서 샤와 놀아줄 시간적 여유가 없는 것 같아 보였다.

물론 사춘기의 나이에 접어든 샤의 형이 샤와 놀아줄 정도로 한가롭지도 않았을 것이다.

여하튼 샤의 가족은 록트 왕국의 주인이며, 백성들의 절대적인 지지를 받는 보기 드문 왕족이었다.

샤는 아침 식사 후 자신의 궁으로 와서 여러 가지 생각을 하며 시간을 보냈다. 생각의 결론은 여행을 하고 싶다는 것이었다.

이 행성과 자신의 나라를 알기 위해서, 또한 새로운 세상에 대한 탐구욕에 여행을 하고 싶다는 생각이 간절했다. 하지만 아직 샤는 여섯 살의 꼬마였다. 최소한 15세가 되어 성인식을 할 때까지는 왕궁을 벗어날 수가 없었다. 샤는 대륙 횡단 여행이라는 큰 목표 하나를 적어놓고 그것을 이루기 위한 준비를 시작했다.

며칠 후, 샤는 두 명의 스승을 만날 수 있었다. 6서클 유저인 론 허버드와 소드 익스퍼트 상급이라고 하는 기사 파렐이었다.

론은 궁정마법사로, 궁정마법사는 8서클 유저인 대현자 한 명과 6서클 마스터인 현자 세 명, 그 외 각 서클의 마법사들로 백여 명이 있었다. 궁정마법사로 소속되지 않은 마법사는 자유마법사로 소속 없이 자유로이 연구하며 생활하는 마법사들로 그 수가 매우 적다.

이곳의 마법사들은 각 속성 별로 각기 다른 능력과 속성을 지니고 있는데 론 같은 경우는 전격 계열의 마법사로 라이트닝 볼트, 체인 라이트닝 노바 같은 마법을 사용한다.

최상위로 9서클에 이르면 기가 썬더라는 구름이 몰려오고 폭풍과 비를 동반하며 하늘에서 낙뢰를 내리치게 하는 대단위 공격 마법을 사용할 수 있다고 한다.

물론 그것은 9서클에 올라서야 할 수 있다는 것이다. 여하튼 왕국의 마법사는 기사에 비해 적은 수이기도 하지만 그들이 만들어내는 마법 물품과 군사적인 필요성이 높기에 좋은 대접을 받는 존재들이기도 했다.

파렐은 왕국기사단 서열 10위 안에 드는 실력자이긴 하지만 정식 왕국의 기사는 아니다. 엄밀히 말하면 필립 공국에서 기사 작위를 받고 당시 필립 공국의 베일리 제1공주의 호위기사단 중 한 명이었는데, 베일리 제1공주가 록트 왕국으로 시집을 오면서 따라온 20명의 기사 중 한 명이었다. 물론 그 베일리 제1공주는 샤의 어머니였다.

처음 록트로 따라온 것은 왕비의 호위를 하기 위함이었지만, 국왕의 명으로 왕비의 호위를 국왕의 호위기사단이 맡으면서 사실상 할 일이 없어진 파렐은 훈련만을 할 수밖에 없었다.

그러한 이유로 파렐은 15년간 오직 훈련만 한 것이다. 그렇게 훈련에만 집중한 결과 실력이 일취월장했다고 보면 될 것이다.

파렐과는 오전에 두 시간의 훈련을 하고, 나머지 시간은 론과 학문을 배우기로 시간 계획을 잡았다. 첫날 샤는 검술 훈련부터 시작했다.

"파렐 폰 레켄도르프가 2왕자 저하를 뵙습니다!"

"반갑습니다. 샤입니다. 앞으로 잘 부탁드리겠습니다."

30대 후반 정도로 보이는 인상에 그리 많지는 않지만 수염과 구레나룻이 조화를 이루며 멋들어지게 나 있는 사람이었다. 파렐의 첫인상은 기사라기보다는 덩치 좋은 나무꾼 같았다. 하지만 그의 굵은 팔과 눈빛만은 그가 기사라는 것임을 알려주고 있었다. 나이는 30대 후반이라고 하니 록트에는 20대 중반 이전에 온 모양이다

"왕자 저하, 우선 검술을 익히기 전에 기초 체력을 키우는 훈련을 하심이 옳을 것 같습니다."

"네, 파렐 경. 무엇부터 할까요?"

샤는 눈빛을 빛내며 무엇이라도 할 것 같은 표정으로 물었다. 파렐은 그런 샤를 보며 귀여운 꼬마 왕자님이라고 생각했다.

"네, 저하. 우선은 훈련장을 뛰시면 됩니다. 절대로 무리하지 마시고, 힘이 들면 천천히 걸으시다 다시 뛰시면서 돌면 됩니다. 무리하게 뛰는 것보다 이렇게 하시는 것이 체력을 키우는 데에는 더 이로울 것입니다."

"넵, 알겠습니다."

아직 어린 몸인 샤의 체력 때문인지 샤는 훈련장 네 바퀴를 뛰고는 자리에 주저앉아서 더 이상 뛸 수가 없었다. 조금의 시간이 흘러 샤가 일어나자 샤의 손에 맞는 작은 목검을 들려주곤 베기와 찌르기 훈련을 시켰다.

"왕자님, 베기와 찌르기를 50회씩만 하십시오. 그러면 오늘 훈련을 마치겠습니다. 힘들면 쉬었다 하셔도 됩니다."

"네, 알겠습니다."

파렐은 투정 한 번 없이 훈련을 잘 받고 있는 샤를 보며 참을성도 있고 1왕자와 같이 영특한 면이 많이 보이는 것이, 피는 못 속인다고 생각하며 흐뭇한 표정으로 훈련을 지켜보았다.

점심을 먹고 론과의 만남이 있었다. 론은 언뜻 보기에도 둥글둥글하고 인상 좋은 아저씨 같은 느낌을 풍겼다. 30대로 보이는 그가 6서클 유저에 오른 현자 급이라는 것이 믿어지지 않았다. 샤는 무척 뛰어난 사람 같다는 생각을 했다.

6서클이면 정말로 대단한 위치에 있는 사람인 것이다. 론은 샤를 보자 허리 숙여 인사를 했다.

"론 허버드가 2왕자 저하를 뵙습니다."

"네, 론 마법사님. 만나 뵙게 되어 반갑습니다. 앞으로 잘 부탁드립니다."

"허허, 저야말로 잘 부탁드리겠습니다, 저하."

론은 사실 마법 연구에도 많은 시간이 들기에 왕자의 스승

노릇을 하기 싫었지만 왕비가 직접 불러서 샤와 대화라도 해 보고 결정하라고 했기에 샤를 며칠간이라도 살펴보고 결정하려고 온 것이었다.

"저하께서 배우실 글은 대륙 공통의 글로, 사실 이 글은 이천 년 전 록트가 제국이었던 시절에 만들어진 글로써 쓰고 읽기가 매우 쉽습니다. 현재는 각 왕국이 약간씩 변형된 글을 쓰고 있긴 하지만 학문을 하거나 글을 배우는 모든 사람들은 기본적으로 이 글을 배웁니다. 고서를 보거나 업무를 보려면 필요하기에 필수적인 글이 되기 때문입니다."

"네, 그렇군요."

론은 며칠간 샤에게 글을 가르치며 많이 놀라고 있었다. 여섯 살 꼬마 같지 않은 말투며, 깊은 생각과 단 며칠 만에 글을 읽고 쓰는 것 등 정말 여러 가지로 놀라고 가르칠 맘이 드는 제자인 것이다. 결국 론은 샤를 계속 가르치기로 마음을 굳혔다.

샤는 론과 글공부를 하면서 여러 이야기를 물어보기도 하고 왕국이나 대륙의 이야기를 들을 수 있었다. 론은 샤의 질문에 하나하나 성의껏 대답해 주었다. 비록 여섯 살의 어린 나이지만 아이 같지 않은 질문들에 놀라워하면서도 자신이 알고 있는 것들을 하나씩 가르쳐 주었다.

"론 마법사님, 우리 왕국은 얼마나 큰가요?"

"우리 왕국은 다른 왕국에 비해 작지도 크지도 않습니다. 말을 타고 모든 영지의 도시와 마을을 돌아본다면 석 달 정도면 다 돌아보실 수 있을 겁니다. 영지는 수도인 록트리아와 아홉 개의 대영지로 이루어져 있고, 북쪽에 항구 도시가 두 곳, 그리고 각 영지마다 영주의 성이 있는 도시 아홉 곳과 그에 준하는 스물일곱 개의 도시가 있습니다. 각 대영지에는 공작과 후작, 백작들이 영주로 있으며 그 밑으로 각 영지 안에 영주들의 가신으로 자작과 남작, 준남작들이 영주를 대신하여 각 도시들을 일정 부문 나누어서 관리를 합니다."

"그러면 우리 왕국의 백성과 병사는 얼마나 되나요?"

"백성은 평민 이상 귀족까지 75만 정도가 되며 병사는 각 영지군과 중앙군을 합해 5만 정도입니다. 그리고 기사는 12개의 기사단에 천오백여 명 정도 됩니다."

"네, 그럼 우리 왕국의 기사나 병사가 다른 왕국에 비해 많은 건가요?"

순간 론은 당황하면서 샤를 바라봤다. 다른 왕국과 비교를 하여 국력의 높고 낮음을 비교하려고 하는 것 같아서였다. 여섯 살 꼬마가 하는 질문이라고는 믿기 어려웠다. 물론 요즘 샤가 질문하는 대부분의 것은 모두 샤의 나이에 어울리는 것들은 아니었다.

"네?! 아, 그것이 사실 공식적인 기록으로는 백성의 수로만 본다면 제일 작은 국가 중 하나입니다. 바로 옆 나라이고, 왕자님의 외가인 필립 공국도 공식적으로 95만 정도의 백성이 있다고 알려져 있습니다. 군세는 나라마다 기밀이니 대략은 안다고 해도 자세히는 모릅니다. 물론 아까 말씀드린 우리 왕국의 군세도 대략적인 숫자이지 정확한 건 아닙니다."

"그런데 아까 백성을 말할 때 평민 이상 귀족까지만 셈한 것은 왜 그렇죠? 내가 알기로 노예나 농노도 있다고 들었는데요."

"네, 노예의 일부는 우리 왕국 국민이었지만 대부분은 아닙니다. 전쟁시에 포로로 잡혀온 병사나 적국에서 노획하여 온 사람들입니다. 일부는 중범죄를 지어 평민으로서도 지위를 박탈당해서 노예가 된 자들도 있고, 반역이나 귀족 모독죄로 노예가 된 자들도 있습니다. 그들은 각 영지의 영주나 국왕 전하의 명이 없으면 대대로 면천되지 못합니다."

"그렇군요. 죄없는 자식들까지 노예나 농노로 살아야 한다는 것은 좀 그렇군요. 그러면 그 노예의 수는 얼마나 되나요?"

"우선 농노와 노예는 다릅니다. 노예는 말 그대로 인간으로서 그 어떤 권리도 없는 존재입니다. 우리 왕국은 노예가 적은 편인데, 확실히 단정할 수는 없지만 20만 내외라고 알려져 있습니다. 그리고 농노는 측정할 수가 없습니다. 농노는 말 그대로 귀족의 농사를 대신해 주고 약간의 수고비를 받는 존재입니다. 평민이었다가 귀족에게 빚을 지거나 혹은 죄를 지었을 경우, 기간을 한정해서 형벌로 귀족의 농사를 대신 지어주는 신분으로 보시면 됩니다. 그런데 한번 이렇게 농노가 되면 돈을 모을 방법이 없기에 농노에서 풀려나지 못하는 경우가 대부분입니다. 그래서 거의 모든 농노는 귀족의 노예처럼 돼버리는 경우가 많습니다."

"그러면 왕국에서는 그 사람들에게 그 자리에서 벗어날 기회나 법을 만들어두었나요? 그들도 인간인데 죄없이 평생을 대대로 그렇게 살게 하나요?"

다른 이들은 그렇다면 그런 줄 알고 넘어가는 부분이었다. 그들은 대부분 인간이되 인간 취급을 받지 못했다. 거래 대상이 되는 노예는 가축과 같은 존재인 것이다.

말하는 가축, 그것이 노예의 현실인 것이다. 그런데 이 여섯 살 꼬마 왕자는 그들을 인간으로 생각하는 것이다. 더욱이 그것을 벗어날 법이라니, 론은 한 번도 생각해 보지 않은 것이었다.

"네, 왕자 저하. 아직까지는 그런 법은 없는 것으로 알고 있습니다. 다만 대영주나 국왕 전하의 명으로만 그 신분에서 벗어날 수 있다고 되어 있습니다."

"그런데 정치 체제나 신분제는 다른 왕국도 비슷한가요?"

"네, 비슷하지만 약간씩은 다릅니다. 대부분의 왕국은 우리 왕국처럼 대영주 제도는 아닙니다. 작은 영지라도 영지를 가진 귀족은 그 영지에서는 절대적인 힘을 발휘한다고 알고 있습니다. 우리 왕국은 대영주의 허락 없이는 세금이나 죄인에 대한 사형, 그리고 병사의 이동 등은 할 수 없으며, 대영주 또한 몇 가지 사항에 대하여서는 국왕 전하의 허락 없이는 할 수 없습니다. 다른 왕국의 경우는 각 영지 별로 영주에 의해서 완벽한 자치를 하며, 중앙에는 세금과 함께 군역의 의무만을 한다고 합니다. 이런 제도의 차이는 바라보는 시각의 차이에서 오는 것인데, 우리 록트 왕국은 왕국의 모든 것이 국왕 전하의 것입니다. 대영주든 평민이든 모두 국왕 전하의 허락을 받고 대여하여 사용한다는 것이 기본적인 시각이라면, 다른 왕국은 국왕이나 황제는 귀족을 대표하여 그 자리에 앉아 있을 뿐이고 각 영지의 영주들이 모든 것을 소유합니다. 우리의 왕국처럼 국왕 전하에 대한 절대적인 권력의 집중은 없습니다."

"그럼 다른 왕국은 전쟁이나 큰 사고가 생겨도 남의 영지는 나 몰라라 한다는 것인가요?"

샤의 반문에 론은 목이 타는지 물잔을 들어 목을 축이고는 말을 이어갔다.

"전쟁같이 큰 문제가 발생한다면 당연히 모두 힘을 합쳐 막아내겠지요. 하지만 예를 들어, 영지전이라는 것이 있습니다. 명분과 이유가 합당하다면 다른 영지를 군사력으로 누르고 자신의 영지로 편입할 수 있습니다. 그것이 다른 왕국들은 대부분 가능합니다만, 우리 록트 왕국에선 귀족 간에 분란이 생기면 대영주가 옳고 그름을 따져 조치를 취하고 그에 만족하지 못하고 불복할 경우 국왕 전하께서 그것에 대한 판가름을 내시지요. 또한 이렇게 이야기하면 국왕 전하의 힘이 가장 막강할 것 같지만 꼭 그렇지도 않습니다. 국가 전반에 걸친 사안에 대하여서는 백작 이상의 고위 귀족들이 모여 국왕 전하의 주제 하에 안건을 내고, 안건에 관해서 투표로 결정하기 때문에 절대적으로 국왕 전하의 뜻대로 국가가 운영되는 것은 아닙니다. 중요한 것은 이런 체제가 다른 왕국과 많이 다르다는 것과 그렇게 다른 이유는 양쪽으로 있는 제국들과 왕국들 때문일 겁니다. 그것이 가장 큰 록트 왕국의 장점이자 힘이라면 힘일 것입니다.”

“그렇군요.”

론의 이야기를 듣던 샤는 록트 왕국이 다른 왕국들과는 많이 다르다는 것을 느꼈다.

전생의 기억으로도 다른 왕국들과 비교해 보면 록트 왕국이 가장 강력한 왕권국가라는 생각이 들었다. 물론 민주주의와는 한참 먼 것이지만 다른 왕국과 비교했을 때는 분명 많은 부분이 다르다.

어쩌면 의회의 발전으로 민주적인 체제로 갈 수 있는 기초가 준비되어 있다고 보면 되지만, 그렇다고 해서 꼭 그렇게 흘러가리라 생각은 안 했다. 제도만 비스무리하다고 백성들이 혜택을 받는 것은 아니니까.

차라리 훌륭한 영주를 만나면 일반 백성들이 살기엔 그곳이 더 행복한 삶을 보장해 주는 곳일 수도 있다. 물론 왕 노릇 하는 사람들이 많은 곳보단 중앙의 강력한 왕권이 존재하는 곳이 더 백성들에겐 편하기는 할 것이다.

한편 론은 샤의 질문에 절대로 이 왕자가 여섯 살 꼬마라고 생각되지 않았다.

물어보는 질문의 내용이나 자신의 설명을 제대로 이해하고 다시 질문을 하는 것으로 보면 최소한 십대 후반의 청년 정도의 정신 연령이라고 론은 생각했다. 너무나 놀라운 일이었다.

론은 앞으로 이 꼬마 왕자를 어리게만 보아서는 안 되겠다고 생각했다.

샤는 글을 처음 배우고 본 책이 대륙의 역사와 지도가 나와 있는 것이었다. 그중 지도를 보며 궁금했던 것을 물었다.

"그런데 론님은 혹시 티러스 산맥에 가보신 적이 있나요?"

"티러스 산맥이요? 그곳을 어찌 아십니까?"

"지도에서 봤는데 우리 왕국과 카트나 제국 너머까지 이어지는 대산맥이더군요. 한데 산맥 너머에 관한 것은 나와 있질 않아서 물어보는 겁니다."

"그곳은 인간들이 들어가서는 안 되는 금지 구역입니다. 아마도 티러스 산맥으로 들어간 사람이 있다면, 그 사람은 자살을 선택한 사람이 틀림없을 것입니다."

론은 정색을 하며 말했다.

"왜요? 그렇게 위험한가요? 혹 그곳에 몬스터가 많아서 그런가요?"

"몬스터 때문이 아닙니다. 몬스터나 산세가 험한 것은 아무런 문제도 되지 않습니다. 문제는 티러스 산맥에는 드래곤이 있기 때문입니다."

"드래곤이요? 그것이 그렇게 위험한 것인가요? 가만, 드래곤이면 용을 말하나요?"

"용이요? 용이 무엇이죠? 처음 듣는 말이군요."

"아닙니다. 드래곤에 대해서 설명해 주실 수 있나요?"

론의 설명으론 드래곤의 정확한 숫자는 모르지만 대략 인간에게 모습을 보였던 드래곤은 골드, 실버, 블랙, 레드, 그린, 블루 이렇게 여섯 종류라고 한다.

그중에 그린과 레드, 그리고 블랙 드래곤이 티러스 산맥에 산다고 한다. 과거 인간과 친하게 지냈던 엘프들의 이야기로 밝혀진 드래곤에 관한 사실은 수명이 1만 년에 육박하고, 자신의 영역에 침범하는 것을 매우 싫어하는 존재라고 한다. 또한 대륙이 혼란할 때 나타나 균형을 잡아주는 존재이고, 신에 의해 권능을 부여받은 존재라는 것이다.

그런 드래곤이 동쪽의 티러스 산맥과 서쪽의 티나 산맥, 바다 건너 루멘 대륙에도 존재하며, 그들은 자신들의 영역을 침범하는 것을 극도로 싫어해 그들의 존재가 확인된 곳에는 절대 금지 구역으로 정해서 들어가지 않는다는 것이다.

또한 티러스 산맥에 산다는 엘프나 드워프들의 이야기도 듣고 대륙 남쪽의 루멘 대륙 근방에 산다는 인어 이야기도 흥미로웠다.

론의 설명을 들으며 대충 상상하는 것뿐이지만 더욱 여행을 하고 싶다는 생각이 간절해지는 샤였다. 제일 신기한 것은 드래곤이었다.

전생에 용을 알기는 했다. 하지만 론이 설명한 드래곤과는 많이 달랐다. 그가 아는 용은 뱀이 자연의 기를 받고 스스로 노력하여 깨달음을 얻어 승천하는 그런 것이었다.

샤는 론과의 교육이 끝나고 가만히 자신의 기억을 더듬어 봤다. 드래곤에 관해 듣고는 혹여 자신이 인간 이외의 지성체에 관한 기억이 있을까 해서이다. 아무리 생각해 보아도 유인원이라 불리는 원숭이과 동물들만 생각이 났다.

"시간이 더 지나면 혹 생각날까 지금은 생각나는 것이 없네."

처음 꿈을 꾼 뒤로 점차 시간이 지나면서 점점 많은 것들이 또렷하게 기억나고 있었다. 시간이 더 지난다면 더 확실히 머릿속에 떠오를 것 같았다. 기억을 더듬던 샤는 뚜렷하게 떠오르는 것이 없자 단념하였다. 어쨌든 기본적으로 대륙을 지배하는 것은 인간이라고 했다.

"드래곤은 태어날 때부터 드래곤이구나. 그런 막강한 실력자가 태어날 때부터 힘을 갖고 태어나다니……."

물론 그것은 샤가 잘 모르고 있는 부분이다. 이 세상 어떤 존재도 태어나면서부터 강하지는 않다. 드래곤도 여러 단계를 거치지만 샤는 아직 거기까지는 알 수 없었다.

샤는 삼 일 만에 글을 다 배우고 책을 읽을 수 있었다. 그 뒤 샤의 전속 시녀인 에이프릴과 메이는 매일 왕궁 도서관에서 정치, 문화, 역사 등의 책들을 빌리러 다녀야 했다.

샤가 특히 좋아하는 것은 역사책이었고, 그 다음이 이 대륙에 살고 있는 수많은 종족과 국가 간의 이해 관계, 그리고 각 나라를 소개하는 책들이었다. 그런데 책들이 만들어진 지 오래되었는지 론은 책이 만들어진 뒤로 변한 것이 많아서 참고만 하고 믿지는 말라고 했다.

샤는 하루에 두세 권의 책을 읽는 것이 습관처럼 되어버렸다. 우선은 이것으로라도 목마른 지식의 갈증을 채울 수밖에 없었기 때문이다. 이곳의 책은 양피지와 죽간(竹簡)을 막 벗어난 시대라서 그런지 책이 그렇게 많지도 다양하지도 않았다. 거기다 책이라고 해봐야 대부분 백여 페이지 정도였는데, 글자 크기가 커서 그렇게 많은 내용을 담고 있지도 않았다. 해서 읽는 시간이 그리 많이 걸리지 않았다. 샤는 저녁때면 그것들을 읽으며 어서 빨리 성인이 되어 여행을 하고 싶다는 꿈을 꾸며 시간을 보냈다.

매일 아침이면 파렐과 함께 검술을 훈련하고 오후엔 론과 함께 다양한 주제로 토론도 하며 토바코 대륙에 대해 배우는 시간을 가지며 나이가 들어가고 있었다.

그렇게 시간이 흘러 샤가 열 살이 됐다. 샤의 형인 데이몬 폰 록트리온이 열여덟 살이 되어 다음 대 국왕이 되는 왕세자로 책봉됐고, 샤는 그사이 열 살의 나이라고는 도저히 볼 수 없을 정도로 성장했다.

샤의 나이를 모르는 사람이라면 15세 정도로 볼 것이다. 샤는 지난 4년간 왕국 도서관의 대부분의 책을 다 읽었고, 파렐의 지도 아래 목검을 들고 검술을 배우며 승마나 궁술 등을 배워 상당한 실력을 쌓았다. 물론 아직은 열 살의 나이와 4년이라는 짧은 시간이라 익스퍼트의 단계를 이루지는 못했지만 상당한 실력을 갖추기 시작했다.

특별한 변화는 전생의 기억으로 알게 된 뇌 호흡법과 단전 호흡을 시작했다는 것이다.

이것을 하고 나서부터 검술이 더욱 발전했고, 책을 읽을 때 이해력이 좋아지기 시작했다.

전생의 기억은 이제 열 개가 넘는 삶이 온전히 기억날 정도로 또렷해졌다. 처음엔 시간이 흐르면서 점점 하나씩 늘어가는 전생의 기억들로 혹시 자신의 머리가 터지지는 않을까 고민했지만 다행히 그런 일은 일어날 것 같지 않았다. 전생의 삶에서 그런 일은 일어나지 않았기 때문이다.

열 살이 되면서 좋은 것이라면, 가끔 파렐 경이나 론과 함께 궁 밖으로 나와서 시내 구경이나 시장 등을 구경하는 재미를 가졌다는 것이다. 여덟 살 때 처음 국왕과 함께 궁 밖을 구경한 이후로 한참을 궁 밖을 나오지 못하다가 열 살이 되면서 부모 몰래 궁 밖을 나가는 것을 시도하여 성공한 후 가끔씩 기사 한 명과 론을 동행하고 시내 구경을 나가는 샤였다.

역시 사람 구경이 제일 재미있다고 생각하며 시내를 돌아다니다 오곤 하였다.

샤가 시내 구경을 하면서 확실히 느낀 것은 이곳 세상은 자신이 알고 있는 것보다 없는 것이 훨씬 많다는 것이었다. 왕궁에서는 자기를 쓰지 않고 금이나 은을 이용한 그릇으로 식사를 해서 왕궁이라서 그런 줄 알았다. 그런데 자기라는 것이 전혀 없다는 걸 알았고, 심지어 유리 제품도 아주 소수만이 켄트 공국이라는 곳에서 수입해서 사용하는 귀한 것이란 걸 알게 됐다. 심지어 종이도 귀하다는 걸 알았다. 파렐 경의 말로는 그런 것은 이 대륙 대부분이 그렇다고 하니 그런 줄 알겠는데, 심지어 의사란 직업도 없다고 한다.

치료사라는 직업이 있기는 하지만 몇 가지 약초를 다룰 줄 아는 것이 고작이고, 성직자들의 신성력이라는 것으로 대부분 치료하고 마법사도 치료 마법이 있긴 하지만 외상을 치료하는 것이 고작이라 눈에 띄지 않는 속병을 앓게 되면 거의 대부분 죽는다는 것이다.

샤가 전생에 의사란 직업을 해보지 않은 것이 이렇게 후회되긴 처음이었다. 아는 것이 있어야 도와줄 수 있는데 그쪽으론 아는 것이 별로 없었다.

치료사는 예전 몇백 년 전에 우연히 엘프들로부터 배운 몇 가지 약초 다루는 법과 기술로 이어져 온다고 하는데, 발전은 없는 것 같았다. 참 답답했다.

그러고 보니 왕실 도서관에도 약초에 관한 것이나 의학 서적은 본 적이 없는 것 같았다. 샤의 입장에서는 답답했지만 사실 새로운 문명이나 기술의 발전이 그리 쉽게 이루어질 리 없는 것이니, 어쩌면 잎으로도 몇백 년을 이대로 흘러갈 수도 있는 일이었다.

록트 왕국은 가난하고 힘없는 왕국이었다. 귀족들의 수탈이나 전쟁 등이 없어도 일반 백성들은 항상 굶주리고 힘들게 산다고 한다. 그러니 평민들이 글을 배우거나 책을 살 돈이 있을 리 없다. 샤가 돌아다니며 보기에도 대부분의 평민들이 사는 것이 그렇게 좋아 보이지 않았다.

록트는 농지로 쓸 만한 땅이 적고 일 년에 사계절이 뚜렷한 곳이기에 적은 농지에서 생산되는 곡식으로는 겨울철을 나고 봄이 되면 더 이상 먹을 식량이 없는 경우가 대부분이라고 한다. 게다가 없는 식량을 대신할 방법으로 산으로 들어가 과일이나 사냥으로 식량을 공급하려 해도 몬스터들로 인해 그것도 쉽지 않은 모양이다.

왕국에서 직접 밀을 어느 정도 수입해서 풀지 않으면 정말 많은 사람들이 굶을 수도 있는 상황이었다.

론과 함께 시내의 상가들이 밀집된 곳을 돌아다니며 모르는 것은 물어가면서 구경하던 차에 샤의 눈에 뜨인 것이 있었는데 그것은 연금술사였다.

"연금술사는 무엇 하는 직업이죠?"

"연금술사는 금속의 합금과 화약 제조 등을 주로 합니다."

연금술사들은 처음에 각종 재료를 혼합해 금을 만들려고 했던 것이 지금은 금을 만들기 위해 연구하는 것은 아니고, 이런저런 금속 재료들을 합금해 보고 연구하는 연구자란다. 그중 연금술사들이 제일 큰 비중으로 하는 것은 도금이나 폭죽을 만드는 것이라고 한다.

"폭죽을 만든다면 화약을 만들 줄 아나 보죠?"

"화약을 아십니까?"

"네. 책에서 봤어요."

"네, 그렇습니다. 화약을 이용해 폭죽을 만듭니다. 왕국 기념일 같은 때 광장에서 폭죽 놀이에 사용합니다. 그런데 냄새도

고약하고 위험해서 그것 말고는 쓰이는 데가 없다고 합니다."

"네, 그렇군요."

화약을 개발해서 쓴다고 하니 대단하다 생각하고 여러 가지를 물어봤지만, 결국 폭죽에만 쓴다는 것을 알았다. 참 단순하게 사는 사람들이라고 생각했다. 물론 샤는 아직은 모르고 있었는데, 사실 화약 무기를 만들지 않는 가장 큰 이유는 마법과 정령사의 존재 때문이었다. 다루기도 힘들고 위험한 화약보다 5서클 이상의 마법사가 시전하는 마법이 더 위력적이었기에 화약을 개량하고 무기로 발전시키는 데 소홀했던 것이다.

샤는 왕궁으로 돌아와 심각하게 고민하지 않으면 안 되었다. 자신은 분닝 전부는 아니더라도 일정 부분 세상을 바꿀 만한 지식을 가지고 있다. 그런데 대륙의 상황을 보면 쉽게 움직일 수도 없는 상황이었다. 샤가 자신의 나라를 위해 자신의 지식을 활용하면 상황은 분명 좋아질지도 모르지만, 그보다 더 큰 화를 불러올 수도 있었다. 록트 왕국 주변으론 너무 많은 늑대들이 있다는 국왕의 말이 생각났다.

만약 샤가 돈 되는 상품들을 만들어서 내다 팔게 되면 양대 제국과 주변 왕국들이 내버려 둘 것 같지가 않았다. 고민을 해야만 하는 상황인 것이다. 돈 될 만한 것들을 만들어내서 내다 팔고 이용한다면 굶주리거나 헐벗는 백성들이 많이 줄

것이라는 생각도 해봤지만 쉽게 결정하고 실행할 일이라고
생각되지는 않았다.

한편으론 왕국의 수도인 록트리아에 사는 평민들의 모습
이 이 정도 상황이라면 다른 곳은 더할 것이라는 생각이 들었
다. 왕국의 발전에 자신의 전생의 기억을 이용할 것인지에 대
한 고민을 하기 시작한 것이다. 우선 전생의 기억으로 돈 될
만한 물건을 한두 가지 만들어보기로 했다. 그 정도는 조심하
면 무난히 넘어갈 것도 같았다. 그러나 딱히 무엇을 만들 것
인지는 결정하지 못했다. 한참을 생각하던 샤는 우선 성급하
게 결정하지 말고 천천히 생각하기로 마음을 바꾸었다. 무엇
이 필요한지 아직은 정보가 부족했다.

며칠 동안 샤는 자신의 방에 틀어박혀 책을 읽고 있었다.

"이 지도를 보면 티러스 산맥 뒤로는 드래곤이 무서워 아
무도 가보지 않았나 보다."

역사책에 나와 있는 지도는 산맥을 경계로 뒤로는 나와 있
질 않았다. 아마도 아무도 산맥 너머로는 가보질 못한 것 같
다. 몇 번을 보고도 볼 때마다 산맥 너머의 미지의 땅이 궁금
한 샤였다.

"흠, 꼭 산맥 뒤로 한번 여행을 해봐야겠는걸."

다시 책을 보며 대륙의 역사에 대해 읽었다. 대륙에 나타난
영웅들의 이야기 하며 각 종족과 인간 간의 전쟁, 그리고 몬

스터가 나타난 이유와 새로운 이야기들을 읽는 재미도 있었고, 이곳이 인간들만이 존재하지 않는 여러 지성을 가진 존재들과 공존하는 곳이란 것을 새삼 느꼈다.

"엘프, 인어, 웨어울프, 라이칸 슬로프, 드워프, 오크도 지성을 가진 존재에 들어가는구나! 호빗? 아, 이 농사 잘하는 종족은 바다 건너 루멘 대륙에만 사는구나! 그런데 엘프나 인어는 꼭 한번 보고 싶다. 그림처럼 예쁘기만 할까? 만나서 이야기해 보고 싶다."

샤는 책을 뚫어져라 보고 또 보며 각 종족들과 만나는 상상을 하고 있었다.

샤는 아침 일찍 훈련장으로 나와 간단한 체력 훈련과 검술 훈련을 하기 시작했다.

샤의 검술 실력은 이제 막 익스퍼트로 들어갈 순간에 있었다. 얼마 전부터 마나를 검에 두를 수 있을 것 같다는 생각이 들었다. 기감이 늘었다고 할까. 그러나 아직은 부족한지 좀처럼 잘 되지 않았다.

조금 더 연습하면 될 것 같아 요즘 훈련에 많이 신경을 쓰고 있었다. 보통 기사들이 20세 전후로 익스퍼트에 올라 검에 마나를 두르는 것을 생각한다면 굉장히 빠른 것이다. 하지만 샤처럼 그들은 단전호흡이나 명상 등의 마나와 가까워지는 훈련을 따로 하지 않으니, 그런 상황을 보면 샤가 결코 빠르다고 할 수도 없었다. 다른 사람들이 본다면 놀라겠지만 말이다.

파렐이 가르쳐 주는 검은 힘을 강조한 것이라 체력이 정말 좋아야 할 것 같았다. 기본 검식은 대부분 모든 검술이 비슷하다고 한다. 방어와 공격으로 이루어진 단순한 초식이었다. 이것을 얼마나 연습했느냐와 얼마나 실전을 많이 경험했느냐가 실력을 향상시키는 비결이란다.

샤는 파렐이 가르쳐 준 검술을 한 시간가량 연습한 후 전생에 익혔던 풍백검법을 연습했다. 물론 파렐이나 다른 기사들은 샤가 어떤 책에서 보고 혼자서 연습하는 줄 알고 있다. 처음에는 조금 관심을 보이다가 요즘은 거의 신경을 쓰지 않는 듯 보였다.

본래 기사들은 다른 기사의 검술 훈련을 훔쳐보는 것이 대단한 실례라고 생각해서 체력 훈련은 같이해도 검술 훈련에 들어가면 따로 알아서 하는 것이 관례라 그러려니 하고 넘어갔다. 아직 샤가 어떤 능력을 보여주지는 않았으니 나서서 가르쳐 준다고 하기도 힘들었다.

오늘따라 샤는 마음이 조급한지 무리하게 연습을 강행하고 있었다. 연습을 끝낼 시간이 벌써 지났음에도 연습장을 떠나지 않고 검과 씨름하고 있었다. 조금만 더 하면 될 것 같은데 안 되는 것이 샤를 더욱 애타게 하고 있던 터라 쉽게 검을 놓지 못하고 훈련하고 있는 것을 어느새 파렐이 와서 보고는 한마디 하였다.

“왕자 저하, 너무 무리하시거나 집착하시면 오히려 더 늦어질 수 있으니 마음을 편히 하시고 느긋하게 하시는 것이 좋을 것 같습니다.”

“네, 제가 너무 마음이 급했나 봅니다. 될 것 같은데 안 되니 조급해져서⋯⋯. 알겠습니다.”

파렐이 보기에도 조급해 보였나 보다. 성인식을 할 때까지 익스퍼트 중급 이상의 실력을 갖추려고 계획을 잡았기에 조급해진 모양이다.

여행을 위한 준비 중 하나이기에 꼭 해야 한다. 그래야 여행을 허락받을 것이 아닌가.

훈련을 마치고 다시 자신의 방으로 돌아온 샤는 고민을 하고 있었다. 이곳 세상에서 만들어 팔 수 있는 것을 찾기 위한 고민인 것이다. 세상 돌아가는 것이 눈에 들어오기 시작하자 그냥 가만히 있을 수가 없었다. 자신은 분명 세상을 바꿀 만한 지식과 경험이 있다.

그런데 자신의 아버지가 국왕으로 있는 왕국이 이곳 세상에서 가장 낙후되고 못사는 왕국이라는 것도 마음에 걸렸고, 또한 왕국의 백성들이 고생하며 살고 있는 것을 보면서도 왕자라고 자신은 배불리 먹고 편히 사는 것도 불편했다.

자신이 여느 아이들과 같은 입장이라면 생각하지도 않았을 일이지만 샤는 입장이 다른 것이다. 신이 내려준 축복인지 아니면 벌인지 모르지만, 자신의 입장에서 보면 가만히 세상 돌아가는 대로 두고 볼 수만은 없다고 생각한 것이다.

샤가 며칠간 고민한 후 찾아낸 것은 한지였다. 한지를 만들어 특산품으로 수출하고, 그 돈으로 가축을 들여오며 인쇄소를 만들어 책을 찍어내어 교육을 하는 방법을 생각하고 있었다. 한지를 선택한 이유는 이곳 종이의 질이 너무 나쁘다는 것이었다. 종이 면이 거칠고 잘 찢어지는, 말 그대로 질 나쁜 종이였다. 샤는 론을 불러 그에 관한 이야기를 하고 있었다.

"론님, 종이는 어디서 만들어지나요?"

"종이라면 카트나 제국 너머에 켄트 왕국에서 만들어서 전 대륙으로 수출하는 것으로 알고 있습니다. 다른 곳에서도 조금씩 만들긴 하지만 질이 좋지 않고 오래가지 못하여 대부분 왕궁이나 귀족들은 켄트 왕국에서 수입합니다."

"네. 그럼 혹 종이 만드는 법을 알고 계신가요?"

"저야 마법사이니 잘은 모르고, 아마도 종이를 만들어 시내에 잡화점에 납품하는 공인들이 있을 겁니다. 그들은 켄트 왕국 것보다는 질이 떨어지지만 종이를 만들어 납품하니, 궁금하시면 그들을 만나 물어보시면 알게 되실 겁니다."

"저, 부탁이 있는데요. 그들이 있는 곳이나 작업을 하는 곳을 알아봐 주실 수 있나요? 직접 가서 종이 만드는 것을 구경하고 싶거든요."

"글쎄요. 그게… 궁 주변으로 외출하시는 것도 전하나 왕비 마마가 아시면 걱정하실 텐데……. 며칠을 가야 할지도 모르는 곳에 가신다면 허락을 하실까요?"

"그것은 제가 알아서 할 테니 론님께서 그들이 있는 곳의 위치를 알아봐 주세요. 부탁드립니다."

"네. 그야 어렵지 않으니 그러죠."

며칠 후 론이 알아온 정보를 보니 수도에서 3일 정도 거리에 있는 메린 영지의 외곽에 공인들이 모여 사는 마을이 있다고 한다. 이곳은 사실 메린 성이 있는 영주가 사는 곳보다 수도에서 더 가까운 곳이었다. 샤는 며칠을 고민하고는 허락을 받기 위해 국왕이 있는 집무실을 방문하였다.

"아버님, 샤입니다."

"들어오너라."

"아버님께 아들로서 드릴 말씀이 있어 찾아뵈었습니다."

"말해보아라."

록트의 국왕은 아직은 어리기만 한 둘째 아들이 아들로서 이야기한다고 하자 내심 궁금하기도 하고 흐뭇하기도 했지만 근엄한 표정을 잃지 않고 아들의 얘기를 들었다.

"네, 언제가 될지는 모르지만 아버님께옵서 형님에게 국왕의 자리를 물려주시고 상왕으로 물러나시면 소자는 궁 밖으로 나가서 살아야겠지요?"

"그렇지. 한데?"

"네, 아버님. 그런데 밖에서 한 번도 생활해 보지 않은 제가 나이가 들어 아무런 공부나 배움 없이 나가서 산다면 나중에 고생을 심하게 할 것 같아서 미리 틈틈이 밖에 나가서 경험도 하고, 배움도 얻었으면 해서……."

이야기가 진행되자 점점 긴장이 되는 샤였다. 아직까지 자신은 어린아이에 불과하니까 중간에 말도 안 된다고 끊으면 어쩌나 하는 불안감이 든 것이다.

"생각은 가상하구나. 그래서?"

"네. 그래서 앞으로 밖에서 살게 되면 글을 쓰고 학문을 연구하며, 책을 만들어 출판하는 일을 했으면 합니다. 알아보니 종이가 우리나라에서 나는 것은 질이 좋지 못하여 왕궁에서 쓰는 것이나 귀족들이 쓰는 것은 전량 켄트 왕국에서 수입하여 온다고 들었습니다."

"그렇지. 그런데 그게 너의 공부와 무슨 연관이 있느냐? 네가 너무 걱정을 앞서서 하는구나. 밖에 나가서 산다고 해도 너의 생활은 왕궁에서 챙겨주느니라. 그리고 학문을 하고 연구를 한다면 그것 또한 내가 지원하라 이를 테니 걱정하지 않아도 된다. 더 할 말이 있느냐?"

순간 모든 상황을 염두에 두고 앞뒤로 말을 막아버리는 국왕이었다. 샤는 그것에 굴하지 않고 끝까지 말을 하기로 했다.

"아버님, 아직 제가 어리지만 많은 돈을 주고 타국에서 종이를 수입하여 쓰는 현실에, 만약 질 좋은 종이를 우리 왕국에서 만들 수 있다면 얼마나 왕국에 도움이 되는지 많은 이들에게 들어 알게 되었습니다. 하여 제가 종이를 직접 만들어보고 싶사옵니다. 허락하여 주십시오."

"그리만 된다면야 좋겠으나 그것이 쉬운 일이 아닐 터인데? 우리나라의 상인들과 귀족들은 그런 생각을 하지 않았겠느냐? 모두 그런 생각을 해봤지만, 그 기술이란 것이 빼오거나 배우기가 어렵기에 그러지 못한 것 아니냐? 켄트 왕국이야 그 기술이 나라에 큰 도움이 되는 것이기에 보안을 철저히 하니 알아내기가 쉽지가 않다."

"네. 그래서 스승님인 론 마법사님께서 말씀하시기를, 우리 왕국에 종이 기술자들이 있다고는 하나 기술이 미천하여 종이의 질이 많이 떨어진다고 하옵니다. 그래서 아버님께서 허락하여 주시고 조금의 도움을 주신다면, 론 마법사님과 파렐 경과 같이 가서 종이 만드는 법을 직접 보고 지원을 하여 종이의 질을 높일 수 있는 길이 있다면 종이의 질도 높이고, 궁 밖의 생활도 경험하는 기회로 삼아보고자 합니다. 아바마마, 어리다 안 된다 마시고 허락하여 주시기를 간청하옵니다."

'허, 이놈 봐라? 이제 열 살밖에 안 된 놈이 이런 생각을 했단 말인가?

국왕은 내심 놀라웠다. 아직 어린 나이인 샤가 조리있게 설명하며 설득하자 허락을 해줄까 하는 생각이 드는 것이다. 질 좋은 종이를 개발하고 생산할 수 있다면 정말 나라에 큰 도움이 되기도 하지만, 못한다 하더라도 크게 손해날 것은 없는 것이다. 자식의 교육에도 도움이 되면 되었지 해가 되지는 않을 듯도 싶었고, 어차피 스승들과 함께 움직이고 호위기사단이 은밀히 따라갈 것이니 샤의 말대로 한번 보내볼까 싶었다.

"하면 어떻게 도와달라는 것이냐?"

"네, 아바마마. 공인들이 있는 곳은 메린 영지로, 수도에서 3일 거리밖에 안 된다고 하옵니다."

"그래, 그렇다고 들었다. 메린 영지로 들어가는 입구에 있다고 하더구나."

국왕도 아는 이야기였다. 수도에서 파는 종이는 그곳에서 온다고 보고받은 적이 있기 때문이다.

"하여 공인들을 보고서 판단해야겠지만 제가 고른 몇 명의 공인들과 론 마법사님, 파렐 경과 함께 개발이 완료될 때까지의 경비 지원과 메린 영지의 메린 후작님께 보안과 안전을 위해 약간의 경비 병력을 지원해 주라는 명이시면 될 것 같사옵니다."

"그 정도라면 어렵진 않겠구나. 하나 아직 어린 나이인 너

를 언제 끝날지도 모를 일을 맡겨 긴 시간 밖에서 생활하게
한다는 것은 허락하기가 그렇구나. 그 일은 다른 책임자를 임
명하여 하게 하는 것이 어떻겠느냐?"

"아바마마, 물론 그렇지만 소자가 처음 드린 말씀은 소자
가 궁 밖의 생활을 경험하며 배우는 일과 같이하기 위함입니
다. 다행히 수도에서 삼 일 정도의 가까운 거리라고 하니 자
주 궁에 들러 문안 인사를 드리고, 또 론 마법사님과 파렐 경
이 있으니 안심하셔도 될 듯합니다."

"흠, 그래. 내 생각을 해보마. 물러가 있거라."

"네, 소자 물러가 부르심을 기다리겠습니다."

샤는 국왕의 집무실을 나오며 좋은 방향으로 결정이 나기
를 간절히 바랐다.

샤는 자신의 거처로 돌아와 명상을 하며 아버지와의 긴 대
화를 생각해 봤다. 아직 어리다고 의견을 묵살하지 않고 끝까
지 들어준 아버지가 고맙기도 하고 내심 놀라기도 했다. 물론
그런 성품이기에 주위의 신하나 귀족들에게 국왕으로서 존경
받는 것이라고 생각했다. 다른 왕국의 국왕에게서는 찾아볼
수 없는 면이기도 하다.

샤의 전생에도 현재의 아버지 같은 왕은 별로 없었다. 문화
적 차이를 떠나 왕이란 자리에 앉게 되면 모든 걸 자신의 뜻
대로 하려 하고 남의 이야기를 잘 듣지 않으며 독선적인 모습

을 많이 보인다.

왕뿐만 아니라 웬만큼 높은 자리에 앉으면 대부분의 사람이 그렇다. 자신이 잘나서 그 자리에 앉았다고 생각하니까.

자신이 제일 똑똑하다 착각하고 사는 것이다. 그런데 샤의 아버지인 록트의 국왕은 그런 모습을 찾아보기 힘들었다. 그렇게 생각하는 것하고 행동하는 것은 큰 차이가 있음을 샤는 전생의 기억으로 알고 있었다.

단전호흡이 끝나자 샤는 이미지 트레이닝을 하고 있었다. 머릿속으로 상대를 그리고 검술 대련을 하는 것이다. 요즘 샤는 매일같이 한 시간 이상을 하는데, 반복하여 꾸준히 하다 보니 실제 검술 실력에 많은 도움을 받고 있다. 피부로 느껴질 정도로 성과가 있었다.

"휴! 오늘은 아버님과의 대화 내용이 생각나서 잘 안 되는구나."

아무래도 신경이 많이 쓰이는 모양이었다. 초조한 마음으로 아버지의 부름을 기다리길 며칠, 드디어 집무실로 오라는 전갈이 왔다.

국왕의 부름을 받고 국왕의 집무실로 들어가자 왕비와 1왕자, 그리고 상왕과 함께 옆에는 처음 보는 노인이 있었다. 겉모습은 노인이었으나 꼿꼿하게 펴고 앉아 있는 모습과 맑은 눈동자로 자신을 바라보는 눈빛을 마주치자 왠지 모르게 위축됨을 느낄 수 있었다. 마치 전장에서 수만의 군사를 호령하는 장수를 본 느낌이라고 생각되는 샤였다. 샤로서는 처음 당해보는 일이었다. 일순간 당황하였으나 금세 안정을 찾고는 안으로 들어섰다.

"상왕 전하를 뵙습니다."

제일 웃어른에게 먼저 인사를 하며 안으로 들어갔다.

"우선 옆에 있는 이 노인은 나의 동생이며, 메린 영지의 노영주이다. 인사하도록 해라."

메린의 노영주라면 대공 급 공작이다. 영주야 후작이지만 노영주는 1대에 한해서 공작의 위에 오른다. 전 국왕의 동생이기에 대공의 자리에 있어야 하지만 나라가 작다 보니 공작으로 있는 것이다. 물론 영주 자리를 자식에게 물려준 후라 자식은 공작이 아닌 후작으로 낮춰져서 별일이 없다면 후작으로 쭉 승계될 것이다.

귀족법에 의해 후작으로 봉해져 장자에게 후작 위를 물려주고, 차남 이후부터는 백작으로 낮춰지며 영지를 얻지 못하면 그렇게 작위가 계속 낮아지다가 제일 밑인 기사나 준남작 정도의 작위로 이어질 것이다. 그러다 평민이 되는 경우도 있기에 장자를 제외한 이들은 귀족 자리를 지키기 위해 열심히 노력해서 공을 세워야 하는 것이다. 언젠가는 샤도 형이 국왕이 되면 공작이 될 것이다.

　물론 이런 제도는 필히 몇 대가 지나가면 여러 문제를 낳는다. 국왕이 되는 장자를 제외하고는 나머지 왕자에게 주어야하는 영지가 없는 경우가 발생할 수 있는 것이다. 결국 샤는 전생의 어떤 나라의 제도가 생각났다. 아마 그때가 되면 상황에 맞게 돌파구를 찾겠지만, 현재는 문제가 없으니 미봉책으로 시행하는 제도 같아 보였다.

　상왕의 소개에 샤는 허리를 숙여 인사하였다.

　"스페르 샤 폰 록트리온이 메린의 노영주님이시며 작은할아버님께 인사드립니다."

　"헐헐! 그래, 만나서 반갑구나. 열 살이라고는 믿어지지 않을 만큼 듬직하고 명석하게 잘 큰 것 같아 기쁘구나. 국왕 전하와 왕비 마마는 좋으시겠습니다. 1왕자님과 2왕자님 모두 이렇듯 빼어나시니 이 나라의 복입니다. 헐헐!"

　"큼, 작은아버님도……. 그렇게 좋게 봐주시니 감사합니다."

　메린 노영주의 칭찬에 민망한지 머쓱해하며 대답하는 국왕이었다.

　메린 공작과 아버님의 이야기를 흐뭇한 표정으로 듣던 할아버지가 샤를 보고 이야기를 시작했다.

　"허허, 그래, 국왕에게 들어보니 우리 샤가 많은 생각을 한 모양이구나. 그래서 국왕과 의논하여 결정한 일이니 들어본 후 질문이나 의견을 말하도록 해라."

주위에는 어머니와 형이 걱정 어린 눈으로 지켜보고 있었다. 아직 어린아이가 집을 떠나 무엇인가 한다고 하니 걱정이 되는 것이다.

"네, 그러겠습니다."

"그래, 우선 네가 말한 것을 승낙하기로 했다. 아직 어린 나이이나 어차피 데이몬이 국왕이 된다면 너 또한 나가서 살아야 하니 궁 밖의 생활을 경험하는 것이 옳다는 판단을 하게 되었다. 또 너의 말대로 질 좋은 종이를 생산한다면 여러모로 이 나라에 도움이 될 것이며, 그렇지 않다고 하더라도 그런 경험을 통해 너를 발전시킬 수 있는 기회라고 판단해서 결정하게 된 것이다. 그리고 내 따로 알아보니 그곳이 수도와도 가깝다고는 하나 안전에 만전을 기하기 위해 파렐 경과 본 마법사, 그리고 왕비를 호위하던 기사단을 내어줄 테니 데려가도록 하라. 그리고 보름에 한 번은 왕궁으로 연락을 하여 걱정시키는 일이 없도록 하거라. 그리고 자금은 내가 천 골드를 내어줄 테니 그것을 보태어 쓰도록 하거라."

상왕의 장황한 설명에 샤의 표정은 점점 밝아지고 있었다. 자신의 간청을 가족들이 모여서 상의한 모양이었다고 샤는 생각했다. 결과는 허락이니 이제 드디어 밖으로 나갈 수 있게 된 것이다. 밝고 들뜬 목소리로 감사를 표했다.

"네, 감사합니다! 걱정하시지 않게 노력하겠습니다!"

"그래, 이만 물러가 보거라."

샤가 기쁜 마음으로 물러간 뒤 남아 있는 사람들은 잠시간 생각에 잠기는 듯했다.

"그래, 자네의 생각은 어떤가? 저 아이, 아직 열 살밖에 되지 않아 뭐라 판단하기는 이르나 지금의 모습으론 시간이 더 흐른다면 아마도 더 큰 그릇이 될 듯싶네. 그것이 복일지 화일지……."

상왕은 왕국 최고의 검인 동생에게 샤의 모습을 어찌 보았는지 물었다. 샤가 모르는 이야기가 있는 것 같았다.

"형님, 제가 보기엔 화가 되지는 않을 듯싶습니다. 눈빛을 보면 대현자의 눈빛을 보는 것같이 맑고 순수하며 몸에서 풍기는 기운은, 흠, 대신관의 기운과 같이 정갈하며 밝은 기운이 느껴집니다. 체내의 마나 양으로 봐선 익스퍼트에 다다른 듯도 보입니다. 분명 다른 아이들과 다른 것이 많기는 하지만 몸에서 정순한 기운이 흐르니 자신의 욕심을 채우기 위해 악한 일을 행할 것으로 보이진 않습니다."

메린 노영주의 설명을 들으며 상왕뿐만 아니라 국왕과 왕비, 왕세자인 샤의 형까지도 매우 놀라워했다. 저 어린아이에게서 그런 기운과 벌써 익스퍼트에 이른 마나 양이라니 놀랍지 않을 수 없었다.

상왕은 얼마 전 국왕과 대화를 한 후 근심거리가 생겼다.

자신의 손자가 둘이 있는데, 첫째 손자는 영특하고 현명하며 차분한 성격에 이상적인 국왕의 자질을 보여주어 항상 고맙고 감사하게 생각했다.

그런데 둘째 손자가 여섯 살이 되어 글을 배우고 싶다고 한 뒤로 다른 아이들은 한 달이 걸려 익히는 글을 3일 만에 익혔다는 이야기를 듣고 머리가 뛰어난 아이로만 알았는데, 그 후로 4년이 지나면서 걱정거리가 되어버린 것이다.

4년 만에 궁 안에 있는 도서관의 책을 모두 읽고, 그것도 모자라 궁 밖의 왕국 도서관의 책까지 대부분 읽었다는 이야기를 들었을 땐 책을 좋아하나 보다 하고 생각했다. 아마도 학자가 되려나 보다 하고 생각한 것이다.

그것도 생각하면 대단한 것이, 보통 그 나이의 아이들은 재미를 느끼시 못해 읽지 않는 책이 대부분이었다.

그 말은 샤가 10세도 안 된 나이에 정치와 역사, 철학 같은 책을 이해하고 재미를 느낀다는 것이니 얼마나 놀라운 일인가. 더구나 샤의 검술을 가르치는 파렐을 불러서 샤의 검술 실력이 어떠한지 들어보니 검술 또한 익스퍼트 급에 다다랐다는 것이다.

열 살에 익스퍼트라니 도저히 믿기지가 않아 궁정마법사까지 동원해 멀리서 마나스캔을 통해 알아보니 분명히 익스퍼트 급의 마나를 쌓았다고 하는 것이다.

이것은 기적이었다. 남들은 10세 이전에 시작하여 오로지 검에만 매진한다고 하여도 스무 살이 되어서야 될까 말까 한 경지를 열 살의 아이가 이루다니. 거기다 엄청난 독서량하며, 파렐의 이야기론 가끔 궁 밖으로 몰래 나가 백성들이 사는 모습을 보며 많이 안타까워하더라는 것이다.

성격도 무난하여 누구와도 어울리기를 마다하지 않고 자질도 훌륭하다. 거기다 신분은 계승 서열 2위의 왕자이다. 걱정이 되지 않을 수 없었다. 잘못하면 원하든 원하지 않든 형제 간에 피바람이 불 수도 있는 상황인 것이다.

그것만은 있어서는 안 되었다. 그러기에 자신의 동생이며 왕국 유일의 소드 마스터인 메린 공작을 불러 살펴보게 한 것이다. 아직은 더 지켜봐야 하겠지만, 영지를 가진 귀족 집안에서도 장자가 아니면 너무 뛰어나도 문제가 되었다. 하물며 왕국의 왕자이니 걱정이 되는 것은 당연했다.

샤는 그런 내막을 모른 채 왕자궁으로 돌아와 론과 파렐 경을 급하게 찾았다.

이제 허락이 떨어졌으니 준비를 해야 했다.

"메이, 론 마법사님과 파렐 경을 불러줘."

"네, 왕자님."

잠시의 시간이 흐른 후 론과 파렐 경이 궁금하다는 표정으로 같이 들어왔다.

"왕자님을 뵙습니다."

“왕자님을 뵙습니다.”

샤는 밝은 표정으로 인사가 끝나기도 전에 둘에게 숨 돌릴 틈도 없이 이야기를 시작했다.

“네, 어서 오세요. 허락이 떨어졌습니다. 상왕 전하께서 개발 자금으로 천 골드를 내려주시기로 하고, 어머님을 호위하는 기사단 또한 붙여주시기로 하셨습니다. 이제 준비를 서둘러 일을 진행해 보기로 하죠. 파렐 경께서는 임시로 기사단장직을 맡아 기사단이 떠날 준비를 하시고, 론님도 떠날 채비를 해주시기 바랍니다. 그리고 론 스승님, 혹시 마법 배낭이나 주머니를 구할 수 있습니까?”

“마법 배낭 말입니까? 그렇군요. 아무래도 그것이 있으면 편할 테니 궁정 마탑에 가서 한번 알아보겠습니다. 배낭은 알아봐야 하나 주머니는 아마도 어렵지 않게 구할 수 있을 겁니다.”

아직까지 론은 단순히 종이 만드는 것을 구경하러 가는 줄로만 알고 있었다. 갑자기 개발 자금이니 호위기사단이니 하니 무슨 영문인지 이해는 가지 않았지만, 우선 왕자가 물어보니 여행 자금과 소지품을 넣어가려나 보다 생각하고 대답했다.

“네, 부탁드리겠습니다.”

둘은 인사를 하고는 준비를 위해 밖으로 나갔다. 이제부터 시작인 것이다. 성인식을 하고는 대륙 여행을 가기 전에 언제 돌아올지 모를 나라를 위해 자신이 아는 범위 내에서 조그만 것이라도 해놓고 가고 싶었다.

샤가 아무 생각 없이 지나친 것이 있었는데, 그것은 바로 상왕이 준다는 천 골드이다. 론이야 그 이야기를 듣고 당연히 마법 주머니나 배낭을 준비해야 한다고 생각했지만, 샤는 사실 다른 목적으로 준비하라고 한 것이었다.

대륙 화폐가 실버와 골드가 일반적인 고액 화폐이다.

그 밑으로 각 나라마다 다르게 화폐를 주조하여 쓰는데 록트에선 롭이라는 단위를 쓴다. 100롭이 1실버이고, 100실버가 1골드이다. 보통 평민 5인 가정의 한 달 생활비가 50롭 정도이다. 밀 한 포가 15롭 정도 하니 밀 두 포에 이것저것 부식거리며 필요한 물품을 사고 나면 남지도 않고 딱 생활비로 50롭 정도가 들어가는 것이다. 그러니 일 년 생활비가 6실버 정도 하고, 1골드면 16년을 생활하고도 돈이 남는 것이다. 굉장히 큰돈인 것이다. 종이는 넓이 50㎝, 길이 80㎝짜리 50장을 묶어 한 묶음에 5실버를 하고 있다. 평민은 웬만해서 사기 힘든 가격이다.

골드는 금화이지만 작고 둥그런 그런 금화가 아니다. 손가락 한 마디만 한 막대 모양의 사각형 금덩이이다. 거기에 제조한 곳의 이름이 새겨져 있다. 보통 생각하는 금화보다 양이 몇 배가 많기에 그만큼 값어치를 하는 것이다. 금이 귀하기도 하지만 1골드는 열 돈 정도의 금 덩어리라고 보면 된다.

여하튼 그러니 당연히 그냥은 들고 다닐 수가 없다. 실버로 바꾸기라도 한다면 더하다. 실버로 바꾸면 100배로 양이 늘어나니까 당연히 가지고 다닐 마법 배낭이나 주머니가 필요하다.

평민이야 그렇게 큰돈을 가지고 다닐 일이 없으니 필요없지만 귀족이나 왕족, 상인들은 필요하기에 마법사들은 필요에 의해 마법 배낭이나 주머니를 만들어서 연구비나 생활비를 벌어서 쓰는 사람이 많았다.

문제는 주머니는 5서클 유저 이상은 되어야 만들고, 배낭은 6서클 마스터는 되어야 만든다는 것이다. 아직 론은 배낭을 만들지 못한다. 6서클 유저이기에 아마도 자신의 스승에게 부탁해야 할 것이다. 아니면 만들어놓은 주머니를 서너 개 가져오든지.

샤는 사실 주머니가 아니라 배낭이 필요했다. 샤가 생각하기에 종이를 만들기 위해선 닥나무가 필요한 것으로 알고 있다. 하지만 도서관의 책을 아무리 뒤져도 닥나무와 비슷한 나무는 찾을 수 없었다. 아마도 이 대륙엔 닥나무가 없나 보다. 그렇다면 닥나무와 비슷한 나무를 찾아야 하는데 모양만 비슷하다고 되는 것도 아니고 구할 수 있는 나무는 종류 별로 죄다 구해서 실험을 해봐야 했다.

그것들을 찾고 아무도 모르게 운반하기 위해 배낭이 필요한 것이다. 아마도 켄트 왕국에선 종이 만드는 데 필요한 좋은 나무가 있나 보다. 나무만 있다면 종이 만드는 것이야 아주 쉽다. 삶아서 짓이겨 풀어서 채로 잘 거른 다음 말리면 되니까. 서너 번 해보면 될 것이다. 문제는 나무인 것이다.

Chapter 2

한 걸음 나아가다

며칠 후 배낭 한 개의 마법 주머니 세 개를 구해 돈을 챙겨 기사들과 파렐, 그리고 론을 대동하여 메린 영지를 향해 출발하기 위해 모든 준비를 끝마쳤다. 그리고 국왕과 왕비에게 인사를 하고 있었다.

사실 수도 근처에서 연구해도 되지만 메린 영지로 굳이 가는 이유가 있었다. 수도에는 보는 눈이 너무 많은 것. 이왕이면 드러나지 않은 곳에서 해야 보안이나 안전에 도움이 될 것이 아닌가.

며칠 동안 긴 여행을 준비한 샤는 기분 좋게 출발 준비를 했다. 하지만 부모인 국왕과 왕비는 그렇지 못했다. 아직 너무도 어린 자식이 가까운 거리라고는 하지만 왕궁을 떠나 생활한다고 하니 걱정이 되는 것이다. 그래서 샤의 부모들은 걱정스러운 표정으로 샤를 배웅하고 있었다.

"그럼 소자, 다녀오겠습니다. 자주 연락드리도록 노력하겠습니다. 너무 걱정하지 마세요."

"그래, 파렐 경이나 론이 있으니 잘 보살펴 주겠지. 그럼 잘 다녀오도록 하거라. 연락 자주하고."

역시 어머니의 걱정은 아침부터 계속되고 있었다. 수없이 론과 파렐에게 부탁하고 샤에게 당부하는 왕비였다.

"네, 어마마마. 걱정 마세요. 아바마마, 그리고 형님, 그럼 다녀오겠습니다."

"그래, 잘 다녀오너라."

"샤, 무슨 일 있으면 즉시 연락하거라. 이 형님이 금방 달려갈 테니."

"네, 그럴게요, 형님!"

그렇게 당부를 받고 샤는 뒤돌아서서 출발을 알렸다. 처음으로 왕궁 밖으로 여행을 떠나는 것이다. 비록 짧은 여행이라 생각하고 떠나는 것이지만 말이다.

"다들 준비됐으면 떠나죠."

"넵! 모두 출발하자!"

샤와 론을 태운 사두마차가 출발하자 여행에 필요한 물품과 메이와 에이프릴을 태운 마차가 뒤를 따랐고, 마차들의 앞뒤로 20명의 호위기사가 포진하고, 그 뒤로 병사 겸 심부름꾼으로 10명이 따라오고 있었다.

샤는 모르고 있지만 그의 주위로 국왕이 보낸 비밀 호위기사 삼십여 명이 원거리 경호 또한 하고 있었다. 자식이 걱정되어 그대로는 보낼 수 없었나 보다.

왕궁을 떠나 반나절을 지나자 야트막한 산이 보이기 시작하더니 오후가 되자 하나둘 높은 산들이 보이기 시작했다.

록트 왕국은 첩첩산중이라 산을 넘으면 산이고 또 산을 넘으면 산이 나오는 평지는 보기 드문 나라이다.

그만큼 길도 험하고 먹고살기도 힘든 것이다. 저녁때가 되어 어두워지자 적당한 공터에 자리를 잡고 야영을 준비했다.

출발하기 전 미리 이야기하기를, 목적지에 도착하기까지 3일간 야영을 하기로 했기 때문이다.

수도 인근이어서 머물 수 있는 여관과 귀족들의 저택이 간간이 있기에 편히 쉬며 갈 수도 있지만 왕족이기에 상대에게 너무 많은 부담을 줄 것이라 생각한 것이다. 또 주변의 귀족들이 접대한다며 붙잡고 놓아주지 않을 때는 예의상 거절할 수가 없어 예정에 차질이 빚어질까 봐 결정한 내용이었다.

사실 더욱 큰 이유가 있었는데, 그것은 샤가 야영을 해보고 싶어서였다.

다들 분주히 움직이며 야영 준비를 하고 있었다. 메이와 에이프릴이 준비해 온 재료로 간단하게 야채 수프를 만들어 가지고 왔다. 기사들과 둘러앉아 수프와 빵으로 저녁을 해결하고, 모닥불 근처에 모여 두런두런 이야기를 하고 있었다.

메이와 에이프릴은 그 시간 동안 샤의 마차를 침실로 개조하고 있었는데, 마차의 의자를 빼고 그 위에 얇은 매트리스를 깔자 훌륭한 잠자리가 완성되었다.

샤는 잠자리가 갖추어지자 내일의 여행을 위해, 자신이 먼저 자야 잠이 들 기사들과 수행원들을 위해 일찍 잠자리에 들었다.

샤가 막 잠자리에 누워 잠이 들려고 할 때 밖에서 파렐이 외치는 소리가 들렸다.

"고블린이다! 모두 전투 준비를 해라!"

밖의 다급한 소리에 샤는 마차 문을 열고 밖을 내다봤다.

끽~끼~

훅!

"크윽!"

소리가 들리는 쪽으로 고개를 돌려서 살펴보니 1m 40㎝ 정도의 작은 키에 흉측하게 생긴 몬스터들이 샤의 일행 쪽을 보며 자기들끼리 이야기를 하는 것 같더니, 중간에 있는 고블린이 긴 빨대 같은 대롱을 입에 대고는 훅― 하고 불고는 도망치는 것이 아닌가.

"헉! 독침에 맞았다!"

"해리가 독침에 맞았습니다!"

해리는 일반 병사다. 기사라면 맞지 않고 피하거나 막았을 테지만 일반 병사가 눈에 보이지도 않는 독침을, 그것도 밤에 피하기는 어려웠다. 도망가는 고블린을 쫓기 위해 기사들이 앞으로 나가자 파렐이 급하게 말렸다.

"모두 움직이지 마라! 따라가면 안 된다!"

파렐은 고블린이 지식이 상당한 몬스터라는 것을 생각하고, 방금 전 고블린들이 한 행동이 기사들을 유인해 따돌리거나 전력을 분산시키려는 작전으로 판단되어 아무도 따라가지 못하게 한 것이다.

"병사들은 활을 준비히고, 기사들은 왕자님이 계신 마차를 보호해라!"

"넵!"

병사들을 시켜 활을 쏠 수 있게 준비시키고 주변의 물품들을 이용해서 몸을 숨길 만한 방어막을 만들게 했다. 고블린이 다시 돌아와 공격을 하든지, 유인을 하려고 할 것이 분명했기 때문이다.

얼마의 시간이 지나자 파렐이 예상한 대로 고블린 다섯 마리가 조심스럽게 다가오는 것이 보였다. 어느 정도 거리에 도달하자 더 이상 오지 않고 눈치를 본다. 그때 하늘에서 날벼

락이 떨어졌다.

"체인 라이트닝!"

징! 징! 징! 징! 징!

쾌액! 캑!

고블린이 출현하자 론은 마법 공격을 준비하고 있었다. 고블린도 어느 정도 생각을 할 줄 알기에 마법의 위력을 보면 쉽게 다가서지 못할 것이라 판단한 론이 서둘러 마법을 준비한 것이다.

체인 라이트닝은 마법사의 손에서 번개 줄기가 뻗어 나와 처음 목표한 상대를 맞추면, 그곳에서 제일 가까운 수분이 많은 생명체에게 이어지며 최소 다섯 곳에서 열 곳까지 옮겨가며 전기 충격을 주는 마법이었다.

론은 준비를 하고 기다리다 고블린이 일정 거리 안으로 들어오자 마법을 시전한 것이다. 론의 손에서 번개 줄기가 쏘아져 나가더니, 앞쪽의 고블린을 맞추곤 주변으로 퍼지면서 고블린 다섯 마리가 모두 그 충격에 쓰러지며 사시나무 떨 듯 떨면서 대 자로 누워버렸다.

"파렐 경, 아직 죽지 않았으니 뒤처리를 하셔야 합니다!"

"네, 론님!"

파렐은 기사 서너 명과 함께 앞으로 나가 누워 있는 고블린들을 확실히 처리하고는 한쪽에 땅을 파고는 묻어버렸다. 정리를 하고 한참이 지나도록 일행은 경계를 풀지 못했다.

다시 기습 공격해 올지 모르는 상황이라 쉽게 경계를 풀 수가 없었다. 샤는 그 모습을 보면서 정신을 차리지 못하고 있었다.

몬스터를 처음 보는 것도 신기했지만 론의 마법 또한 처음 보는 것이었기에 약간 흥분된 상태인 것이다.

막 돌아서 마차 안으로 들어가려고 하는 샤의 눈에 해리의 모습이 보였다. 해리는 정신을 잃었는지 움직임이 없었다.

그대로 두면 죽을 것 같아 보였지만 아무도 응급조치를 하지 않고 있었다.

"해리를 치료해야 하는데 누구 치료할 수 있는 사람이 없습니까?"

"저 독침에 맞으면 어쩔 수가 없습니다. 다행히 죽지는 않을 것입니다. 아마도 다리가 마비되어 한쪽 다리를 쓰지 못할지도 모르겠습니다."

"론님, 치료 마법을 하실 수 있지 않습니까?"

"그것이… 회복 마법이 독을 해독해 주지는 못합니다. 기운이 없고 지친 사람에게 힐링을 시전하면 기운을 일시간 차리게 하는 것이 고작입니다. 더욱이… 홀리 큐어라는 치료 마법이 있지만, 그것은 성직자들이 하는 신성 마법이라 지금은 어쩔 수 없습니다."

"허, 그럼 해리는 평생 불구로 살아야 하나? 독이라…….

저 독은 무슨 독입니까?”

론이 대답하지 않자 옆에서 지켜보던 파렐이 나서며 대답했다.

“뱀독일 겁니다. 고블린이 숲에 사는 뱀을 잡아 채취한 독을 사용하는 것으로 알려져 있습니다.”

“그래요? 흠…….”

샤는 우선 해리의 상처를 살펴보기 위해 독침을 맞은 곳의 옷을 찢어내고 상처를 보니, 독침은 해리가 맞자마자 뽑은 것 같은데 맞은 곳이 빨갛게 부어오르고 있었다.

급히 찢어낸 옷가지로 독침 맞은 곳의 위쪽을 단단히 묶어 피가 통하지 않게 하고 부어오르는 곳을 칼로 그어 피가 나오게 한 후 상처에 입을 대고 피를 빨아내었다.

그 모습을 보고 일행이 놀라서 샤를 말렸지만 샤는 들리지 않는지 계속 피를 빨아내는 것만 반복하고 있었다. 얼마간 계속하던 샤는 론에게 힐링을 시전해 달라 부탁하고는 병사들을 시켜 공터 주변에서 쑥을 뜯어오게 하여 짓이겨 뭉친 다음, 상처 부위에 눌러서 대고 천으로 떨어지지 않게 묶어주었다. 샤가 아는 것은 다 한 것이다.

“왕자님, 그러시다 독이 몸 안으로 들어가면 큰일 나십니다. 더욱이 왕국의 왕자이신데 어쩌시려고 그런 위험한 일을 하십니까?”

“괜찮습니다. 입 안에 상처가 있었다면 하지 못할 일이지만, 그렇지 않으니 걱정 마세요. 말로 설명하여 다른 사람을 시키는 것보다 알고 있는 내가 직접 하는 것이 빠를 것 같아서 한 것뿐입니다.”

샤의 말에 주위의 기사들과 병사들은 말이 없었다. 어찌 열 살 꼬마의 입에서 나올 수 있는 말인가. 샤가 마차로 들어가자 모두 고개를 저으며 감탄하는 듯했다.

정신을 잃은 해리는 깨어날 줄 모르고 누워 있었다. 그날은 기사들이 돌아가며 불침번을 서야 했다.

다행히 떠돌이 고블린이었는지 더 이상 공격해 오지 않은 것에 고마워하며 아침까지 별 이상 없이 보낼 수 있었다. 물론 기사들은 계속 경계를 서느라 잠을 잘 수 없었다.

다들 떠돌이 고블린으로 생각하고 다행이라고 생각했지만, 실상은 뒤쪽에 삼십여 마리의 고블린이 숨어 있었다.

숨어 있던 삼십여 마리의 고블린은 생생하게 동료 고블린들이 마법사의 마법 한 방에 다섯 마리가 죽는 모습에 겁을 먹고 더 이상 공격하지 못하고 기회만 보다가, 결국 아침이 되어 자신들보다 많은 인간 무리를 포기할 수밖에 없었다.

아침이 되자 해리가 일어났다. 다행히 독침에 맞은 다리를 쓸 수 있었다. 샤의 응급처치 덕분에 독이 많이 퍼지지 않은 상태에서 뽑아내고 독이 더 이상 퍼지지 않게 차단해 주어 불구가 되지 않을 수 있었다.

일어나서 왕자님이 직접 입으로 독을 뽑아내어 주었다는 이야기를 듣고는 해리는 어찌해야 할지 몰라 안절부절못하는 모습이었다. 아무리 록트 왕국이 평민을 핍박하지 않고 어느 정도 인간 대접을 해준다곤 해도 역시 일반 평민인 자신과 일국의 왕자는 하늘과 땅 차이인 것이다. 샤가 마차 밖으로 나오자 해리가 기다렸다가 달려가 샤의 앞에 엎드렸다.

"왕자 저하, 저하의 입을 더럽힌 미천한 소인을 죽여주시옵소서!"

샤는 그 모습을 보며 빙긋이 웃으며 말했다.

"해리, 일어나 걸어보아라."

"네? 네, 왕자님."

놀란 토끼눈을 하고는 샤가 시킨 대로 이리저리 걸어보는 해리였다.

"음, 다행히 불구가 되지는 않았군. 오늘은 무리하지 말고 짐마차를 타고 이동하여라. 파렐 경, 해리를 오늘은 짐마차에 태워주세요. 안 그러면 상처가 덧날 수 있습니다."

"예, 왕자님."

"해리는 내가 치료해 준 것에 너무 부담 갖지 말거라. 아무도 응급처치 요령을 모르는 것 같아서 알고 있는 내가 해준 것이니. 그리고 정 부담이 된다면 앞으로 날 많이 도와주면 된다. 알겠지?"

"옛, 왕자님. 감사하옵니다. 이 은혜, 평생을 왕자님께 충성을 다하여 갚도록 하겠습니다."

해리는 샤에게 진 빚을 갚는 그날까지 샤의 뒤를 따르기로 마음먹었다.

그것이 샤에게 도움이 될지는 지켜봐야 하겠지만 말이다.

제대로 휴식을 취하지 못한 일행은 우선은 서둘러 출발하여 안전한 장소에서 잠깐 쉬기로 하고 간편하게 아침을 준비해서 먹고는 길을 재촉해 출발했다.

낮 동안 움직이는 길은 수도에서 가까운 곳이어서 별달리 위험이나 어려운 일은 없었다. 샤는 그 길을 지나며 숲의 나무들을 보면서 이상한 점을 발견했다.

나무들이 그렇게 다양하지가 않다는 것이다. 오크 나무라고 불리는 참나무, 소나무 등이 주종이었고, 간간이 상수리나무 등이 보였다.

전생에 어린 시절을 밤나무 밭, 감나무 밭, 잣나무 밭 등으로 불릴 만큼 많이 심어서 부수입을 올리던 곳에서 자란 샤에게 지나가며 보는 마을의 모습은 무엇인가가 빠진 것처럼 보였다.

론에게 오면서 본 모든 집에 그 흔한 과일 나무 한 그루가 안 보이냐고 물어보니 과일 나무가 산속 깊숙이 있기는 하지만 그것을 집에다 심지는 않는다고 한다.

몬스터 때문에 일반인들이 숲 속 깊이 들어가는 것 자체가 위험하기에 그런 것까지 신경을 쓸 수 없다는 것이다.

또한 론이 말하길, 티러스 산맥에는 유실수(有實樹)가 있지만 대부분 대륙에는 과일이 열리는 나무가 그렇게 많지 않다는 것이다.

샤가 생각하기에 이곳은 아직 나무를 접붙이는 방법이나 유실수를 가꾸는 기술이 없는 듯했다. 론에게 과수원에 대해 물어보자 신기해하며 그것이 무엇인지 되물었으니 말이다.

샤는 종이를 연구하며 전생의 접붙이는 방법과 유실수를 얻는 방식을 생각해 보며 병행해서 같이 해보는 것을 검토하고 있었다. 어차피 나무를 가져다 실험을 해야 하는 상황이라면 같이하는 것이 효율적이란 생각이었다.

3일째 오후가 되자 메린 영지에 들어설 수 있었다. 공인들이 사는 마을은 반나절 정도 거리에 있다고 하여 하루 더 야영을 한 다음날 찾아가기로 했다. 저녁을 먹은 후 각자 자리를 잡고 휴식을 취하자 샤는 마차 안에 자리를 잡고 앉아 단전호흡을 하기 시작했다.

처음은 건강을 위해서 하기 시작한 단전호흡이 이제는 꼭 해야 하는 일이 돼버린 것이다. 아랫배에 묵직하게 느껴지는 기(氣) 덩어리가 참으로 신기하게 생각되었다. 전생에는 평생을 해도 이런 느낌을 받을 수 없었는데, 이곳은 4년 만에 이런 만족감을 얻을 수 있으니 이곳은 대기의 기가 충만하다는 것을 피부로 느낄 수 있었다. 이런 기의 분포 상태라면 생육(生育)이 전생의 세상보다 활발하여 농사도 잘될 것일 텐데, 항상 기아(飢餓)에 허덕인다는 이야기를 들으면 그것 또한 앞뒤가 안 맞는 듯해 보였다.

여하튼 그런 기의 분포 덕에 기사들이 십여 년을 훈련하면 검기를 다루는 경지를 이룰 수 있겠다는 생각도 들었다.

일행은 다음날 아침 일찍 출발하여 오전이 되기 전에 마을로 들어설 수 있었다.

사두마차와 함께 기사들과 병사들이 들어서자 베론 마을 사람들은 모두 긴장하며 일행을 바라보았다. 십여 가구 정도 되는 마을 주민이 모두 나온 것 같았다. 론이 나서며 마을 촌장을 찾았다.

"촌장이 누구요?"

"제가 마을 촌장인 그레엄이라고 합니다. 한데 어디서 오시는 분들이신지……?"

"당신이오? 왕국의 2왕자 저하이신 스페르 샤 폰 록트리온 왕자 저하께서 종이 만드는 것을 보고 싶다고 하셔서 모시고 왔으니 안내를 부탁하겠소."

"네?! 왕자 저하요?!"

그레엄이라는 이 마을의 촌장은 굉장히 놀란 표정이었다. 일국의 왕자가 올 만한 곳이 아니었다. 종이를 만드는 것이 무엇이 그리 특별하다고 그걸 보러 수도에서 여기까지 왔다는 것인지 이해가 잘 가지 않았지만, 우선 마차에 그려진 문양이나 기사들을 보니 왕자임은 분명한 것 같았다. 뒤에 서 있던 샤가 나서며 마을 촌장에게로 다가갔다.

"자네가 이 마을 촌장인가? 내가 스페르 샤 폰 록트리온이라고 하네. 내가 종이 만드는 것을 보고 싶은데 보여줄 수 있겠나?"

"네, 왕자 저하. 그럼요, 당연히 보여드려야지요. 잠시만 기다려 주시겠습니까? 준비를 하려면 한 시간 정도 소요됩니다."

"그러지. 그럼 부탁하네."

한 시간이 지난 후 월로우라는 나무를 다발로 큰 가마솥에 넣어 삶아내더니 껍질을 벗기고 다시 그것을 내피만을 벗겨내어 방아에 넣어서 짓이긴 뒤, 큰 물통에 넣었다. 이어 끈기를 내기 위해 끈기가 있는 풀의 뿌리에서 즙을 짜내서 같이 섞이도록 저었다. 이것이 종이 물이란다.

이어 큰 뜰채를 넣고 서너 번 앞뒤로 종이를 뜨는 과정을 보여주었다. 종이를 뜬 다음에 한쪽에서 잡고 들어내자 한 장의 종이가 되었다. 그것을 평평한 곳에 놓고 말리면 종이가 되는 것이다.

그것을 들어 물기를 제거하고 화덕을 옆에 두고 종이를 펴 가며 수분을 완전히 제거하니 한 장의 큰 종이가 되었다. 그렇게 어려운 공정은 아닌 것 같았다.

종이 만드는 시연이 끝나고 왕자 일행은 촌장의 집에 들러 이야기를 나누었다.

"잘 보았네. 그런데 윌로우라는 나무는 어디에서 주로 나는가?"

"네, 왕자님. 윌로우는 강가나 계곡 주변에 주로 서식하는 나무입니다. 많은 가지를 뻗어서 밑으로 늘어뜨리며 자라는 나무입니다."

그레엄 촌장의 설명에 샤는 이 나무가 닥나무가 아니라는 것을 알았다.

"혹 켄트 왕국에서는 어떤 나무로 종이를 만드는지 아느냐?"

"그저 저희들은 대대로 윌로우 나무로만 작업을 해와서 그것은 잘 모르겠습니다. 또한 알려고 해도 알 수 있는 방법이 전혀 없습니다. 죄송합니다."

"그래, 그럼 혹 다른 나무로 종이를 만들어본 적은 있느냐?"

"네? 다른 나무라면 어떤 나무를 말씀하시는지……. 종이를 만들 만한 나무라면 나무의 껍질이 두껍고 수분을 많이 함유하고 있어야 합니다. 한데 그런 나무를 윌로우 말고는 본 적이 없어서 해본 적이 없습니다."

샤는 고민해야 했다. 궁 안에 있을 때 보았던 종이는 분명 한지보다는 조금 못하지만 질이 좋았다.

여기 와서 본 종이는 자신이 아는 한지 만드는 법과 같았지만 질이 떨어졌다. 분명 재료의 차이일 것이라 생각했다. 한참을 생각한 연후에 촌장에게 자신이 이곳에 온 진정한 목적을 이야기했다.

"그레엄 촌장, 내가 지금부터 하는 이야기를 잘 들어주기 바라네. 사실 내가 이곳에 온 목적은 종이 만드는 과정을 보기 위함이기도 하지만, 켄트 왕국보다 더 뛰어난 종이를 개발하기 위함이기도 하네. 이것은 국왕 전하의 특명이네. 켄트 왕국보다 더 질 좋은 종이를 만들어 우리 왕국의 발전을 도모하고자 하시는 것이지. 그러기 위해서 촌장과 여기 마을의 공인들 전부가 도와줘야 하네. 물론 개발이 되고 안정이 될 때까진 내가 자네들의 생계를 책임질 것이네. 그러니 그런 걱정은 하지 않아도 될 것이네. 그리고 영지에 내는 세금도 내가 알아서 할 테니 나를 도와 개발 작업만 하면 되네. 개발이 된다면, 이곳에 대단위로 종이를 생산하는 마을을 만들 생각이야. 어떤가?"

한참을 생각하던 촌장은 천천히 입을 열기 시작했다. 사실 다른 의견을 말하기도 뭐했다. 일국의 왕자가 더 나은 것을 개발하고자 한다는데 뭐라 하기도 그랬고, 또한 생계까지 책임져 준다고 하지 않는가.

"왕자 저하, 그에 앞서 드릴 부탁이 있습니다. 우선 저는 따르도록 하겠습니다. 그런데 나머지 공인들에게 그들의 의사를 물어 본인의 생각대로 결정할 수 있는 권한을 주실 수 있는지요."

"그러지. 내일까지 시간을 줄 터이니 남을 사람과 떠날 사람을 내일 알려주게. 그리고 마을 사람 전체에 관한 사항도 알려주었으면 좋겠네."

"네, 알겠습니다. 그럼 물러가겠습니다."

사실 말이 국왕의 명이고 개발이지, 무조건 따르라고 하기가 뭐했다. 언제 개발이 끝날지, 더구나 성공을 할지도 확신할 수 없었고, 그동안 생계와 세금을 해결해 주겠다고는 했지만 그들이 종이를 팔아 수입을 올렸을 때보단 수입이 적어질 수도 있기에 강제로 시키기에도 그랬다.

그들은 공인이기는 하지만 평민들이다. 노예나 농노가 아닌 것이다. 그들은 거주 이전이나 직업 선택의 자유가 보장된 신분이었다. 하여 샤는 촌장이 말한 부탁을 흔쾌히 받아들였다.

다음날, 촌장은 답을 가지고 샤의 임시 거처로 찾아왔다.

"총 열네 가구에 57명이 이 마을에 거주하고 있습니다. 한데 그중 종이를 만드는 일이 아닌 사냥과 농사를 해서 생계를 꾸리는 세 가구의 13명은 본래 종이 생산 일을 하지 않았으니 할 수 없다 하였습니다. 그리고 나머지 열한 가구에서 마흔네 명은 모두 따르기로 했습니다. 세 가구의 13명은 이 마을을 떠나야 하는지요? 떠나지 않아도 된다면 머물러 있기를 희망했습니다. 나머지 사람들도 같이 있고 싶어 합니다. 오랫동안 마을에 같이 살던 사람들이라 정이 들어서……."

"그들은 농사와 사냥을 주업으로 한다고 했나?"

"네, 그렇습니다."

"그렇다면 그들의 가장들을 불러주겠나? 내가 직접 이야기를 해보겠네."

"알겠습니다."

잠시 후, 세 가구의 가장인 듯한 세 사람이 들어왔다. 두 사람은 평범한 농부의 모습이고, 한 명은 20대 후반의 여성이었다.

"미천한 평민 캠벨이 왕자 저하를 뵙습니다."

"미천한 평민 로한이 왕자 저하를 뵙습니다."

"미천한 평민 샐리가 왕자 저하를 뵙습니다."

"그래, 만나서 반갑군. 그대들은 되도록 이 마을에 남고 싶다고 했다지?"

"네, 그렇습니다."

"흠, 단도직입적으로 묻겠네. 내가 종이 개발과 더불어 유실수(有實樹)를 대단위로 경작하는 일을 해보고 싶은데, 매월

임금을 받는 조건으로 일해볼 생각은 없나? 내가 매달 1실버의 급료를 주겠네. 물론 처음엔 힘이 들 것이네. 그래도 열심히 한다면 좋은 결과가 나올 거라 생각하네만……."

세 사람은 무슨 말인지 의미를 파악하지 못하여 대답하지 않고 고민을 하는 듯했다. 유실수를 대단위로 경작한다는 말의 뜻을 아직 파악하지 못한 것 같아 샤가 다시 설명해 주었다.

"그러니까… 과일이 나는 나무를 밭에 심는다고 보면 되네. 솔직히 우리 왕국은 밀 농사나 쌀 농사가 잘되는 곳은 아니지 않나. 그러니 과일 나무를 밭에 심어 과일을 대량으로 수확하여 수입을 올리는 것이지. 어떤가?"

"소인이 아둔하여 잘은 모르오나, 과일이라는 것이 오랫동안 보관하기가 어려워 많이 수확한다 하여도 한번에 많은 양을 수확한다면 내다 팔기도 전에 상할 텐데 가능한지요?"

"그것이라면 걱정 말게. 내 생각해 둔 바가 있네. 우선은 과일에 따라 달라지겠지만 일정량은 가공을 하여 상하지 않게 하는 방법을 생각해 봐야지. 어떤가? 해볼 텐가? 한다면 떠나지 않아도 되고, 안정적으로 이곳에서 생활도 할 수 있을 것이네."

세 사람은 잠시간 고민을 하다가 월 1실버라는 급료를 준다고 하니 나쁠 것이 없다 판단하고 곧 승낙했다.

"네, 하겠습니다."

다음날, 샤는 마을 촌장과 종이 공인 두 명에 론과 파렐를 포함한 십여 명을 모아놓고 앞으로의 일을 의논하는 회의를 하였다.

우선 파렐에게 편지를 주어 기사 세 명에게 메린 영주성에 보내라고 지시하였다. 편지의 내용은 베론 마을 반경 5㎞ 안의 자치권을 보장해 달라는 협조문이었다.

물론 그에 따른 세금은 꼬박꼬박 낼 계획이었고, 국왕이 협조해 주라는 공문이 내려갈 테니 무난히 받아들여질 것이라고 생각했다.

다음으로 선임병에겐 병사들과 함께 마을을 중심으로 반경 5㎞ 내외로 방책을 치고 들어오고 나가는 길을 한곳으로 통제하게 하였다.

베론 마을은 조그만 강이 흐르는 옆으로 길이 하나가 나 있고 둘레가 모두 산이라 산 쪽으로 방책을 치고 몬스터의 침입을 막게 했고, 입구 쪽으로는 200미터 간격으로 검문소를 두어 경계를 하도록 했다.

마을 촌장에겐 공인들을 시켜 자신이 도서관에서 찾은 풀과 나무의 뿌리를 찾아서 가져오라 지시했다. 가능성이 있는 모든 종류의 나무와 풀들이었다. 아무래도 종이 제작 시에 들어가는 재료를 기존의 것과는 다른 것으로 바꿔서 시험해 보고자 했기에 처음의 연구 과제로 내어준 것이다.

과일 나무 재배를 맡은 캠벨에게는 주변의 숲을 기사들과 함께 돌아다니며 유실수를 찾아서 종류 별로 뽑아오라고 명령을 내렸다. 그리고 남은 마을 사람들에겐 일당을 주어 샤의 일행이 묵을 수 있는 숙소와 회의장 등을 만들게 하였다.

마지막으로 론에게는 돈을 어느 정도 내어주어 관리를 맡기고 자신 일행에게는 필요한 생필품을 구해오는 일을 시켰다.

"촌장님, 처음의 말과는 다르게 돌아가잖습니까! 왕자님이 일을 점점 더 크게 벌이는 것이, 쉽게 끝날 것 같지 않습니다. 이제 어쩝니까?"

"허참, 그저 어린아이기 궁에서만 지내기 심심해서 놀이를 좀 해보다 가려나 했더니……."

"우선은 좀 더 지켜보기로 하죠. 그래도 왕자님이신데 저희가 어쩔 수는 없잖습니까."

지금 촌장과 마을 사람들 중 대표자 격인 청년들이 둘러앉아 대책 회의를 하고 있었다. 처음에 왕국에서 왕자가 나와서 종이 만드는 법을 구경하고 싶다고 해서 보여주었다. 그러자 켄트 왕국에서 생산하는 종이보다 질 좋은 종이를 개발하라는 국왕의 명령이라며 하자고 할 때까지만 해도 어린아이의 치기 어린 장난으로만 여겼다.

조만간 잠자리도 불편하고 여러 가지로 왕자가 있을 곳이 못 되기에 곧 궁으로 돌아갈 것이라 생각한 것이다.

그런데 오늘 아침에 회의랍시고 모두를 불러모아 놓고 명령을 내리는 것으로 보아 도저히 열 살짜리 꼬마의 모습이 아니었다.

왕의 핏줄이라서 그런지 말하는 것에 위엄이 있었고, 일의 순서를 설명하며 꼼꼼하게 명령하는 것이 웬만한 귀족 못지않았다.

상황이 예상과는 다르게 돌아가자 불안한 청년들이 촌장을 찾아와 대책을 논의하고 있는 것이다. 하지만 촌장이라고 특별한 대책이 나올 리 만무했다.

일을 시작한 지 한 달쯤 지나자 제일 먼저 숙소와 회의장이 만들어졌고, 방책을 만드는 일을 마무리지을 수 있었다.

유실수를 찾는 일은 십여 종 정도의 과일 나무를 숲에서 찾아 가져온 것에서부터 시작했다. 그중 몇 종은 과수원을 하여 수확한다면 수입을 올릴 수 있는 것은 감과 포도, 배, 도토리, 호두, 매실, 앵두, 살구, 석류, 밤, 대추, 귤 정도의 것들로 결정되었다.

전생과 비슷하기는 하지만 몇 가지는 전혀 다른 과일들이었다. 샤가 가장 놀란 것은 온난한 기후에서 재배된다고 알고 있는 귤과 같은 과일 나무가 있다는 것이다. 물론 정확히 귤

과 같은 과일이라고 부를 수는 없었지만, 어쨌든 모양이나 맛
이 비슷했다.

우선은 제값을 주고 마을 안의 땅에 대한 권리를 사들이고
개간을 하게 하여 잡목과 잡초를 제거한 후 땅을 뒤엎었다.
그 뒤에 가져온 유실수들을 모두 심게 하였다.

그 일이 어느 정도 마무리되자 종이 만드는 일을 시작했
다. 매일 다른 재료의 풀뿌리와 나무 뿌리를 이용하여 접착
력이 있는 풀을 만들고, 그것을 사용하여 종이를 만드는 일
을 반복하였다. 기존의 접착제보다 좋은 접착력을 가진 재료
를 찾을 때까지 계속될 일이니 느긋하게 생각하고 지켜보기
도 했다.

샤는 낮에는 과실수가 밭에 심어지는 것을 확인하고, 마을
주변의 목책 상태와 종이 개발 상황을 확인하였다. 그리고 밤
에는 새롭게 떠오르기 시작하는 전생의 기억을 되살려 책으
로 만드는 일을 했는데, 그 첫 번째가 자신이 장수로 있으면
서 배웠던 검술을 기록하는 것이었다.

검술의 이름은 풍백검법(風百劍法)이었다. 당시 샤는 54개
의 부족 국가가 서로 사활을 걸고 다툼을 벌이던 곳에 살았던
기억이 돌아오기 시작했는데, 그곳에서는 자신을 지킬 무력
이 없이는 살아갈 수가 없었다. 태어나 어느 정도 나이가 들
어 검에 재능을 보이면 국가에서 데려다 검법을 사사하는데,

그것이 풍백검법이었다.

말 그대로 장수들이 배워야 하는 필수 검법이었다. 풍백검법은 24개의 공격 초식과 12개의 방어 초식으로 이루어졌는데, 이 36개의 초식을 수없이 반복 연습하는 것으로 검법을 익히는 것이 시작된다.

완벽하게 익히면 공수의 전환이 부드럽고, 어느 정도 검법에 대한 깨달음을 얻으면 스스로 변화하며 발전시킬 수 있는 검법이었다. 전생의 삶에서 이 검법이 얼마나 뼛속 깊이 각인되었는지, 다른 삶의 기억보다도 검법에 대한 기억이 가장 또렷하고 세세히 생각난 덕분에 한 달이라는 짧은 시간에 한 권의 검법 책을 완성할 수 있었다.

책 뒤엔 간단한 호흡법과 보법을 넣었는데, 샤는 그림 솜씨가 형편없어서 에이프릴을 시켜서 그림을 그리게 했다. 그것은 에이프릴이 그림을 잘 그린다기보다 메이와 에이프릴 둘을 앉혀놓고 시켜본 결과, 그나마 에이프릴이 알아볼 수 있게 그렸기 때문이다. 잘 알아보기만 하면 된다고 생각하는 샤였다.

"문제는 검인데… 이곳의 검은 적당한 것이 없으니……."

이곳의 검들로 해야 한다면 못할 것도 없지만, 이 검법은 검에 맞춰 만들어진 검법이다. 보통 모든 병기술이 병기에 맞춰 발전하기 때문에 그것에 맞는 병기를 사용해야 최대의 효과를 기대할 수 있다. 간혹 검술에 맞게 검이 만들어지거나 사용하는 사람의 신체 구조에 맞게 만들어지기도 하지만 이 경우는 아닌 것이다.

결국 샤는 기사들의 검을 모두 바꾸기로 하였다. 샤가 직접 도안하여 길이 1미터가 약간 넘고 외날에 약간은 휜 모양의 검이었는데 그려놓고 보니 검이 아니라 도였다.

"헉! 이것은 도네? 그럼 이거 풍백도법이라고 해야 하나? 에이, 그냥 바람 검법이라고 하자."

여하튼 그렇게 그려진 도안을 론을 통해 수도에 있는 유명한 대장간에 보내 삼십여 자루를 만들어 오게 했다.

검이 도착하자 샤는 파렐과 론을 불러 점심을 먹으면서 얘기를 꺼내었다.

"파렐 경, 기사단은 보통 몇 명으로 이루어지나요?"

짐심을 먹고 차를 마시며 샤가 질문했다. 파렐은 웬 뜬금없는 질문이냐는 듯 샤를 한 번 바라보고는 차를 입에 가져가며 대답하였다.

"기사단 말입니까? 기사단이라면 최소한 팔십여 명에서 백이십여 명 정도로 이루어져 있습니다."

"그러면 기사단 조건에 기사의 수가 정해져 있나요?"

"수는 정해져 있지 않습니다. 다만 기사단이라면 전원이 말을 타야 하고, 충분한 장비를 갖춰야 하며, 실력은 최소한 익스퍼트 이상이 되어야 한다는 암묵적인 규정이 있습니다. 하지만 딱히 법으로 그래야 한다고는 나와 있지 않은 걸로 알고 있습니다."

법에는 나와 있지 않지만 보통 어느 정도 힘을 과시해야 하는 집단이기에 최소 일백 명은 넘기는 것이 보통이었다.

"그래요. 그렇다면 저를 호위하는 기사 분들도 기사단이라고 할 수 있나요?"

"네, 그렇습니다. 인원이 적긴 하지만 이제 왕비 마마에게서 왕자님에게로 기사단의 적이 옮겨졌으니, 2왕자님의 친위 기사단이라고 보시면 됩니다."

"그런데 원래 기사단은 따로 이름을 가지고 있지 않나요?"

"대부분 있지만 왕실 분들을 호위하는 기사단은 따로 정하지 않습니다. 근위기사로 불리는 것이 관례입니다만, 왕자님께서 정해주신다면 그렇게 불리게 될 것입니다."

"그래요? 그럼 기사단 이름을 바람의 기사단이라고 하지요. 그리고 깃발도 그에 맞게 제작하시고, 이 책은 바람 검법이라고, 제가 왕실 도서관에서 찾아낸 책을 다시 옮겨 적은 것입니다. 원본은 저에게 있으니 이것은 파렐 경이 보시고 책에 나와 있는 검법이 익히기에 타당한지 알아보시기 바랍니다. 그리고 타당하다면 파렐 경이 우선 익히신 후 모든 기사 분들에게도 전수해 주시기 바랍니다."

책을 받아 든 파렐은 한참을 말없이 샤가 건네준 책을 들여다보며 생각에 빠져 있는 듯했다. 책에는 검을 들고 움직이는 방향과 동작이 하나하나가 그려져 있었고, 옆에는 그림에 대한 구체적인 설명이 나와 있었다.

　한참을 보던 파렐은 눈으로 그림을 따라 보더니 검술의 공방을 자연스럽게 연결시켜 보며 머릿속으로 검술의 움직임을 상상하는 듯하였다.

　"허, 대단합니다. 언뜻 봐도 거친 검술 같으나 매우 섬세하고 부드러움을 강조한 검술이군요. 그리고 뒤의 이것은 호흡법 같은데 명문 기사단이 갖춰야 할 검술의 모든 것 이상이군요. 게다가 보법이라……. 이것은 검술에 맞게 고안된 걸음걸이군요? 허, 이런 것까지 갖춘 검술이라니……. 이것을 진정 왕실 도서관에서 찾으신 겁니까? 이런 검술이 있다는 이야기는 들어본 적이 없습니다."

　"맞습니다. 나를 믿으시고 우선 파렐 경이 익혀보신 다음 모르는 단이나 해석이 안 되는 것들은 저에게 말씀하세요, 아는 부분까지는 알려 드릴 테니. 아시겠지만 그 검술은 바람 기사단이 많이 배워야 합니다. 그러니 각별히 보안에 신경 써 주시고, 그리고 기사단 숙소 옆에 훈련장과 기사단장실도 짓도록 하세요. 앞으로 베론 마을 어린아이들에게도 바람 검법은 아니더라도 검술 교육을 받게 했으면 합니다. 아직 어린아이들은 일손을 돕지 않으면 아무것도 하지 않고 노는 것 같은데, 그러기보단 검술이라도 배우게 하여 혹 한두 명이라도 쓸 만한 인재가 있다면 훈련 기사로 받아들이도록 합시다."

　"네, 알겠습니다. 준비하도록 하겠습니다."

“아! 그리고 단장실과 훈련장은 다른 사람에게 시키지 말
고 훈련을 겸해서 기사 분들만으로 작업해 보도록 하세요. 만
약 작업을 거부하는 기사가 있다면 검법 전수는 해주지 마시
기 바랍니다. 일종의 시험입니다.”

“네? 아, 알겠습니다.”

“아! 그리고 제가 그 검법에 맞는 검을 새로 만들어왔습니
다. 조금 후에 기사들을 시켜서 가져가시기 바랍니다.”

“검까지요?”

“그런데 사실 그게 검이라기보다는 도입니다. 외날이거든
요.”

“네. 하긴 이 책을 보니 이런 동작을 하려면 검보단 도가
나을 것 같습니다.”

익스퍼트 상급을 넘어가는 실력자라서인지 책의 그림만
보고도 대충 이해를 하는 것 같았다. 이 시대의 검법이라고
특별히 다를 것은 없었지만 자연 환경 탓인지 호흡법과 보법,
그리고 검술을 체계적으로 교육하기 위한 검법서는 없었다.

단지 기사들은 수없이 훈련하며 체력을 단련하고 대련을
하면서 체내에 마나를 축적하고 반복 훈련을 통해 실력을 키
워나가다 우연히 마나의 흐름을 제어하게 되고, 그러다 보면
깨달음을 얻어 마스터가 되기도 하는 것 같았다.

그러니 이런 마나가 풍부한 자연적 조건에서도 한 왕국에
마스터가 두 명 내지는 세 명이 나오기도 힘든 것이다.

아마도 호흡법과 검법, 그리고 보법을 제대로 익힌다면 기사단 전체가 마스터가 될 날이 있을 것이다. 다음날부터 기사들은 새로운 검술을 배우는 것과 훈련장을 만드느라 한동안 힘들게 보내게 되었다.

어떤 기사들은 일부러 자청해서 산으로 유실수를 구하러 가는 사람들을 보호한다며 따라갔다는 이야기도 들렸다.

"아이고! 힘들다! 끙!"

"샐리, 힘들면 좀 쉬었다 해. 이제 이쪽 산도 거의 다 돌았는가 보네."

쉬라는 말을 하며 캠벨은 자리에 앉아 가죽 주머니를 들고 물을 마셨다.

"그리게요. 네일부터는 산 하나를 더 넘어 다녀야 할 것 같네요."

"거, 기사님과 해리, 자네도 좀 앉아서 같이 쉬시죠? 하루 종일 저희들 보호하느라 고생이 많습니다."

"아, 예. 이제는 한 달이 넘어가니 할 만합니다. 그레그 기사님도 앉으시죠."

그 말을 기다렸다는 듯이 해리는 샐리의 옆에 앉아 너스레를 떨기 시작했다. 사실 해리와 그레그 기사는 샐리의 전담 경호 기사가 다 돼버렸다.

항상 같이 나오니 친해지는 것은 당연하고, 나무를 찾아내면 옮길 때 해리와 그레그 기사가 대부분 옮겨다 주기까지 하는 것이다. 과부라도 아직은 20대 중후반의 미모의 여인이라는 것도 있지만, 여자 힘으로 혼자서 짊어지고 가기는 힘드니 따라온 해리나 그레그 기사가 도와줄 수밖에 없는 상황이기도 하였다.

샐리는 앉아서 쉬는 동안 건너편 산을 보며 한 달 전의 상황을 생각했다. 과부가 되어 세 명의 아이를 두고 죽을 수도 없어 아이들을 데리고 조그만 밭에서 나는 곡식과 산에서 몬스터들의 위험을 피해가며 따오는 과일들, 그리고 가끔 남의 집 일을 해주며 근근히 먹고살았다. 그런데 한 달 전쯤 왕궁에서 2왕자라는 꼬마가 와서는 종이를 개발한다며 종이 개발에 참여하지 않는 사람들은 모두 나가라고 하는 것이다. 여자의 몸으로 아이 셋을 데리고 어디를 가란 말인가.

순간 겁이 나고 막막한 상황에 촌장에게 하소연해 봤지만 원래 귀족이나 왕족들이 그런 것에 신경이나 쓰는 사람들인가 하는 소리만 들었다.

그 다음날 자신과 같이 마을을 떠나야 할 처지에 처한 캠벨과 로한을 찾는다기에 혹시나 하는 마음에 왕자를 만나러 들어갔다.

그런데 왕자가 월급으로 1실버를 줄 테니 나무를 옮겨다 심으라고 하는 것이 아닌가. 무슨 과수원 어쩌고 하는데 무슨 말인지도 모르겠고, 과일 나무를 뽑아다 심으라니 그렇게 하는 중이었다.

월급이라는 것이 꽤 많은 돈이라 먹고살 걱정은 덜었지만 여자의 몸으로 매일같이 산을 타다 보니 힘이 들 수밖에 없었다. 일을 끝내고 집에 가면 녹초가 되어 아무것도 할 수가 없는 날이 더 많았다.

그렇게 한 그루씩 왕자가 붙여준 기사나 병사의 보호를 받으며 지난 한 달간을 이 산 저 산을 뒤지고 다녔다. 이제는 익숙해져 일도 처음보다는 수월했고, 며칠 전 받은 1실버의 돈으로 넉넉하게 식량도 구했으며, 아이들에게 처음으로 용돈이라는 것도 줄 수가 있었다. 샐리는 이런 생활이 조금 더 오래 갈 수 있기를 바랐다. 몇 년만 이렇게 고생한다면 급료를 모아 넓은 땅을 살 수도 있을 것이라는 생각이 들었기 때문이다.

시간이 흐르면서 마을의 모습은 점점 변해가기 시작했다. 마을 주변의 농지들은 전부 갈아엎고 그 위에 마을 사람들이 구해온 나무와 약초를 심었으며, 한쪽에는 왕자 일행이 머무는 건물도 서너 채 들어섰으며, 종이를 생산하던 공방도 더욱 큰 규모로 지어지고 있었다.

그와 더불어 기사들이 손수 만든 훈련장에는 하루도 거르지 않고 들리는 우렁찬 기합 소리와 함께 맹훈련을 하는 기사들의 모습도 보였고, 마을 주변으로 나무나 돌로 방책들이 세워지고 마을 밖으로 병사들이 항상 경계를 서고 있는 모습 또한 이제는 마을 사람들에게 익숙해져 가고 있었다.

시간은 빠르게 흘러 샤가 베론 마을에 온 지 2년이 지나가고 있었다. 그동안 왕궁에 다섯 번 정도 다녀온 것을 제외하고는 항상 베론 마을에 있으며 수련과 개발에 모든 시간을 투자한 샤였다.

개인적으론 익스퍼트 중급에 다다른 실력을 쌓을 수 있었고, 종이의 개발은 예상대로 잘됐다. 중간에 여러 문제가 있었지만 사람들의 노력으로 목표한 결과를 얻을 수 있었다.

새로 발견한 페이퍼우드라고 명명한 나무는 전생의 닥나무와 비슷했다. 문제는 많은 양을 구할 길이 없는 것이었다. 그것은 시간만이 해결해 줄 문제였다.

페이퍼우드를 늘리는 것에 대한 문제와 함께 종이를 만들 때 들어가는 접착 성분이 있는 첨가물 또한 문제가 되었는데, 기존의 첨가물은 접착력이 떨어졌기에 새로운 재료를 찾아야 했다. 한동안 이것의 해결을 위해 고민을 하던 샤에게 도움을 준 것은 해리였다.

해리는 여느 날처럼 캠벨과 샐리를 따라 산으로 들어가게 되었는데 산행 중에 우연히 깊은 계곡을 발견하게 되었다. 계곡에서 쉬면서 목을 축이고 있는데 물속에 이름 모를 물고기들이 지나가는 것을 보게 되었다.

그날은 일하는 중이고 뽑아놓은 나무가 있어서 어쩌지 못하고 그냥 지나가게 되었는데, 며칠 후 산행이 없는 날 샤의 많이 부족한 식단을 보고 왕자에게 주기 위해 혼자서 계곡에 가 물고기를 몇 마리 잡아다 주었다. 샤는 그 물고기를 먹다가 물고기의 부레를 보고는 곧 부레를 이용하여 부레풀을 만들게 되었다.

그런데 이 부레풀은 민어의 부레로 만들어야 하는 것이기에 바닷물고기인 민어를 구하러 파렐이 직접 북쪽의 바닷가까지 다녀와야 하는 고생을 해야 했다.

처음엔 부레풀만을 사용하여 종이를 제조하였는데 번번이 실패하였다. 접착력이 너무 강한 것 같기도 하고 종이 접착 재료로 사용하기 힘들어 부레풀만으로는 성공하지 못했다. 그러다 전에 접착 재료로 쓰이던 풀뿌리와 섞어서 양을 조절하여 성공하게 되었다.

기존의 종이보다 훨씬 부드럽고 질기며, 글이 매끄럽게 잘 쓰여지는 종이가 탄생하게 된 것이다.

성공한 종이는 한지와 비슷하지만 한지와는 또 다른 점에서 품질이 좋은 종이가 되었다. 그렇게 성공을 하고는 일없는 부녀자들을 시켜 꽃잎과 각종 천연 재료를 구해 색종이를 만들기 시작했다.

황토를 구해 황색의 종이를, 그리고 색색이 꽃잎의 즙을 내어 종이에 첨가해서 색종이를 만들어낸 것이다.

이제 페이퍼우드 나무를 대량으로 작목하는 일만 남은 것이다. 주변의 밭을 갈아엎어 놓은 곳에다 우선 페이퍼우드 나무를 심기 시작했다. 구해온 나무를 뿌리는 남겨두고 줄기를 잘라 땅에 심으니 약 80% 정도의 나무들이 싹이 나고 살아나기 시작했다 그렇게 한 해가 지나고 다음 해에 다시 자란 나무를 잘라내어 심었다. 약 삼천 평 정도의 땅에 나무가 자라기 시작했다.

과수원 역시 기대에 미치지는 못하지만 어느 정도 성과를 보이고 있었다. 우선 나무의 과일을 씨로 키우는 것은 너무나 많은 시간이 걸리는 일이라 접붙이는 방법으로 어느 정도 성과를 보았는데, 그중 감나무가 가장 좋은 성과를 보였다.

"왕자님, 정말 이렇게 나무를 붙이면 나무가 변할까요? 이거 마법도 아니고……."

"글쎄요. 제가 읽은 책 내용대로라면 될 것입니다. 기다려 보지요. 시간이 지나면 결과를 알 수 있겠죠. 이 방법이 성공한다면 유실수를 늘리는 데 많은 성과가 있을 것입니다."

"당연하지요. 이 방법이 성공한다면 아마도 왕국에 엄청난 변혁을 일으킬 겁니다."

모두의 기대와 우려를 씻어주듯 단 한 번에 접붙이는 방법이 성공하여 이에 모두들 너무 기뻐하며 좋아하였다. 어찌 보면 당연한 결과였다. 알고서 하는 일인데 실패한다면 그것이 더 이상할 것이다. 2년이 지난 지금은 나무들이 자라고 있어 열매를 맺어 성과를 보기 위해서는 더 많은 시간과 열심히 관리하는 일만 남아 있었다.

감은 곶감을 만들어 저장하고 나무 수를 더욱 늘렸고, 포도
는 건포도와 포도주를 만들기 위해 준비 중이었다. 호두나
밤, 대추 같은 것들은 가공이 쉬웠기에 말려서 그대로 거래를
해도 될 것이다.

매실은 약재와 절임 음식을 만들기로 하였고, 앵두나 살구,
자두, 배, 사과 같은 것들은 씨를 받아 묘목으로 키운 뒤 록트
왕국 곳곳에 심어 백성들에게 나누어 주었다. 또 귤은 껍질은
말려 차로 팔고, 도토리는 묵을 만들어보려고 연구를 하는 중
이었다. 점점 나무들이 자라고 일거리가 늘어나며 눈코 뜰 새
없이 바빠졌다.

샤는 지금 수도를 향해 이동 중이었다. 아직 과일 나무는
더 시간을 두고 자라길 기다려야 하는 것도 있었지만, 우선은
성공한 것부터 왕궁에 들러 결과를 보고하기로 하였다.

수확물 중 질 좋은 종이와 색종이, 그리고 곶감과 건포도, 포
도주 등과 과일을 국왕에게 진상하기 위해 샤와 파렐, 마법사
론, 그리고 촌장과 한지 개발자 일곱 명, 과수원 관리자 세 명
과 해리를 포함한 병사 십여 명과 함께 수도인 록트리아를 향
해 가고 있었다. 마차 안에서 론과 샤가 대화를 하고 있었다.

"2년 만에 어느 정도 성과를 보았군요."

"저는 꿈만 같습니다. 그동안 왕자님께서 하신 일은 결코

작은 일이 아닙니다. 아마도 국왕 전하를 비롯하여 모든 분들이 매우 기뻐하실 것입니다. 이제 대륙에서 가장 가난하고 살기 힘든 왕국이라는 오명은 조만간 없어질 것 같습니다."

"그리된다면 더 바랄 것이 없겠지요. 굶주림과 헐벗은 백성들이 이번 일로 조금이라도 없어졌으면 좋겠습니다."

"꼭 그리될 것입니다. 왕자님의 백성을 생각하는 마음이 하늘에 닿아 모든 일이 잘 풀리나 봅니다."

"과찬입니다. 그렇게 칭찬하시니 민망하군요."

이런 그들의 대화는 다른 일행도 대동소이하게 하고 있었다. 그들의 짧은 여행은 별 탈 없이 수도를 향해 나아가고 있었다.

대전에는 오늘 특별한 행사를 위해 모든 왕족과 대영주들, 그리고 록트 왕국 출신의 상단주 세 명을 포함하여 20명 정도가 국왕을 기다리고 있었다.

모두 국왕의 명으로 모였지만 이유를 알 수 없는 그들은 서로 무슨 일인지 정보를 얻기 위해 웅성대며 소란을 떨고 있었다. 곧이어 시종장이 외치는 소리가 들렸다.

"왕국의 태양이신 멜튼 폰 록트리온 국왕 전하 드십니다!"

"데이몬 폰 록트리온 왕세자 저하 드십니다!"

"스페르 샤 폰 록트리온 2왕자 저하 드십니다!"

"국왕 전하를 뵈옵니다!"

세 사람이 회의장 안으로 들어오자 모두 자리에서 일어서며 국왕에게 허리를 숙여 보이며 국왕에 대한 예를 하고 서 있었다.

국왕은 주위를 둘러보며 나지막하게 말하였다. 물론 주위가 조용했기에 국왕의 말소리는 모두 들을 수 있었다.

"모두들 공무에 시간이 없을 텐데 나의 부름에 이렇게 달려와 줘서 고맙소!"

인사를 하고는 손을 들어 시종장에게 앉히라는 손짓을 했다. 시종장은 국왕의 손짓을 보고는 귀족들을 향해 말했다.

"모두 자리에 착석하시기 바랍니다."

회의장 안에 모인 모든 사람들이 자리에 앉자 국왕이 인원을 파악하려는 듯 좌우를 돌아보며 이야기를 시작했다.

"오늘 여러 대신들과 영주들을 이 자리에 모이라 한 것은 왕국에 중대사를 논의하기 위해서요. 2년 전, 짐의 둘째 아들인 샤가 상왕 전하와 짐의 지원을 받아 종이 개발을 위해 왕궁을 떠나 모처에 있었소. 그동안 개발에 몰두하여 성공한 그 결과물을 오늘 여러분에게 선보인다고 하니, 다들 샤의 이야기를 들어보도록 하시오."

국왕이 오늘 모이라고 한 이유를 말하고 샤에게 눈짓을 하자 샤는 자리에서 일어나 앞으로 나섰다.

"안녕하십니까? 스페르 샤 폰 록트리온이 여러 대영주 분들과 집안 어른들께 인사드립니다. 국왕 전하의 말씀이 있으셨듯이, 2년 전에 종이에 관심을 가지게 되어 종이 개발을 시작했습니다. 지금 여러분에게 나눠 드리는 종이는 백지입니다. 그리고 여러 색색의 종이들은 제작하면서 꽃잎과 여러 천연 재료들을 섞어서 제작해 봤습니다.”

샤의 말을 들으며 모두는 시종들이 나눠 주는 종이들을 받아 들고 보면서 만져도 보고 그 위에 글을 써보기도 하였다. 그중 제일 놀라는 것은 단연 상인들이었다.

“오, 에이번! 이건 종이가 매우 부드럽네! 그렇지 않나?”

“이 색종이는 빛깔이 은은하면서도 실증날 것 같지가 않은데? 편지지를 만들어 팔면 아주 좋겠어!”

왕국의 상단주들은 저마다 상품의 가치에 대해서 평가하느라 정신이 없어 보였다. 이 정도의 종이라면, 그리고 색색의 종이라면 더 이상 수입이 문제가 아니라 수출을 할 수도 있으니 대단한 일이라 할 수 있었다.

종이 한 묶음을 수입하여 파는 가격이 5실버인데, 사실 거기에는 재료 값이나 공인의 급료가 차지하는 가격은 얼마 안 됐다. 운반비가 대부분을 차지한다고 보면 되었다. 이런 운반비를 제외하면 엄청난 이득을 보는 것이 사실이다. 품질 또한 아무리 봐도 훨씬 좋아 보였다. 이것은 대박인 것이다.

그러는 사이 시종들이 다시 들어오며 탁자 위에 접시를 놓고 나갔는데 접시 위엔 검붉고 동그란 것과 작고 쭈글쭈글한 씨앗 같은 것이 놓여 있었다. 그리고 술잔에 붉은 술이 한잔씩 따라졌다.

"지금 여러분의 자리에 놓아드린 것들은 감이라는 과일을 오랫동안 보관하기 위해서 곶감이라는 형태로 말린 것입니다. 그리고 옆에 씨앗같이 작은 것은 건포도입니다. 말 그대로 포도를 말린 것입니다."

샤의 말에 건포도를 집어먹으며 귀족들과 상인들은 달콤하니 참 맛있다고 수군거렸다. 그것을 보며 의외로 반응이 좋다고 생각하는 샤였다.

"그리고 지금 드리는 술은 포도주입니다. 말 그대로 포도로 만든 술입니다."

포도주를 받아서 마시던 대영주들은 달콤하면서도 뒤끝이 좋은 맛에 흠뻑 취해 있었다. 포도주를 마시던 귀족들은 한잔씩 더 줘보라며 시녀들에게 요구했다. 입맛에 맞았나 보다.

샤는 그런 귀족들의 모습에 미소가 생겨나기 시작했다. 달콤하면서도 향이 좋은 포도주는 아마도 남자뿐만 아니라 여자들에게도 인기가 좋으리라 생각했다.

"제가 2년간 종이를 실험하기 위해서 여러 나무를 구해서 시험하던 중에 숲에서 과일 나무들을 채집하게 되어 밭에 종류 별로 옮겨 심어 과수원을 만들었습니다. 이제 여러분이 드시는 과일뿐만 아니라 열두 종의 과일을 대량으로 수확할 수 있습니다. 약 3만여 평의 밭에 나누어 자라고 있습니다. 이제 최소 일이 년 후면 록트 왕국 전역으로 나누어 심을 수 있을 만큼의 묘목이 준비될 것입니다. 이제 중요한 것은 다른 왕국과 제국에게서 이것을 어떻게 지켜내느냐 하는 것입니다. 그런 이유로 오늘 여러분을 모시게 됐습니다. 질문 있으신 분들은 해주시기 바랍니다."

샤가 질문을 받겠다며 좌우를 둘러보자 누군가가 먼저 나서주길 바라는 표정들이었다. 그때 맨 뒤쪽에 있던 50대 정도 되어 보이는 노신사가 손을 들고 질문했다.

"갈리언 영지의 버나드 백작입니다. 그렇다면 종이 기술과 과일을 이용한 음식, 과일 나무 묘목 등을 무상으로 나누어 주시고자 공개를 하시는 것입니까?"

모두의 시선이 샤의 입으로 향했다. 모두들 자신의 영지에서 이것을 생산한다면 엄청난 이득을 볼 것이라는 생각으로 샤의 말 한마디 한마디에 관심을 기울였다. 하지만 샤는 그렇다고 대답하지는 않았다. 논의해 보자고만 할 뿐이었다.

샤는 자신이 개발했다고 해서 자신이 모든 권리를 가지고 일을 하고 싶지는 않았다. 원래 왕국의 발전을 위해 시작한 일이기에 가장 빠르게 왕국에 도움이 되는 것은 모든 것을 공유하는 방법뿐이었다.

물론 타국으로 중요한 기술이 유출되는 것은 차단해야겠

지만, 그것 또한 의논하여 처리할 생각이었다. 그렇게 해야만 귀족들과 평민들이 더 빨리 이 일에 열과 성을 다해 힘을 보태줄 것이라고 판단한 것이다.

"네, 갈리언 영주께서 말씀하신 것 또한 이번 회의의 안건이 될 것입니다."

이렇게 시작된 회의는 장장 3일간을 거쳐 결정하게 되었다. 종이는 국왕의 직속으로 생산하는 것으로 하였고, 판매는 이곳에 참석한 세 곳의 상단이 나누어 하고, 이익금을 나누기로 하였다. 과수원은 아홉 곳의 영지에서 행정관과 기술 전수자들을 따로 뽑아 보내면 1년간 교육 후 묘목과 함께 각 영지로 배급하기로 하였다.

종이가 개발됨에 따라 샤는 메린 영지의 영주에게 부탁하여 베린 마을 옆의 테일즈와 바스 마을의 자치권을 요구하여 승낙을 얻었다. 테일즈에는 인쇄소를 만들기로 하고, 바스에는 대학을 세워 지금까지 해오던 연구들과 새로이 약초에 관련된 연구를 시작하기로 하였다.

또 연구가 완료된 것과 기존의 기록되지 않은 지식들을 책으로 옮겨 책으로 출판하여 그동안 책이 없어서 하지 못했던 전문 분야의 교육을 할 수 있게 준비하였다.

그렇게 3일간의 긴 회의를 마치고 다들 분주히 자신들의 영지로 떠나갔다.

국왕은 결과에 고무되어 샤에게 병사 50명과 노예 100명을 지원해 주었다.

그리고 이를 맡아서 일하며 좋은 결과를 얻어낸 그레엄 촌장에게 남작의 작위를 주고, 나머지 종이 공인인 마크와 짐, 과수원 일을 담당하는 캠벨, 로한, 샐리 등을 준남작의 행정관 작위를 주어 이름뿐인 귀족이지만 귀족의 신분을 주어 포상하였다.

해리는 부레풀의 공으로 경비대의 대장으로 준남작이 되었다. 나이도 있고 공도 있으니 당연한 조치라 할 수 있었다.

그렇게 수도에서의 일을 끝내고 베린 마을로 돌아온 샤는 테일즈와 바스 마을의 촌장들을 찾아가 국왕의 명으로 두 곳을 왕국의 시설로 사용한다 포고하고 마을에 대한 관리를 시작하였다.

샤는 설계도를 그리고 있었다. 누군가 건축이나 설계를 담당할 사람이 있어 일을 맡기면 편할 텐데, 주위에 맡길 만한 사람이 없었다. 설계도는 두 개였다. 한 개는 인쇄를 할 수 있는 작업장이었고, 나머지 한 개는 3층 규모의 건물로 연구와 개발을 위한 대학이었다.

"이거, 건물이 문제가 아니라 이곳에서 실험과 개발을 할 연구원이 필요한데……."

샤는 설계를 하면서 인원을 충원해야겠다고 생각했다. 설계가 끝나고 건물을 올리면서 동시에 수도와 대영지들에 사람을 보내 학자들을 모아오는 방법을 찾고 있었다.

"론님, 혹 개발과 연구에 참여할 만한 인재를 모을 방법이 없겠습니까?"

"자유마법사들 말입니까?"

"자유마법사들은 그 수가 적고 같이하자고 해서 오겠습니까? 제가 알기로, 그들은 왕궁에서 일하는 것도 싫다 하고 따로 나가 활동하는 것으로 압니다만……."

"네, 아마 자유마법사들은 쉽사리 이곳에 와서 연구를 하려 하지 않을 것입니다. 연구 분야도 다르고요. 아마도 적임자는 귀족의 자식들 중 장남이 아니어서 작위와 영지를 못 받고 근근히 살아가는 사람들을 알아보면 될 것 같습니다. 그들은 어려시부디 교육을 받아 뛰어나지만 장남이 아니기에 대부분 기사나 행정관이 아니면 부모에게 의탁하여 사는 경우가 많습니다. 그러니 그들 중에서 찾아보면 예상외로 뛰어난 인재를 구할 수도 있을 겁니다."

"그래요? 그럼 론님께서 직접 수도에 가서서 한번 알아봐 주십시오. 혹 아시는 분이 있다면 이야기하여 모셔와도 좋고요."

"네, 알겠습니다."

샤는 인재를 모아오는 일을 론에게 맡기고 건물을 짓는 일에 매달렸다. 새로 관리하는 두 개의 마을이 기존의 베론 마을과 가까워 선택한 것이라 베론과 함께 세 곳을 묶어 외곽에 목책과 검문소를 설치하여 외부와의 소통을 차단했다. 앞으로 개발될 것들과 현재까지 개발된 것들이 왕국의 미래를 책임질 것들이기에 보안에 신경을 써야 하는 것이다.

한 달여의 시간이 지나자 론이 일단의 사람들과 함께 베론 특구로 들어왔다.

"왕자 저하를 뵙습니다!"

"고생이 많았습니다. 여러 사람들과 온 것을 보니 목적을 이루었나 봅니다."

"생각보다는 적지만 다행히 뛰어난 인재들을 모아올 수 있었습니다."

론의 뒤로는 삼십여 명의 사람들이 서 있었다. 귀족 차림의 사람과 평민 차림, 그리고 간혹 농노나 노예로 보이는 사람도 있었다. 론이 한 명 한 명을 소개하였다. 귀족 차림의 사람들은 전부 귀족들의 차남이나 삼남들이었고, 평민 차림의 사람들은 대장장이나 나무나 돌을 조각하는 사람들이었다. 제일 특이한 사람들은 노예나 농노 같아 보이는 사람들이었다.

"이 사람들은 약초를 다루는 사람들입니다. 왕자님께서 약초를 연구할 사람이 필요하다고 하여 데려왔습니다."

"오, 잘하시었습니다. 꼭 필요한 사람들입니다. 자, 다들 오시느라 피곤할 테니 우선 쉬고 내일부터 하나씩 힘을 모아

잘해봅시다."

"네, 저하!"

다들 말을 맞춘 듯 한목소리로 대답하였다. 그들 입장에선 왕자라는 신분의 샤가 어려웠을 것이다. 그래 말들이 없다 쉬라고 하자 얼른 대답하는 그들이었다.

같이 따라온 사람 중에 매튜와 해리슨은 친구였다. 둘은 남작가의 차남으로 수도에서 왕궁의 행정관이 되기 위해 준비하던 중에 론을 만나 따라온 것이었다.

"매튜, 자네는 어찌 보이는가? 수도에 소문으로 떠돌던 것과는 달라 보이지 않나?"

"사람을 처음 봐서 아나. 뭐, 소문이란 것이 부풀려지게 마련이지. 더 두고 보세. 우리의 몸을 의탁할 만한 분인지는 두고 보면 알겠지."

둘은 몇 년째 수도에서 행정관 자리가 나길 바라며 기다리고 있었다. 왕국의 행정관이라는 자리가 정기적으로 뽑는 자리가 아니라 결원이 생기면 충원하는 형편인지라 언제가 될지도 모르는 막막한 삶이었다. 기사나 마법사로는 재능이 미치지 못하여 될 수가 없으니, 그나마 귀족 신분으로 할 수 있는 것이라고는 행정관 자리밖에 없었다.

그런데 얼마 전부터 수도와 귀족들 사이에선 샤를 이 시대 최고의 천재, 또는 어린 현자 라고 부르며 그의 뛰어남을 칭송

하는 소문이 돌기 시작했다. 둘은 그 소문을 듣고는 열두 살이
란 나이에 얼마나 뛰어난 일을 했으면 그럴까 의아해하였다.
그러던 차에 론이 샤 왕자와 같이 개발에 참여할 인재들을 모
은다는 이야길 듣고 기회가 왔다는 생각에 따라온 것이다.

다음날이 되어 샤는 삼십여 명의 새로 들어온 사람들과 파
렐과 론, 베론 마을 사람들과 넓은 공터에 앉아 회의를 하였
다. 각자 관심과 능력에 맞게 일을 분배하고, 도울 일은 서로
도와야 하기 때문이다.

"그럼 약초꾼들은 주변 산야를 돌아다니며 약초 채집을 하
여 정해진 밭에 옮겨 심는 일을 하고, 그 일이 끝나면 아쉴리
경과 함께 약초의 효능과 재배법 등을 연구하여 기록하는 일
을 하도록 하기로 합시다."

"네, 저하."

"매튜 경과 해리슨 경은 출판과 새로운 종이 개발 일을 해
주기로 했으니, 촌장께선 이들을 도와 빨리 종이 공정을 정리
하여 기록할 수 있도록 협력해 주시오."

"네, 저하. 명대로 하겠나이다."

"각자 내가 내어준 목표를 달성할 수 있도록 최선을 다해
주시기 바라오. 여러분의 성공이 곧 록트의 성공이며, 더 나
아가 왕국의 미래에 크나큰 힘이 될 것입니다."

"네, 저하. 명심하겠습니다."

론은 대학의 전체적인 운영을 맡아 하기로 하였고, 파렐은 특구 전체의 경비를 맡아서 하기로 하였다.

하나씩 업무 분담을 하고 정리가 되자 샤는 이제야 본격적으로 개발을 시작할 수 있을 것이란 기대를 하였다.

개발 인력이 들어오고, 두 개의 건물이 완성되었으며, 처음으로 성공한 것은 먹이었다. 그동안 글을 쓸 때 사용하던 오징어 먹물이나 그을음을 물에 개어서 쓰던 것을 대체할 것을 찾다가 생각해 낸 것이 먹이었다.

관리도 용이하고, 상품으로 충분히 가치가 있을 것이라 판단한 샤가 론의 오랜 지기라고 하는 오브라이언과 함께 만들어내었다. 채종유(菜種油)와 참기름[胡麻油], 비자기름[榧油], 오동기름[桐油] 등을 태워서 거기서 얻어지는 그을유을 아교풀에 개어서 절구에 넣어 충분히 다진 후 나무 틀에 넣고 압착한 다음, 재 속에 묻어두고 차차 수분을 빼며 말리는 과정으로 기존에 그을음을 이용하여 사용하던 곳이라 생각보다 쉽사리 만들어낼 수 있었다.

물론 샤의 지식이 결정적인 역할을 한 것은 당연했다. 먹이 개발되고 그것을 전문적으로 만드는 공장을 지어 생산했다. 처음 몇 명의 공인들로 시작한 먹 공장은 수도에 있는 상단 중 한곳을 선정하여 기술 이전과 함께 이익을 보장받고 넘기기로 하였다.

"왕자 저하, 꼭 이것을 넘겨야 합니까? 저희가 직접 만들어 내다 팔아도 엄청난 이득을 볼 수 있을 텐데요?"

"장사는 상인이 하는 것이네. 우리는 개발만 신경 쓰면 되네. 앞으로 많은 상품을 개발해야 할 텐데 일일이 모든 것을 우리가 만들어 내다 판다면, 조직이 방대해져 관리조차 힘들 것이네. 어차피 있는 상단을 이용하는 것이 가장 손쉽고 안전하네."

"네, 저하."

샤는 굳이 자신과 개발 인력들이 만들어낸 상품을 직접 내다 팔지는 않았다. 믿을 만한 상단에 맡겨 재조부터 판매까지 맡기고 수익의 일부분만 받는 것으로 끝냈다. 단, 재조 비법은 철저히 비밀에 부칠 것을 조건으로 걸었다.

매튜는 자신의 업무인 출판에 관한 일을 괜히 맡았다고 탄식을 쏟아내었다. 처음 생각하던 고상한 것과는 너무도 달랐다.

"제길, 하루 종일 나무을 붙잡고 글씨 파는 일이 뭐야?"

하루 종일 투덜대면서 나무를 깎아 활자를 만들고 있는 매튜의 옆으로 친구인 해리슨이 다가왔다.

"이보게, 바쁜가?"

"자네가 보기에는 한가해 보이는가? 하루 종일 같은 글자를 파느라 이젠 이 글자만 봐도 지겹네."

"그런가? 이거 미안해서 어쩌나! 이 종이 만드는 공정을 책으로 여러 권 만들어 왕궁과 문서 보관소에 보관하신다고 하시는데, 이것 할 시간은 있는가?"

"그걸 지금 하란 말인가? 아직 활자도 계획대로 다 완성을 못하였는데 어떻게 하라는 것인가?"

"나야 뭐, 저하께서 시키신 일이니. 그럼 여기 두고 가겠네. 수고하게."

해리슨이 종이 뭉치를 매튜의 옆에 놓고는 급히 자리를 떠났다.

"이보게, 그냥 두고 가면 어쩌나?! 이런!"

매튜는 도망가듯 가는 해리슨의 뒷모습을 보며 한숨을 쉬었다. 일이 점점 많아지는 것을 보며 다시 투덜대기 시작했다. 이 작업이 끝나 출판을 하면 동시에 대장장이들을 시켜 다시 똑같은 모양과 크기로 쇠로 된 활자를 만들어야 한다. 정말 투덜거리게 생긴 상황이다, 하루 종일 투덜거리며 일하는 매튜의 별명은 투덜이 매튜였다. 물론 자신은 아직 모르고 있었다.

가을이 되자 샤는 노예와 병사들을 동원하여 과일 수확을 시키고, 오크나무를 베어다 포도주 통과 과일 말린 것들을 담을 상자를 만들게 했다.

가을철은 본래 바쁜 계절이다. 수확과 겨울 준비를 해야 하기 때문이다. 샤가 있는 베론 특구도 예외는 아니었다. 더욱이 수백 명이 머무는 곳인지라 준비할 것이 많았다. 병사와 개발 인력을 가리지 않고 땔감과 식량을 비축하기에 바빴고, 수확한 과일을 상품으로 만드는 일을 도왔다. 새롭게 만들어 놓은 건조장에 포도와 곶감을 널어 상품으로 만든 뒤 미리 준비해 둔 상자에 담아 수도로 옮겨와 이십여 개의 상단에게 분배하여 판매하기 시작했다.

그쯤에 본격적으로 출판이 시작됐는데, 제일 먼저 판매용으로 만들어진 책은 록트 왕국의 역사책과 약초와 각종 질병에 관한 내용이 적혀 있는 의학 서적, 그리고 구황 작물 등이 들어 있는 책이었다.

"이제 2년 남았네. 2년만 지나면 성인식을 하고 왕국도 안정이 될 테니 여행을 한다고 하더라도 안심이 되겠지."

어서 빨리 성인식을 하고 여행을 떠나고 싶은 마음이 굴뚝같은 샤였다.

샤는 이제 13살이 되었다. 샤의 노력으로 록트 왕국은 그야말로 비약적인 발전을 할 수 있었다. 한 가지가 풀리니 다음 것들은 저절로 따라 풀리기 시작한 것이다.

처음엔 종이와 포도주와 각종 과일주, 그리고 곶감과 건포도, 묵, 양갱 등을 판매하였으나 시간이 지나면서 각종 과일 묘목들이 팔렸다. 또 상행을 떠났던 상단원이 읽으려고 가져갔던 책까지 비싼 가격에 거래가 됨을 알고는 책 또한 수출을 하였는데, 단연 베스트셀러는 의학 서적이었고, 역사책이 그 다음을 이었다. 책도 읽을 줄 알아야 사는 것이기에 대부분 귀족들에게 판매가 이루어지고 있었다.

주변 국가와 멀리는 제국 너머 왕국에까지 수출을 하고 다시 그 돈으로 말과 소, 양 등의 가축과 부족한 식량을 수입하였으며, 그동안 돈이 없어서 못하던 광산 개발을 왕국 북쪽의 영지에 비밀리에 시작할 수 있었다.

올리버는 약초꾼이었다. 어렸을 때 돌림병에 걸려 죽어가던 그를 살려낸 것이 동네의 약초꾼 노인이었다. 그 뒤로 약초꾼 노인을 따라다니며 약초에 대해 배운 올리버는 노인이 죽자 노인의 뒤를 이어 약초꾼 생활을 시작했다. 어렸을 때부터 외우는 것에는 남다른 재주를 가졌던 올리버는 약으로 쓸 수 있는 모든 약초를 다 알고 있다 자신했다.

"음, 오늘은 비 온 뒤라 길이 더욱 미끄럽구나."

미끌거리는 산비탈을 오르며 몇 번이나 넘어질 고비를 넘기며 산등성이를 타고 있었다. 자신이 하는 일이 왕국의 모든 아픈 사람들에게 도움이 된다는 생각을 하면 이런 어려움은 오히려 행복으로 다가오는 올리버였다. 반나절 동안 산을 타고 오르던 올리버는 잠깐 쉬어가기 위해 바위에 걸터앉았다.

"음? 저건 뭐지?"

올리버의 눈에 처음으로 보는 길쭉한 풀이 보였다. 길이가 2미터에 달하는 풀로, 줄기 하나에 의지한 잎들이 줄기 끝에 수북히 나 있는 신기하게 생긴 모습이었다.

"이건 처음 보는 것이니 옮겨다 심어서 실험을 해봐야겠다."

올리버는 처음 보는 풀을 몇 포기 뽑아 챙기고 주위에 있는 약초들을 챙겨서는 베론으로 돌아왔다.

며칠 후, 올리버는 왕자에게 호출을 받았다. 무슨 잘못을 하였는지 생각해 봤으나 특별히 생각나는 것이 없었다. 불안한 마음을 가지고 약초밭에 나와 있는 샤에게 다가갔다.

"왕자 저하를 뵈옵니다."

"음, 자네가 삼을 가져다 심었나?"

"삼요? 삼이 무엇이온지……?"

"저것 말이네. 저 길쭉한 풀 말이네."

샤는 길게 쭉 뻗어 자라난 풀을 가리켰다. 올리버는 그 풀이 자신이 며칠 전에 가져다 심은 풀이라는 것을 알았다.

"아, 네. 저것이라면 제가 며칠 전에 뽑아다 심은 것이 확실합니다."

"혹 그곳에 저것이 더 있던가?"

"네, 저하. 그런데 저것이 삼이라고 불리웁니까?"

"음, 저것은 삼의 종류 중 하나네. 대마라고 불리지. 저 줄기의 껍질을 사용하여 천을 만들어 옷을 해입을 수도 있네. 잎을 제조하면 환각제로도 사용하지. 여하튼 여러모로 인간들에게 유용한 풀이네. 저것이 있는 곳에 다른 사람들과 가서 나머지를 뽑아다 옮겨 심게. 앞으로 자네는 이 대마만을 관리하면 되네. 알겠는가?"

"네, 저하. 명을 받듭니다."

바쁜 나날을 보내고 있던 샤는 어느 날 약초 재배 상황을 보기 위해 약초를 연구하는 곳에 들렀다가 전생에 보았던 대마를 보게 되었다. 이곳의 의류는 두 가지로 정해져 있는데, 바로 양모와 동물의 가죽이었다.

아직 누에를 이용한 실크나 목화를 이용한 면직물을 사용하지 않고 있었다. 실크에 대해선 샤도 아는 바가 없으니 연구를 해봐야 했고, 목화만 본다면 면직물을 만들 수 있을 것 같았는데 아직까지 목화 자체를 본 적이 없었다.

아마도 남부 지방이나 바다 건너에 있을 수도 있지만, 아무도 모르는 것 같아 간단한 설명과 함께 상행을 떠나는 상단에게 혹시라도 상행을 하던 중 발견하면 알려달라며 부탁할 수밖에 없었다.

그러던 중 약초를 연구하는 곳에서 대마를 보게 된 것이다.

대마라면 잎을 이용해 안 좋은 일에 쓰일 수도 있지만, 껍질을 이용해 삼베옷을 만들 수 있으니 큰 수확인 것이다. 샤는 대마를 옮겨다 심은 약초꾼을 불러 담당케 하고 각별히 신경을 썼다. 약초밭 옆에 자리를 만들어 수를 늘리게 하고, 삼베옷 만드는 방법을 생각나는 대로 정리하여 삼베옷을 만들어볼 준비를 했다.

항상 록트 왕국의 모든 일에 귀를 기울이며 관심을 보이는 아벨 왕국의 왕궁에서 샤의 이야기를 하는 사람들이 있었다.

"그래, 게리 후작, 록트의 꼬맹이 왕자가 그렇게 뛰어나단 말인가? 종이와 곶감이라는 것이 그 아이가 이루어낸 성과라고?"

"예, 폐하. 그뿐 아니라 포도주며 건포도라는 것도 있고, 어찌하는지 질 좋은 종이에 색종이라는 것과 책 또한 공용어로 만들어 판매합니다. 이것들은 록트 왕국에 있는 세 곳의 상단이 필립 공국과 그리니치 공국을 넘어 제국들에게까지 가서 판다고 합니다. 평민들과 귀족들 사이에서 인기가 좋다고 합니다."

"그래? 똑똑한 놈이 하나 나온 것 같은데……. 혹 병사를 늘리거나 철을 다량으로 구입하지는 않던가?"

사실 아벨 왕국의 국왕은 록트 왕국에서 수출하는 것에는 별로 신경이 안 쓰였다. 문제는 그렇게 돈을 모아 군사적으로 팽창하는 것에 더 신경이 쓰이는 것이다 그것은 아벨 왕국뿐만이 아니라 다른 왕국들도 같은 상황일 것이다.

"네, 폐하. 아직까진 군비를 확충하거나 병사를 모집하지는 않고 있습니다. 세작을 더 풀어서 세밀히 관찰하고 있으니, 만약 다른 움직임이 보인다면 바로 포착될 것입니다."

"그래, 자네가 신경을 써서 잘 지켜보도록 하게. 그들이 혹 여라도 군비를 확충하거나 하는 행동을 하면 바로 보고하게. 그것이 그들의 마지막이 될 테니까. 흐흐흐."

"네, 알겠습니다, 전하."

샤는 그 시간 대마밭을 돌며 삼베옷 생각에 여념이 없었다. 여름철에 가죽옷이나 양모로 만든 옷을 입는다는 것은 굉장히 불편했기에, 내년에는 전생에 알던 시원한 삼베옷을 해 입을 생각에 웃음이 절로 나왔다. 대마가 확산되면 의복에 일대 혁신이 일어날 것이다.

록트 왕국은 대륙에서 제일 북쪽에 있는 왕국으로, 4계절이 뚜렷하고 여름철이 무더우니 아마도 록트 왕국보다 밑에 있는 다른 왕국은 여름철에 더 덥거나 습할 것이 분명했다.

파렐의 말로도 필립 공국만 해도 여름철엔 습하고 더워서 밖에서 활동하기 꺼려했다니, 이번 대마 농사만 성공하면 씨를 받아 국왕에게 허락을 받아서 왕국 북쪽에 자리를 잡아 대단위 대마 농장을 경작할 생각이었다.

그리된다면 왕국민들도 저렴한 가격에 옷을 해 입을 수 있고 다른 나라에 내다 팔면 상당한 부를 안겨줄 것이다.

베론 특구에는 각 영지에서 묘목과 재배법을 배우러 사람들이 몰려들어 와 북적대며 교육과 작업을 하느라 정신없는 시간을 보내고 있었다. 아홉 개의 대영지에서 각자 행정관과 대농지를 소유한 평민들이 들어와 대영주들이 배워오라는 새로운 기술을 배우기 위해 각 분야 별로 나뉘어 교육을 받고 있는 것이다.

"자, 그래서 이렇게 들고 있는 나무를 요런 모양으로 잘라서 접붙일 나무에 이렇게 붙이고 끈으로 야무지게 묶어줍니다. 그러면 모든 것이 끝납니다. 자, 이제부터 실습을 한 번 해보겠습니다."

삼십여 명의 사람을 모아놓고 접붙이는 교육을 하고 있었다. 다들 교육장 밖으로 심어져 있는 과일 나무들을 보며 자신들도 영지로 돌아가 이런 대단위 유실수 밭을 경작하고 싶은 마음에 들떠 있었다. 오기 전에 들었던 것보다 대단히 넓고 많은 종류의 나무들이 보기 좋게 심어져 있는 모습은 교육받는 이들에게 꿈을 꾸게 하기에 충분했다.

록트의 상단들이 주변 국가로 상행을 시작하면서 새로운 상품들이 알려지고 상상 이외의 수익이 발생하면서 주변 왕국이 반응을 보이기 시작했다. 록트리아에 잦은 간자들의 출몰과 정보 활동으로 일반 평민들까지 주목을 받고 있다는 것을 피부로 느끼기 시작한 것이다. 그러한 이유로 록트 왕국의

수도에서는 요즘 들어 부쩍 바쁘게 움직이는 사람들이 있었
다.

"그럼 현재 포착된 적의 간자로 보이는 자들의 배경은 어
디입니까?"

"현재로는 아벨 왕국과 그리니치 공국의 상단에 섞여서 들
어오는 자들 중에 몇몇이 포착되었다고 합니다."

"흠… 그래? 그들에게 감시자는 붙여놓았겠지요?"

"네. 아마도 그들은 원하는 정보를 얻기 전에는 수도를
떠나지 않을 것입니다. 만약 수도를 떠나 이동한다면 바로
보고하라고 했으니 상황이 변하면 바로 연락해 올 것입니
다."

"그래요. 그럼 바쁠 테니 가서 상황을 예의 주시하세요."

수도의 모처에서 은밀한 대화를 주고받는 이들은 왕국의
정보를 책임지는 스콧 커트웰이라는 6서클의 마법사와 빌 브
림리 시종장으로, 록트 왕국의 정보를 책임지는 인물들이었
다. 빌 시종장은 알아낸 정보를 국왕에게 알리러 조심스럽게
주위를 살피며 왕궁으로 향하고 있었다.

왕궁의 대전 안에 있던 국왕은 빌이 들어와서 전하는 정보
를 듣고는 심각해지지 않을 수가 없었다.

"결국 주변의 왕국들이 관심을 갖기 시작했군. 아직까진
이렇다 할 것을 얻어가진 못할 것이다. 이럴 때일수록 더욱

조심해야겠지."

"네, 전하. 아직은 적들의 간세가 모든 것을 파악하지는 못했을 것이옵니다. 빨리 움직인다면 충분히 위험 상황으로는 가지 않을 것이옵니다."

"그래, 빌. 에이번을 들어오라고 하게."

"네, 전하!"

발전도 중요하지만 그것을 지켜내는 것도 중요했다. 국왕은 지켜내는 것에 온 신경을 쓰고 있었다. 또한 계획된 성과를 올리기 전까지 시간을 벌 수 있는 방법을 모색하기 시작했다. 그렇게 살얼음을 걷는 심정으로 주변 국의 눈길을 의식해서 조심스럽게 한 발짝씩 내딛는 록트 왕국이었다.

록트 왕국에게 제1의 숙적은 아벨 왕국이었다. 록트 왕국과 인접한 세 곳의 왕국 중 가장 강한 왕국이기도 했으며, 100년 전의 전쟁으로 아직도 서로를 적으로 간주하며 항시 서로의 동태를 살피며 예의 주시하는 왕국이다.

아벨 왕국의 뒤에는 서대륙의 패권 국가인 헤네시 제국이 있었다. 하여 록트 왕국은 수입이 늘고 왕국의 재정이 풍요해지고 있는 지금, 군사력을 키우고 그동안 하지 못한 국책 사업을 해야 했다. 하지만 아벨 왕국과 그 뒤에 있는 헤네시 제국으로 인해 섣부른 행동을 할 수 없는 입장이었다. 작은 나라는 항시 군사력이 강한 큰 나라의 눈치를 봐야 하는 것이다.

이때 록트 왕국의 수도에 위치한 에이번 상단에는 이러한 상황을 타개할 선수 한 명이 대기하고 있었다.

"그래, 알아, 알아. 그러니 윌리 자네가 더 고생되더라도 한 번만 더 수고를 해주게."

"아무리 그래도 이제 상행에서 돌아온 지 이틀째인데 또 나가면 마누라가 토라져서 밥도 안 챙겨줍니다."

"그러니 이렇게 부탁하지 않나. 사람이 아무리 많으면 뭐 하나? 믿을 만한 사람이 없으니 그러는 것 아닌가. 이번에 카트나 제국의 수도에 가는 일만 마치면, 자네 아들을 수도에 새로 생긴다는 기사 학교의 커트웰 마법사님에게 부탁해서 넣어달라고 할 테니, 자식을 위해서 한다 생각하고 한 번만 다녀오게."

"그거라면 다녀와야죠."

록트 왕국의 3대상단 중 하나인 에이번 상단의 상단주인 에이번은 요즘 살맛이 나고 있었다. 아직 어린 꼬맹이라고만 생각하던 2왕자 덕으로 매번 빈손으로 상행을 떠나 타국에서 물품만 사 오는 수입상을 하다가, 이제는 마차 가득 물건을 싣고 가서 왕국에서 사 오라는 밀이며 가축들로 바꿔오면서도 주머니 가득 돈을 남겨오는 일을 그 평생 상상이나 해봤겠는가.

록트 왕국의 3대상단은 단순히 상단 일만 하는 것은 아니었다.

　상단의 일꾼 중 2할은 국가의 세작—정보원—이라고 보면 됐다. 윌리도 두 가지 직업을 가진 상단원으로 사실 단순히 상행을 떠나는 것이라면 다른 행원을 보내도 됐지만 주변의 상황이 심상치 않게 돌아가니 왕국의 나중을 위해 필립 공국과 카트나 제국에 국왕의 명으로 사신 아닌 사신인 밀사의 자격으로 현재의 상황을 알리고 보험을 준비하러 가라는 것이다. 양손 가득 선물을 들고 말이다.

　수도를 떠나 대로를 따라 곧장 밑으로 남하해 록트의 제1우방이며 록트 왕국 왕비의 친정인 필립 공국으로 들어선 윌리는 쉴 틈도 없이 공왕을 알현하기 위해 공왕성으로 향했다.
　"전하, 답을 내려주소서."
　밀서를 읽던 공왕은 한참을 생각하고는 조용히 한마디를 하고는 자리를 떠났다.
　"하늘이 움직이면 따라 움직여 가야겠지."
　단지 그 한마디만 하고는 대전을 나가는 공왕이었다.
　윌리는 다시 상단을 이끌고 동대륙의 패자인 카트나 제국으로 향했다. 동쪽으로만 한 달가량을 쉬지도 않고 움직인 윌리와 일행은 지칠 대로 지친 몸을 이끌고 수도로 입성한 첫날 일행을 여관에 머물게 하고 윌리만이 비밀리에 황성으로 들어갔다. 황성의 한쪽으로 황제가 기거하는 성과는 조금 떨어진 곳에 삼엄한 경비를 펼치고 있는 성에 도착한 월리는 안에 연락하고는 성 밖에서 기다리고 있었다. 그곳은 제국의 국방 대신인 오스카 폰 로이엔탈 공작이 있는 집무실이었다.

"미천한 록트의 상인이 제국의 기둥이신 오스카 폰 로이엔탈 공작 전하를 뵈옵니다."

"그래, 오랜만에 보는구먼. 요즘 록트에서 들려오는 소문이 많던데 자네가 바쁘겠구먼."

"공작 전하의 보살핌에 록트의 백성들 모두가 감사하며 살아가고 있습니다."

"이 사람도 참 뜬금없이. 그래, 이번엔 무슨 일인가?"

월리는 공손히 두 손으로 밀서를 전했다. 밀서를 받아서 읽던 공작은 편지를 내려놓고는 한참을 생각하는 듯했다.

"이거, 지레 겁먹고 나섰다가 암흑으로 떨어지는 건 아닐지……."

"……."

"가서 전하에게 맛있는 술은 백 일은 익어야 한다고 전하게. 용무가 끝난 듯하니 그럼 잘 가시게."

"공작 전하의 은혜에 록트의 모든 백성들을 대신하여 감사드리옵니다."

월리는 일을 성공시킨 것을 신에게 감사하며 어서 이 소식을 자신의 국왕에게 전하러 가고 싶은 마음에 가벼운 발걸음으로 공작의 집무실을 나섰다.

편지의 내용은 이랬다.

록트가 갑자기 돈을 좀 벌기 시작하자 아벨 왕국과 그리니치 공국이 심상치 않게 움직인다. 그러니 여기 록트가 가진 돈 중 대부분을 줄 테니까, 그리니치 공국의 접경 지역에 있는 필립 공국의 국경에 제국의 군사 5만을 3년간만 주둔시켜 달라. 앞으로 매년 이만큼 가져다줄 테니 군비로는 부족하지 않을 것이다. 아벨 왕국이나 그리니치가 록트를 치면 커진 세력으로, 결국 필립 공국이나 카트나 제국과 국경을 맞대고 위협을 할 것이다.

그러니 그들이 도발하기 전에 미리미리 준비하자. 필립 공국도 이에 협조 좀 해달라는 내용의 밀서였다.

이에 필립 공국의 공왕은 제국이 움직이면 따라야 할 수밖에 없다는 이야길 한 것이고, 공작은 준비 기간이 100일은 지나야 하니 100일 후에 병사가 움직일 것이라고 말한 것이다.

서둘러 록트로 돌아온 윌리는 보고서를 작성하여 커트웰 마법사에게 전해줬고, 그것은 다시 빌 시종장의 손을 거쳐 국왕에게 보고되었다. 국왕은 보고서를 읽고서 한시름 덜었다는 표정으로 한숨을 길게 내쉬었다.

"휴~ 이제 좀 다리 뻗고 자겠네. 잘난 아들 덕에 하루하루가 살얼음판이구먼."

"그래도 전하, 샤 때문에 백성들이 굶지 않고 왕국의 미래를 준비할 수 있어서 저는 샤에게 매우 고맙습니다."

"그래, 그렇기야 하지. 그 어린놈이 어디서 그런 능력을 뽑아내는지 참으로 신기하구나."

옆에서 국왕의 표정을 걱정스러운 눈길로 유심히 바라보던 데이몬 왕세자는 잘난 동생 덕에 자신이 국왕으로 올라설 때는 지금보다 훨씬 나은 왕국이 되어 있을 거란 생각에 동생이 마냥 고마웠다. 참으로 어리숙한 왕세자이다.

다른 왕국 같으면 잘난 형제는 척결 대상 일호인데 말이다. 물론 데이몬은 어수룩하거나 멍청한 왕세자는 아니었다. 왕국의 정치 체제와 권력의 움직임에 누구보다 많은 정보와 지식을 가지고 있었다. 샤가 아무리 노력해도 왕세자를 끌어내리진 못할 것이다.

물론 데이몬이 샤를 믿기도 했지만 지금 군권을 장악한 건 왕국 최고의 무장인 귀온바크 폰 메린 공작이다. 그는 데이몬과 샤의 작은할아버지로, 국왕의 검술 스승이기도 했다.

또한 데이몬의 검술 스승이기도 하며 열렬한 장자 계승 원칙주의자이기도 했다. 그것뿐만 아니라 록트 왕국의 정신적인 지주 역할을 하는 상왕이 아직도 살아서 마법사들의 열렬한 지지를 받기 때문에 샤가 아무리 뛰어나도 록트의 국왕은 될 수 없었다.

차라리 힘을 길러 아벨이나 그리니치를 병탄하고 공국을

세운다면, 그것이 오히려 말이 된다고 생각했다. 이러한 이유로 데이몬은 샤의 뛰어난 능력에도 동생을 의심하거나 불안해하지 않았다.

그 시간, 샤는 파렐 경과 함께 열심히 대련을 하고 있었다. 이제는 모든 기사단원들이 바람 검법을 익히고 거기에 경비대의 부대장 이상까지도 매일 훈련장에 나와서 바람 검법과 보법을 훈련하였으며, 훈련이 끝나면 간단한 단전호흡을 하면서 하루의 피로를 푸는 것이 일상이 되어버린 것이다.

바람의 기사단은 처음에 20명으로 시작해서 이제는 오십여 명으로 늘었는데 세 곳의 마을에 있던 아이들 중 재능이 보이는 아이들을 훈련 기사로 받아들이고, 병사 중에서도 몇 명을 받았다. 거기에 연구를 하기 위해 들어온 학자나 치료사들의 자식들 중에서도 받고 보니 본래 있던 기사보다 더 많은 수의 훈련 기사를 받은 것이다.

"해리, 그게 아니라니까!"

"단장님, 이거 힘들어서 못하겠습니다. 검만 잘 휘두르면 되지 걷는 것은 뭐 하려고 연습한답니까?"

"자네, 대련하면서 그렇게 지고도 이유를 모르나? 자네가 검술 때문에 대련에서 졌다고 생각하나?"

"그럼 아닙니까?"

　"허, 나참. 자신이 왜 대련에서 상대방에게 졌는지도 모르고 매일같이 대련을 했단 말인가? 잘 듣게. 자네가 대련에서 기사들에게 진 것은 검술 때문이 아니라, 바로 보법 때문이네. 자네의 발놀림이 기사들의 발놀림을 못 따라가지 않나. 자네, 대련할 때 항상 쫓아다니기 바쁘지 않나?"

　"흠, 그러고 보니 그렇네요. 쫓아다니다 보면 지는 것 같습니다."

　"거, 보게. 그러니까 잔말 말고 열심히 바닥의 보법을 따라 연습하게. 익숙하게 되어서 위급 상황에서 자연스럽게 나올 때까지 하게. 그렇게 해서 언제 정식 기사가 되어 왕자님 호위기사가 되겠나?"

　매일같이 면박을 받으면서도 오직 왕자님의 호위기사가 되는 것을 목표로 하루도 거르지 않고 훈련장에 나오는 해리가 대견하면서도 너무 늦게 시작하여 과연 기사가 될지 걱정이 되기도 하는 파렐이었다.

　파렐의 걱정을 아는지 모르는지 해리는 죽어라 검술 연습과 체력 단련을 하고 있었다. 이에 주변의 기사들까지 감흥이 되는지 따라서 열심히 하니 파렐은 해리의 검술 발전보다도 이런 성실한 태도를 높이 사는지도 몰랐다.

　그렇게 다들 자기 발전과 왕국의 발전을 위해 각자가 최선의 노력을 하는 동안 강물 흐르듯 시간이 흐르고 있었다.

Chapter 3

꼬마 왕자, 어른 되다

어느덧 15세가 된 샤는 드디어 기다리던 성인식을 하게 되었다. 하여 록트 왕궁에서는 샤의 성인식과 함께 기사 서임을 하는 행사가 열리고 있었다.

샤의 생일인 4월 14일에 가족들과 수도에 거주하는 대신들이 모인 자리에서 샤가 성인이 됨을 알리고 연무장에서 30㎝ 둘레의 통나무를 검에 마나를 입혀 자르는 시범을 보인 후, 국왕에게 기사로서의 충성 맹세를 하고 있었다. 왕국의 모든 정식 기사 작위를 받는 기사들이 받아야 하는 시험이었다.

왕궁 대전의 양쪽에 행정 대신들과 군부 대신들이 늘어서 있고, 중앙에 국왕이 검을 들고 무릎을 꿇고 앉아 있는 샤의 어깨에 칼을 올려놓고 충성의 맹세를 받고 있었다.

"그대, 스페르 샤 폰 록트리온은 국왕에 충성하고, 왕국의 법을 지킬 것이며, 약자를 도와 정의를 실천할 것을 맹세하는가?"

"스페르 샤 폰 록트리온은 국왕에 충성하고, 왕국의 법을 지킬 것이며, 약자를 도와 정의를 실천할 것을 맹세합니다!"

"그대, 스페르 샤 폰 록트리온은 기사로서의 품위를 잃지 않을 것이며, 왕국이 위기에 처할 때 왕국을 위해 목숨을 바쳐 나라를 구하겠는가?"

"나, 스페르 샤 폰 록트리온은 기사로서의 품위를 잃지 않을 것이며, 왕국이 위기에 처할 때 왕국을 위해 목숨을 바쳐 나라를 구하겠습니다!"

"그대 스페르……."

그렇게 충성의 맹세가 끝나고 다과를 즐기는 만찬장의 식탁 위에는 새롭게 선보인 음식들이 올라와 있었는데, 그중 단연 최고의 인기 음식은 라이스 케이크이었다.

통밀을 갈지 않은 상태로 찜통에 넣고 삶아 떡메로 쳐댄 다음 콩가루를 묻혀 먹기 좋게 작게 썰어낸 것부터 통밀 가루와 각종 과일을 중간중간에 넣고 쪄낸 것 등 여러 종류의 라이스 케이크—떡—를 선보였다. 예상외로 반응이 너무 좋아 여기저기서 찾는 사람이 많았다.

본래 통밀 케이크이나 밀 케이크라고 불러야 했지만, 이곳의 밀은 쌀과 밀의 중간쯤에 있는 통밀이라 밥처럼 해 먹기에는 까끌까끌해서 못해 먹고 가루를 내어 빵을 해 먹었던 것이다. 샤가 전생의 백설기가 생각나서 만들어보았는데, 생각 외로 떡 맛이 나는 것 같아 여러 가지 떡들을 개발하게 되었다. 거기에 샤가 라이스 케이크라는 이름을 붙였다.

나머지는 알아서 부르고 싶은 대로 부르라고 했는데, 아직은 모두들 통틀어서 라이스 케이크라고만 부르는 것 같았다.

그런 만찬장 분위기를 보며 가족들과 둘러앉아 있는 샤를 향해 여기저기서 수군대며 힐끗힐끗 쳐다보면서 자기들끼리 무슨 재미있는 이야기를 하는지 화기애애한 분위기를 연출하고 있었다.

지난 2년간 록트 왕국은 몰라보게 달라져 있었다. 다른 왕국들에게 들키지 않게 하기 위해 록트 왕국 북쪽의 오지에 일곱 개에 달하는 광산을 발견하여 철과 귀금속 광산을 개발했고, 그중 금광과 마나석이 나오는 광산을 찾아낸 것이 그중 제일 큰 수확이라고 볼 수 있다.

광산에서 나오는 모든 광물을 한곳으로 모아 저장하고 있는 중이었다. 아직은 세상에 드러내 놓을 수가 없었다. 그것들로 무기를 만들고 농기구를 만들어 시장에 풀면 아마도 몇 개월 안에 전쟁을 치러야 할 것이다.

샤가 원했던 수도와 대영지들을 관통하는 대로를 건설할 수는 없었지만 수도를 둘러싸고 있는 메린과 라팅, 랭버의 세 개 영지의 영주성까지는 대로를 건설할 수 있었다. 그리고 앞으로 차차 나머지 영지들과의 대로를 건설하기로 계획이 잡혀 있었다.

랭버 영지에는 대단위 포토밭을 일구어 포도주와 건포도를 특산품으로 생산했고, 왕국에서 혜택을 주어 양과 소 등의 가축을 들여와 대단위의 축산업을 시작했다.

메린 영지에는 샤가 만들어놓은 연구 단지와 종이 공방을 특별 구역으로 정해서 관리를 하고, 감나무와 매실 나무 등은 영주가 직접 챙겨서 늘여가고 있었다.

거기에 특별히 메린 영지는 록트에서 가장 큰 영지이기에 왕국에서 5년에 걸쳐 1만 골드의 돈을 지원받아 영지 전반에 걸쳐 땅을 개간하는 사업을 시작했다. 이것이 성공한다면 수입하는 밀의 양을 많은 부분 대체할 수 있을 것이다.

짧은 시간에 가장 큰 혜택을 본 라팅 영지는 대마밭을 전 영지에 걸쳐 일구어 마을마다 여자들은 삼베옷 만드는 일로 하루를 보내고 있었다. 결과적으로 삼베옷은 대성공이었다.

삼베옷이 나오고 천연 염색법을 교육해서 갖가지 색으로 된 삼베들이 15m 한 묶음으로 만들어서 시장에 내다 팔자 처음엔 촘촘하지 않고 까끌까끌한 감촉에 별로 찾지 않다가 여름철에 행정관들에게 샤가 한 벌씩 맞춰 입혀주고 입은 느낌을 사람들에게 홍보하자 나중엔 너도나도 사다가 옷을 해 입었다.

시원하니 통풍이 잘되고, 여름철에 옷을 입지 않는 것보다도 삼베옷을 입는 것이 더 시원하다고 말하는 사람들이 늘어났다. 또 라팅 영지는 대마로 주변 왕국뿐만 아니라 바다 건너 루멘 대륙까지 이름을 알리고 있었다.

먹은 델리언 영지에 기술 이전을 해주고 델리언 영지의 특산품으로 판매하게 했고, 갈리언 영지는 세금이 낮은 특별 시장을 만들게 하여 필립과 그리니치의 상인들이 많이 찾아오는 상업도시를 만들었다.

샤는 자신이 쥬비한 어느 정도의 계획이 현실로 다가오자 그동안 준비했던 여행을 떠나기로 마음먹고 여행 준비를 하고 있었다.

가족들에게 여행을 간다면 분명히 반대부터 할 것이라고 생각하고 어떻게 설득할지 고민하고 있었다. 검술은 익스퍼트 상급에 올랐고 좀 더 분발하면 최상급을 바라볼 수 있게 될 것 같았다.

우선은 다른 왕국까지 여행을 한다고 하면 분명 허락을 안 해줄 것이라고 생각하여 록트 왕국만 돌아보고 온다고 할 생각이었다.

요즘 들어 문득 샤는 바다가 보고 싶어졌다. 왕국 북쪽에 바다가 있으니 처음 행선지는 바다를 보러 랭버 영지의 끝으로 올라가 볼 생각이었다. 허락을 받기 위해 국왕의 집무실로 향했다.

"아버님, 샤입니다."

"그래, 집무실까지 무슨 일이냐?"

굳은 얼굴의 샤는 어색한 미소를 지으며 아버지를 바라보고 입을 열었다.

"소자가 아버님께 허락받을 일이 있어서 왔습니다."

"허락? 또 무슨 일을 벌일 것이냐? 국제 정세가 심상치 않구나. 필립 공국이나 카트나 제국이 많은 도움을 주어 위태위태하게라도 버티는 중인데, 또 눈에 띄는 일을 벌이면 큰 사단이 날 수도 있다. 당분간은 자중하는 게 좋지 않겠느냐?"

이 똑똑하다 못해 황당한 아들 녀석이 또 무슨 일을 저지를까 봐 샤의 아버지인 록트의 국왕은 미리 않는 소리를 해야 했다. 사실 샤가 벌인 일이 왕국에는 대단히 좋은 일이지만, 그로 인해 자신의 일이 너무나도 많아지기 시작했기 때문이다.

"저… 그것이 아니옵고, 여행을 해볼까 합니다. 멀리 가는 것은 아니옵고, 왕국을 한 바퀴 돌아보고 북쪽의 바다를 한 번 보고 왔으면 합니다. 안 되겠는지요?"

“여행이라……. 글쎄… 너도 성인이 됐으니 돌아다녀 보고 싶겠지. 하지만 너는 여러 사람들에게 관심의 대상이라 그리 쉽게 결정할 문제는 아닐 듯싶구나.”

“소자, 아직 많이 모자라나 검술도 어느 정도 성취를 하였고, 수행원을 데리고 다니면 문제가 발생치 않을 것입니다.”

“흠, 그렇다면 누구와 여행을 떠날 것이냐? 파렐 경을 데리고 떠날 것이냐?”

“파렐 경은 기사단과 새로 들어온 기사 후보생들을 교육해야 하니 해리 경만 데리고 갈 생각입니다.”

“해리 경이라……. 특별 구역 경비대장을 하다 너의 개인 호위를 맡고 있는 해리 남작 말이냐?”

“네, 아버님.”

“그래, 생각을 해보자. 우선은 돌아가 있도록 해라. 네 어미나 형과 이야길 해보고 결정하도록 하자.”

“네, 아버님. 물러가 부르심을 기다리겠습니다.”

허락을 받으러 들어갔다 온 후 며칠 동안 여행을 허락한다는 말을 못 들은 샤는 초조하게 기다리고 있었다. 사실 이제 특구로 인정받은 베론은 샤가 있지 않아도 알아서 잘 굴러갈 정도로 안정이 되었다.

그리고 왕국도 어느 정도 먹고살 만해지고 있었다.

이제 시간만이 문제일 뿐이다. 시간을 벌어 왕국 발전에만 집중한다면, 얼마 가지 않아 다른 왕국의 눈치를 보며 살지 않아도 될 것이라 판단하고 여행을 결심하게 된 것이다.

그렇게 지루하게 3일을 기다리자 드디어 국왕에게서 집무실로 들어오라는 연락이 왔다.

서둘러 국왕의 집무실로 달려간 샤는 밖에서 왔다는 것을 알리지도 않고 바로 문을 열고 안으로 들어섰다.

"아버님, 샤입니다."

"그래, 샤야. 너의 여행을 허락하기로 했다. 다만 록트 왕국 안에서만 돌아다녀야 한다. 다른 왕국에 넘어가는 것은 허락할 수가 없다. 알겠느냐?"

"네, 아버님. 명심하도록 하겠습니다."

"그래, 그럼 상왕 전하와 네 어미, 그리고 형에게 인사를 하고 떠나도록 해라."

"네, 아버님."

너무나 쉽게 해리와 단둘이 떠나는 여행을 허락받은 것이 믿기지 않았으나 기쁜 마음으로 여행길에 올랐다. 그리고 여행을 시작한 지 하루도 안 돼서 왜 그렇게 쉽게 여행을 허락했는지 알게 됐다.

"해리 경, 알고 있었지?"

"네? 무엇을 말입니까, 왕자님?"

“에휴, 우리 주변에 있는 아저씨들 말이야.”

“큼……. 사실 국왕 전하께서 왕자님 모르게 하라고 하셨는데 왕자님께서도 벌써 알고 계셨군요. 그냥 국왕 전하의 마음을 편하게 해드린다 생각하시고 모른 척하시는 것이 옳을 것 같습니다, 왕자님.”

“에휴, 이게 무슨 여행이냐? 도대체 몇 명이나 되는 거야?”

“한 30명쯤 될 겁니다. 주로 비밀 호위나 정보를 다루는 임무를 전문으로 하는 국왕 전하의 친위대일 겁니다. 저도 그 이상은 모릅니다.”

“됐다, 됐어! 내가 포기하고 말지!”

그렇게 샤의 여행은 시작되고 있었다. 사실 샤는 모르고 있었지만, 샤의 원거리 경호는 샤가 여덟 살 때 처음 궁 밖으로 몰래 구경 나갈 때부터 시작되었다.

아무리 2왕자라고 해도 계승 서열 2위의 왕자를 수행원 혼자 딸려서 밖으로 내보낼 정도로 엉성한 왕국은 없을 것이다. 비밀 호위를 하는 대원들은 샤가 여덟 살 때부터 쭉 샤의 모습을 지키며 샤의 그림자 노릇을 해왔다고 보면 된다.

그렇게 둘은 두런두런 이야기를 나누며 말도 타지 않고 터벅터벅 걸어 따뜻한 4월의 봄 햇살을 맞으며 길가에 핀 꽃과 초록빛이 묻어나는 숲들을 보며 걷고 있었다. 샤의 뒤에 30명의 호위무사가 있어서인지 그 흔한 오크나 고블린 한 마리도 보이지 않았다.

길은 시원하게 잘 뚫려 있었고, 봄바람은 이제 막 여행을 시작한 샤의 마음을 기분 좋게 해주고 있었다.

밤이 되면 노숙을 했다. 물론 밤새 아무 일 없이 아주 편안히 잘 수 있었다. 그렇게 둘이서 보름 정도 걸어가자 랭버 영지의 영주성이 있는 랭버 시로 들어설 수 있었다.

랭버 시로 들어온 둘은 여관에서 하룻밤을 보내고 다음날 시장으로 나갔다. 여행 준비를 하기 위해서 나간 것인데, 랭버 시까지는 수도에서 대로가 뚫려 있어서 편하게 왔다. 하지만 남은 북쪽의 바닷가까지는 제대로 뚫린 길이 없어서 노숙을 할 때가 많을 것이기에 미리 준비할 것이 많았다.

시장에 나온 샤와 해리는 활기차고 살아 있는 느낌을 주는 상인들의 모습에 그들까지도 기분이 좋아지는 느낌을 받았다. 각종 채소나 과일을 가져와 파는 노점상들이 많이 보였고, 특히 샤가 한참을 보면서 눈길을 돌리지 못한 곳은 라이스 케이크를 파는 제과점 앞이었다.

제과점 앞에 중년의 한 여성이 넓은 나무판 위에 전생의 인절미와 비슷한 모양의 떡을 먹기 좋은 크기로 썰어서 봉투에 담아 팔고 있었다.

"쫄깃~ 쫄깃~ 맛있는 라이스 케이크 한 봉지에 3롭입니다!"

한참을 보다가 해리를 시켜 한 봉지를 사다가 나눠 먹으며 여행 물품을 사서는 여관으로 향했다.

"해리, 이제 준비도 다 했는데 여관에 들러 짐 챙겨서 출발 할까?"

"벌써요? 하루 더 쉬었다 가면 안 될까요? 그리고 조금만 있으면 오후가 될 테고, 피로도 덜 풀린 것 같은데 내일 가 죠."

"어허~ 해리 경, 여행이 이제 시작인데 벌써부터 꾀를 부 리고 그러면 어쩌나?"

"네, 네~ 왕자님, 알겠습니다."

해리의 대답에 샤는 다시 해리를 쳐다보았다. 요즘 들어 점 점 해리가 자신을 편하게 생각하는 것 같았다. 편하게 생각하 는 것은 좋지만, 혹여 다른 귀족 앞에서는 그런 모습을 보이 질 않길 바랐다. 샤는 별로 의식하지 않았지만 어쨌든 샤는 왕자이기에 혹여 분란을 일으킬 소지가 생기면 곤란해지기 때문이었다.

원래 해리는 투덜대기 좋아하고 능글능글한 성격에, 좋은 것이 좋은 것이다라는 신념을 가지고 사는 사내였다.

그동안 왕자와 가까이 있으면서도 이야기할 기회가 별로 없었다. 그러다 보름 정도를 같이 여행하며 서로를 알게 되고 익숙해지게 되자 자신도 모르게 평소의 습관이 나오고 있는 것이다.

그렇게 투덜대며 해리는 짐을 챙겨 여관을 나와 북쪽으로 길을 잡고 다시 여행을 시작했다.

터벅터벅, 걷기 시작한 지 서너 시간쯤 지나가고 있을 때 회색 로브를 걸친 사람이 조랑말을 타고서 샤를 앞질러 갔다.

샤와 해리는 별달리 신경 쓰지 않고 주위를 보며 걸어가고 있는데, 한 시간쯤 지나서 그들의 눈앞에 그가 다시 보이기 시작했다.

가까이 다가갈수록 선명하게 보이기 시작하면서 그가 어떤 이들과 마주 보고 있다는 것을 알았다. 점점 가까워지자 그들이 사람이 아니라 오크들로 보이기 시작했다.

오크 여섯 마리가 조랑말을 탄 사람의 앞으로 팔뚝만 한 나무 몽둥이와 쇠 징이 박힌 철로 된 메이스를 들고 다가오고 있는 것이다.

베론 마을에 있을 때 가끔 오크를 목격한 샤는 오크가 무엇 때문에 길 가는 사람 앞에 나타났는지 알기에, 위급한 상황임을 느끼고 해리와 함께 등에 짊어진 가방을 내팽개치고는 앞으로 달려나갔다.

로브를 입은 사람은 오크 앞에서 얼었는지 미동도 하지 않고 앞만을 바라보고 있었다.

샤와 해리는 앞으로 튀어나와 오크들을 상대하기 시작했다. 검은 벌써 푸르스름한 마나에 싸여 있었다.

"뒤로 피하세요! 어서요!"

툭! 탁! 퍽!

꽥! 크억!

숨 쉴 틈도 없이 두 사람은 여섯 마리의 오크를 해치워 갔다. 샤와 해리가 검을 내지르면 오크가 무기들을 들어올려 막으며 방어를 하였지만, 방어하는 무기를 자르고 오크의 몸을 도륙내고 있었다.

이 광경을 아무 말 없이 지켜보며 조랑말에 앉아 있던 사람이 로브를 벗고는 황당하다는 표정을 지으며 고함을 쳤다.

"뭐야! 니들이 뭔데 남의 사냥감들을 가로채는 거야?!"

오크를 다 죽이고 칼집에 칼을 넣고 있던 둘은 황당한 표정으로 사내를 쳐다봤다.

해리와 비슷한 나이로 보이는 그 사나이는 자신의 사냥감을 가로챘다며 샤와 해리에게 소리치며 투덜대고 있었다.

"그러니까 내 사냥감을 니들이 뭔데 가로채냐고! 내가 언제 도와 달라고 했느냔 말이다!"

"아, 그럼 어떻게 하라는 거요? 죽은 걸 다시 살려내란 말이오?"

황당하다는 표정으로 사내를 쳐다보며 급한 마음에 집어 던진 가방을 가지러 가는 해리였다.

"적당한 보상을 하란 말이요! 내가 누군 줄 아시오?! 내가 마법사 조나단이야! 썬더 스톰으로 모두 지져 줄려고 했는데 수식을 계산하는 중에 나의 사냥감을 가로챘으니, 그에 따른 보상을 해야 할 것 아니오!"

가방을 주워오면서 사내의 말을 들었는지 해리가 퉁명스럽게 대답했다.

"제길! 당신이 드래곤이라도 됩니까? 8서클 대마법사도 간신히 한다는 썬더 스톰을 날리게?"

"큼! 내가 꼭… 썬더 스톰을 날린다기보단, 여하튼 당신들이 내 사냥감을 가로챘으니 보상은 해줘야겠소!"

세상에, 몬스터를 먼저 죽였다고 보상을 하라는 이런 억지는 듣도 보도 못한 두 사람이었다. 두 사람은 그를 무시하고는 길을 서둘러 재촉했다.

"저런 미친놈은 무시하는 게 제일입니다. 혼자 떠들다 지치면 그만두겠죠. 그냥 무시하십시오."

"참 희한한 사람이구먼."

"미친 것이 틀림없습니다."

미친놈이라는 소리를 듣고 있는 이 남자는 조나단이라는 마법사였다. 마법사는 마법사인데 이름뿐인 마법사이다. 10년 넘게 2서클에서 더 이상 발전이 없는 2서클 마법사이다. 30대 중, 후반으로 들어선 나이에 2서클이라면 마법사로 불리는 것이 창피해서 다른 사람에게는 마법사라고 말하기도 그렇지만, 조나단이란 이 남자는 마법사란 것에 대단한 자부심을 가지고 있는 듯했다.

샤와 해리는 저녁때가 가까워오자 적당한 곳에 자리를 잡고 야영을 하기 위해 준비하고 있었다. 모닥불을 피워 간단하게 수프를 끓이고, 빵에 베론표 사과잼과 매실 절인 것을 몇 개를 넣고 먹고 있었는데, 두 사람에게서 조금 떨어진 곳에 조나단이 앉더니 말없이 앞만 바라보고 있는 것이다. 시간이 한참을 지나 두 사람이 저녁을 다 먹어가는 데도 조나단이라는 마법사는 움직이지도 않고 그 자리에서 헛기침만 하며 앉아 있었다. 그대로 보기 민망했던지 해리가 다가가 말을 걸었다.

"이보슈, 거 오늘 여기서 노숙을 할 거요? 노숙할 생각이라면 우리 쪽으로 오시오. 혼자보다는 셋이 낫지 않겠소?"

민망한 얼굴을 하던 조나단이라는 마법사는 잠시 생각하는 것 같더니 말문을 열었다.

"음, 뭐, 그럽시다."

"저녁을 안 먹은 것 같은데 음식이 좀 남았으니 이거라도 드슈."

"고맙소."

저녁을 먹고 모닥불에 딱딱하게 굳은 라이스 케이크—인절미—덩어리를 나무 꼬챙이에 끼워서 구워 먹던 해리가 조나단이라는 사람을 보며 질문했다. 그때까지 샤는 말없이 있었다.

"그런데 아까 마법사라고 하던데, 정말이요?"

"글쎄, 얼마 전까진 그렇게 불리기도 했지만⋯ 지금은 마법사를 선택한 것이 후회가 됩니다."

"무슨 사정이 있나 보군."

그날 밤, 샤는 해리와 조나단의 대화를 통해 조나단이라는 남자의 사정을 들을 수 있었다. 그는 어린 시절 우연히 마법사를 만나서 도움받은 적이 있었는데, 그 뒤로 마법사라는 직업을 동경해 오다 결국 마법사가 되기 위해 가출했다는 것이다.

그때 그의 나이 15세가 넘어가고 있었다.

막상 가출을 해서 수도인 록트리아로 왔지만 아는 사람도 없고, 돈도 없던 조나단은 이곳저곳에서 닥치는 대로 일을 해 어느 정도 수업료를 낼 돈이 모이자 마법사에게 찾아가 마법을 배우게 해달라고 졸랐다. 하지만 마법사들은 그의 자질이 마법을 하기엔 힘들다며 거절한 것이다.

그래도 끝까지 마법사가 되고 싶었던 조나단은 마법사란 마법사는 여기저기 다 찾아가 봤지만 결국 안 된다는 이야기만 들어야 했다.

그렇게 몇 년을 허송세월만 하고 있던 그에게 기회가 왔는데, 4서클의 어느 마법사가 수업료도 받지 않고 마법을 배우게 해주겠다고 한 것이다.

몇 년 만에 드디어 마법의 길에 들어서게 된 것이다. 마법을 배울 수 있다는 생각에 마음이 들떠 있던 조나단은 얼마

지나지 않아 실망할 수밖에 없었다. 말이 제자이지 하인과 다르지 않았다. 그 마법사는 돈도 들이지 않고 하인을 하나 구한 것이다.

물론 마법을 가르쳐 주기는 했지만 정말 어쩌다 조금씩 배우는 것이 전부였고, 그나마 몇 년 지나서 2서클에 올라서자 그 뒤로는 가르쳐 주지도 않아 여태까지 그대로인 것이다.

처음엔 모는 걸 포기하고 다른 일을 찾아보든지, 아니면 다른 스승을 찾아보려고도 했다. 그러나 현실은 그 나이에 자신을 받아줄 스승도 찾기 힘들고, 다른 일을 하기도 힘들다는 것이다. 아직도 마법에 미련이 남아 있던 조나단은 쉽게 그곳을 떠나지 못했다.

언젠가 자신의 스승이 3서클 이상의 마법을 가르쳐 줄 것이라는 미련 때문이다. 그런데 얼마 전에 그 스승이 노환으로 죽어버렸단다.

이에 낙담한 조나단은 스승이 죽기 전에 티러스 산맥 깊은 곳에 가면 엘프의 마을이 있는데, 거기 가면 마법과 정령술을 배울 수 있다고 한 이야기를 기억하고는 그 말만을 믿고 지금 티러스 산맥으로 향하고 있었던 것이다.

"그럼 스승님이 엘프를 소개해 줬나? 아는 엘프가 있었던 모양이지?"

"네?"

"혹시 그 표정은 엘프를 소개받은 것이 아니라는 건가?"

"엘프를 소개받진 않았소."

"하면 엘프 마을로 가는 길은 알고 있나?"

"……."

"허허허, 길도 모르는 모양이군. 그런데 어찌 그 위험한 티러스 산맥을 가려고 그러나? 길을 안다고 해도 혼자서는 힘들텐데? 마법도 2서클이라면……."

더 이상의 말은 하지 않았다. 이야기해서 뭐 하겠는가. 혼자서 티러스 산맥을 넘다가 필히 몬스터의 밥이나 될 것이라고 생각하는 해리였다.

사실 조나단은 자신이 머물던 스승의 집에서 나와 랭버 시까지 아무런 위험 없이 넓은 대로를 통해 편하게 왔다. 그렇기에 사람들이 나라 사정이 좋아졌다고 하는 말이 맞긴 하구나라고 생각하며 별 걱정을 안 하고 있었던 것에 큰 후회를 해야 했다.

20년 가까이 수도에서 스승의 집안일과 온갖 잡일을 하며 수도 밖으로 나와본 적이 없으니 수도 밖의 상황이 어떤지 알지 못했다.

주변에서 하도 왕국의 사정이 좋아지고 살기 좋다고만 하니 그런 줄로만 알고 목적지인 솔즈 시까지 아무런 위험이 없는 줄 알고 있었다.

랭버 시를 벗어나자 길이 좁아지고 갈수록 험해지기는 했지만 자신이 그런 위험한 상황에 처할 줄은 모른 것이다.

한참을 가다 두 남자가 터벅터벅 걸어가는 것을 보고 역시 자신의 생각이 맞았다고 생각했다.

저 사람들도 위험하지 않으니 둘이서 저러고 갈 것이라 생각하고 두 남자를 앞질러서 한참을 가고 있었는데, 앞에서 오크 여섯 마리가 무시무시한 몽둥이를 들고 자신을 향해 오는 것이 아닌가. 순간 너무 놀라고 겁이 나서 아무것도 할 수가 없었다.

그대로 굳어버렸다는 것이 맞을 것이다.

머릿속이 하얗게 변하고 미동도 하지 못한 채 오크들이 떠들며 자신에게로 오고 있는 것을 멍하니 바라보고 있어야만 했다.

어느 정도 오크들이 자신에게로 다가오자 '이젠 이렇게 죽는구나' 라고 생각하며 포기하고 있었다.

그러던 차에 순식간에 나타난 두 사람은 오크들을 가지고 놀고 있다는 생각이 들 정도로 자연스럽게 검으로 오크들을 절단 내었다. 순간 죽다가 살아난 조나단은 자신의 처지가 너무 황당하고 화가 나기 시작했다. 자신은 마법사이다.

그것에 자부심을 가지고 살았고, 지금도·비록 2서클의 마법사지만 조금만 침착하게 대처했다면 위험을 충분히 피해가거나 시간을 벌어 도망이라도 갈 수 있었다.

하다못해 기본 마법인 슬라이드를 걸고 도망가든가 파이

어 볼이라도 한 방 날렸다면, 혹시 오크들이 겁을 내고 도망 갔을지도 모른다.

그런데 아무것도 할 수가 없었다. 막상 위험에 닥치니 생각 자체를 할 수가 없는 것이다. 자신에게 너무 화가 나서 화풀 이를 한다는 것이 자신의 생명을 구해준 사람들에게 말도 안 되는 소리를 한 것이다.

그들은 자신을 미친놈 취급을 하며 가버렸다. 한참을 멍하니 있다가 그들이 간 방향으로 따라갔다. 혼자서는 도저히 여행을 계속할 수가 없다고 판단한 것이다. 말도 못 붙이고 그들의 주 위에 앉아만 있었는데, 다행히 그들 중 한 명이 말을 걸어왔다.

그렇게 민망한 시간이 흐르고 합류할 수 있었다. 그들은 이 런 위험한 산속에서도 태연히 음식을 해 먹으며 걱정없는 표 정으로 잠자리를 만들고 있었다.

"저… 이렇게 불침번도 없이 자다가 몬스터에게 공격받지 않겠소? 왠지 위험할 것 같은데?"

"아~ 걱정 마시오. 우리는 우리를 지켜주는 수호신이 따 라다니기 때문에 그런 걱정은 하지 않습니다. 편하게 그냥 주 무서도 됩니다."

"네……."

잘 이해가 안 가는 이야기였지만 낮에 본 두 사람의 실력이 라면 별 위험은 없겠다 싶어 자리를 잡고는 해리라는 사람과 이런저런 이야길 하다 잠이 든 것이 눈을 떠보니 아침인 것이었다.

밤이 지나고 다음날 아침 일찍 간단히 요기를 하고 길을 떠난 세 사람은 북쪽의 솔즈 시를 향해 걷고 있었다. 그때 조나단이 해리를 보며 질문하였다.

"댁들은 어디로 가는 중이오?"

"우린 바다를 보러 갑니다. 당신은 솔즈 시로 간다니 거기까진 동행을 해도 되겠군요."

"네……. 그렇게 해주신다니 감사합니다. 그리고 어제 낮의 일은 내 사과하리다."

"다 잊어버려서 무슨 이야기를 하는지 모르겠소."

샤와 처음 대화를 해보는 조나단이었다. 어느 귀족 집안의 공자님 같은데, 몸 전체에서 풍기는 기운과 눈빛이 예사롭지 않아 보였다.

또한 상대에 대한 마음 씀씀이도 평범하지 않았다. 웃으며 사과를 받아주는 모습이 인상 깊게 남는 조나단이었다. 일행이 한 명 늘어난 샤는 그렇게 솔즈 시를 향해 가고 있었다.

다른 사람들이 본다면 조랑말을 탄 한 명의 마법사와 두 명의 떠돌이 기사로 이루어진 파티라고 생각할 것이다. 물론 그들의 뒤에는 30명의 호위기사가 따르고 있었다.

랭버 시를 떠난 지 10일이 지나자 그들은 솔즈 시로 들어갈 수가 있었다. 시라고 보기에는 너무나 빈약했지만 자작의 작위를 가지고 있는 시장이 있는 엄연한 시였다. 시내로 들어서자 입구 주위에 여관과 상점들이 보이고 술집과 음식점들이 눈에 들어왔다. 10일간 노숙을 한 터라 목욕과 푹신한 침대가 그리운 세 사람이었다.

세 사람은 '장밋빛 인생' 이라는 여관에 방을 잡고 목욕을 하고는 식당으로 내려와 식사를 하며 대화를 하고 있었다. 주위에는 많은 사람들이 술을 마시는지 시끌벅적한 느낌도 있었지만 정겨운 분위기였다.

"이제 내일 우리는 바다를 보러 북쪽으로 방향을 잡고 갈 것인데, 자네는 혼자서 티러스 산맥으로 들어갈 것인가?"

해리와 조나단은 나이가 비슷하다고 서로 말을 놓기로 했다. 샤는 해리가 모시는 귀족의 아들로 소개했기에 조나단도 작위 없는 귀족 대우를 해주었다.

"어찌해야 할지 좀 난감하구먼."

"엘프는커녕 하프 엘프 한 번 본 적이 없으니 뭐라고 도움 되는 말도 못해주겠네."

저녁을 먹고 대화를 하는 둘을 지켜보던 샤가 물을 마시며 조나단에게 물었다.

"그런데 엘프를 만나면 어떻게 마법을 배울 텐가?"

"그거야… 죽기 살기로 매달려야지 별수있나요."

힘없이 대답하는 조나단이었다. 그것도 생각해 보니 그렇

다. 막상 엘프 마을을 찾아간다고 해도 그들이 자신을 받아줄
지도 미지수이다.

스승님 말로아 찾아가면 배울 수 있다고 했지만, 막상 엘프
를 만나본 적도 없는 자신이 간다고 해서 그들이 어서 오라고
반길 리는 없을 테니까 말이다. 아무 말 없이 고민을 하고 있
는 모습을 보던 샤가 해리에게 한마디 했다.

"해리, 우리를 따라오는 사람들 중 수장을 오라고 하게."

"지금 말입니까?"

"지금 바로 오라고 하게."

시간이 조금 흐른 뒤 식당 밖에서 평범한 평민 복장의 사내
한 명이 해리와 같이 들어왔다. 샤의 앞으로 온 사내가 무릎
을 꿇으며 인사를 하려고 하자 샤가 급히 말하며 입을 막았
다.

"아아, 인사는 됐습니다. 내일 티러스 산맥으로 갈 것이니
준비하세요. 목적지는 엘프 마을입니다."

"저… 그것은……."

"아, 뭔 말인지 압니다. 명령이에요. 걱정 마시고 준비하세
요"

"…네, 알겠습니다."

"그리고 숨어서 따라올 필요 없습니다. 내일부턴 같이 행
동하세요."

"네, 알겠습니다."

"가서 준비하세요."

샤는 결단을 내린 것이다. 어렸을 때부터 티러스 산맥을 넘어가 보고 싶다는 생각을 항상 하던 샤였다. 계획에 없던 일이었지만 이번 일이 기회가 되어 엘프 종족을 만나볼 수도 있고 티러스 산맥 너머의 미지의 땅을 밟아볼 수도 있을 것이란 생각을 한 것이다.

여행이란 이런 의외의 상황과 경험을 일부러 만들어서라도 하는 것이다. 물론 그것은 샤만의 생각이었다.

해리는 입을 벌린 채 말을 못하고 있었다. 티러스 산맥이라니……. 해리는 재앙과도 같은 일이라고 생각했다. 그 모습을 지켜보던 조나단은 상황을 이해하지 못하고 멀뚱히 앉아 있다 해리를 보고 질문을 퍼부었다.

"해리, 방금 전 그분은 누군가? 그리고 갑자기 티러스 산맥을 간다니? 설마 나를 위해 같이 가주겠다는 건가?"

"그런가 보네. 우리 공자님이 그러자고 하시지 않나. 내가 이번에 결국 저세상 구경을 할 것 같네."

다음날 아침, 샤가 준비를 끝내고 여관을 나서자 여관 앞에 30명의 기사가 멀리 떠나는 상단을 호위하는 용병의 차림으로 도열해서 기다리고 있었다. 호위단의 단장인 밀스 구들로가 대표로 인사를 했다.

"안녕히 주무셨습니까, 공자님?"

"그래요. 준비가 다 됐으면 출발합시다."

그렇게 계획에 없던 티러스 산맥으로의 여행이 시작됐다. 출발한 지 이틀 정도 지나자 산맥의 초입에 들어설 수 있었다. 마지막 점검을 하고 산맥으로 들어서는 샤의 일행은 모두 긴장한 채로 천천히 주위를 둘러보며 앞으로 나아갔다. 아마도 샤뿐만 아니라 일행 모두가 이곳은 처음인지라 상당히 긴장하는 듯했다.

샤 일행이 티러스 산맥으로 들어선 지 3일째부터 주변의 환경이 바뀌기 시작했다. 처음에는 평범한 산과 비슷한 모습을 하고 있었지만, 안으로 들어갈수록 나무들의 높이가 높아지고 나타나는 몬스터들의 종류도 다양해지기 시작했다.

처음에는 고볼트나 오크, 놀 같은 몬스터가 나오더니 안쪽으로 들어가자 대형 몬스터인 미노타우루스와 오우거, 트롤 등이 나오기 시작했다.

샤 일행이 미노타우루스를 잡아서 샤의 명령으로 뿔을 발라내고 있다가 벌쳐—독수리 몬스터—의 공격을 받아 도망치기도 하였다. 또 마땅한 잠자리를 찾지 못해 나무 위에서 자다가 떨어지는 바람에 다리가 부러지는 사람이 나온 뒤로 끈을 나무에 묶고 자기도 하며 고생을 하고 있었지만 엘프 마을은 보일 기미도 없었다.

그렇게 들어온 날짜를 잊어버릴 만큼의 시간이 흐르고도

샤 일행은 계속 안쪽으로만 나아가고 있었다.

얼마나 들어왔는지도 모를 때쯤 새로운 풍경이 나타나기 시작했다. 그동안의 모습은 온데간데없고 넓은 초원 나타났다. 풀이 일행의 키만큼이나 자라 있었다.

한참을 들어가자 강도 보이기 시작했다.

"이렇게 좋은 땅을 왜 그동안 버려두고 있었을까?"

"글쎄요. 아무래도 드래곤 때문이 아닐까요? 이곳엔 드래곤의 던전이 있다고 하던데요."

"자네는 드래곤을 본 적이 있나?"

"없죠. 다만 그렇다는 전설이 있으니……."

"본 적도 없는 드래곤이 무서워 이 좋은 땅을 버려두다니, 너무 어리석은 것 같군."

"왕국에서도 무슨 이유가 있으니 들어오지 못하게 하는 것이겠죠."

그곳에서 잠시간 휴식을 취한 일행은 다시 엘프 마을을 찾아 안쪽으로 들어가기 시작했다. 참으로 무모한 여행을 하고 있는 것이다. 일행은 점점 지쳐 가고, 해리는 아마도 엘프가 모두 멸족했을 것이라며 연신 투덜거리는 횟수가 늘어가고 있었다.

샤 일행은 점점 높고 어두워지는 숲 속 길을 걷고 있었다.

—그러니까 자기가 나랑 놀아주면 내가 맛있는 송로버섯

있는 곳을 가르쳐 줄게~ 웅? 웅?

—내가 왜 자기야?! 샤라니까! 샤라고 불러, 이 꼬맹아!

—난 꼬맹이가 아니라 데이지라구! 이렇게 예쁜 숙녀 요정을 본 적 있어? 자기가 이곳에 온 것은 날 만나게 하기 위한 신의 안배라구! 자기야~ 나랑 놀자~ 내가 송로버섯 있는 곳도 가르쳐 준다니까~

뒤따라오면서 지켜보던 해리는 입맛을 다시며 혼잣말을 했다.

"송로버섯, 그거 한 근에 금 한 근이라는 버섯 아닌가? 한 번 먹어봤으면 좋겠네."

샤를 쫓아다니며 귀찮게 하는 이 픽시—요정—는 30㎝의 아담한 키에 투명한 날개를 뒤에 달고 샤의 주변을 날아다니며 샤와 놀자고 쫓이다니는 숲의 숙녀 요정이다. 장난을 좋아하고 사람과 어울리기 좋아하는 요정으로, 마법에도 강하지만 그 크기가 앙증맞고 예쁘게 생긴 외모 덕분에 그런 능력을 가지고 있다고는 아무도 생각하지 못하고 있었다.

그녀와의 만남은 샤가 초원을 지나 다시 숲으로 들어온 지 보름째 아침에 다른 일행보다 일찍 일어나 아침 명상을 끝내고 눈을 떴을 때 눈앞에서 샤를 멀뚱히 쳐다보고 있는 것이다. 순간 샤는 몬스터인 줄 알고 너무 놀라 공격하려고 했는데 눈앞의 요정이 말을 하는 것이다.

—잠깐!

"넌 뭐냐?!"

—나? 나, 데이지. 너 참 귀엽게 생겼다. 너 이름이 뭐야?

"난 샤라고 하는데, 넌 무슨 종족이냐?"

무슨 종족이냐고 묻자 데이지라고 말한 요정이 샤가 귀여운지 웃으며 오히려 샤에게 왜 왔느냐고 물었다.

—그런 너는 왜 이곳에 왔는데?

"내가 먼저 물었잖아. 너부터 대답해."

—후훗! 난 픽시라는 요정이야. 이 숲에 살고 있지. 그런데 넌 왜 이 숲에 왔지? 이 숲에는 인간이 안 나타난 지 500년이 넘어간다고 하던데.

"그런 건 모르고, 우린 엘프 마을을 찾으러 왔다. 너 혹시 엘프 마을의 위치를 아냐?"

—흥! 그런 답답한 엘프가 뭐가 좋다고 그 마을에 가는 거야? 난 그런 답답한 애들은 어디 사는지도 몰라! 그런 애들 찾지 말고 나랑 같이 놀면 안 될까?

그날 이후부터 자신을 데이지라고 소개한 이 요정은 샤를 쫓아다니며 온갖 일에 참견하며 수다를 떨기 시작했다. 처음엔 이 숲에 산다고 하기에 엘프 마을의 위치를 알고 있을 거라고 생각해서 기뻐했는데, 이 숙녀 요정은 엘프를 별로 좋아하지 않는 것 같았다.

몇 번을 물어봐도 엘프 마을도 모르고 본 적도 없다는 것이다. 그렇게 데이지의 수다를 들으며 엘프 마을을 찾아 이동하고 있었다.

"밀스 경, 이거 같은 곳을 계속 맴도는 것 같은데 나무에 표시 좀 해놓고 움직입시다."

"네, 그러는 게 좋을 것 같습니다. 저 큰 고목을 아까도 본 것 같습니다."

나무에 표시를 하고는 한참을 앞으로 나아가던 일행은 결국 다시 그 나무 아래로 모여 있었다. 샤가 자리에 사람들을 앉히고 이야기를 시작했다.

"다들 자리에 편히 앉아 우선 좀 쉬면서 생각해 봅시다. 아무래도 우리가 어떤 자연적 미로나 진법에 빠진 것 같은데, 이곳의 입구를 찾지 못하면 계속 같은 곳만 돌 것 같습니다."

미로나 진법에 빠졌다는 말에 놀라며 조나단이 물었다.

"진법이요?"

"아, 인위적으로 만든 미로 같은 것을 말하는 겁니다."

"네……. 그럼 어떻게 입구를 찾습니까? 여기서 벗어나지 못하면 굶어 죽을 수도 있는 것 아닙니까?"

"못 찾으면 그럴 수도 있습니다. 무슨 방법이든 나갈 방법을 찾아보도록 노력합시다."

한참을 생각하는 것 같던 샤가 무언가 생각난 듯 피식거리며 웃더니 벌떡 일어나 소리를 지르기 시작했다.

"나와라! 나오지 않으면 숲에 불을 지를 것이다! 만약 한시 간 안에 나오지 않으면 이 숲을 모두 불에 태워 버릴 것이다! 시간은 한 시간이다! 이 말은 절대로 허언이 아니다!"

샤가 갑자기 일어나서 소리를 지르자 모두 황당한 표정으로 샤를 쳐다보았다.

왜 그러는지 이해를 못하던 일행은 샤가 몇 번을 반복해서 외치자 그제야 이해를 한 듯 일어나 따라서 외치기 시작했다.

"나와라! 나오지 않으면 숲을 홀라당 태워 버린다! 후딱 나와서 숲이 불타는 불행한 사태를 막아라! 빨리 나오는 것이 좋을 것이다!"

해리가 마지막으로 외치고는 자리에 앉자 모두들 혹시나 하는 마음에 기대를 품고 한참을 기다렸다.

그것을 옆에서 지켜보던 데이지가 샤를 보며 황당하다는 표정으로 한마디 하며 고개를 좌우로 흔들었다.

"뭐 이런 황당한 사람들이 있나? 엘프들에게 이런 식의 협박을 하다니! 그런데 여기가 엘프 마을 입구라고 어떻게 확신하고 그러는 거야?"

"뭐… 혹시나 해서 해보는 거야."

―그럼 안 나오면 정말 불을 지를 거야?

"그거야 두고 보면 알겠지. 안 나오면 확 불질러 버리고 가 버릴까?"

두런두런 이야기를 하며 기다리자 어느덧 한 시간이 다 되고 있었다.

어디선가 나뭇잎 밟는 소리가 들리자 일행은 모두 소리가 나는 방향으로 고개를 돌렸다. 누군가 다가오는 것이 보였다. 천천히 다가오는 모습을 보니 엘프들이었다. 화살을 장전한 활을 들고 십여 명의 엘프가 샤 일행을 위협하며, 이들을 이끌고 온 것으로 보이는 칼을 빼 든 남성 엘프가 앞으로 나오며 적대적인 음성으로 경고했다.

"엘프 마을은 함부로 들어오거나 침범할 수 없다! 특히 외부인은 안으로 들일 수 없다! 용무가 있다면 어서 말하고 가거라!"

"역시 내 생각이 맞았군. 혹시 조나단이라는 마법사를 아시오?"

"조나던?"

뒤에 있던 보랏빛 머리의 여성 엘프가 귓속말로 남성 엘프에게 무엇인가 이야기하고 있었다.

"조나단이란 마법사가 누구요?"

뒤에 서서 돌아가는 상황을 살펴보던 조나단이 나서며 대답했다.

"내가 조나단이요. 설마 나를 아시오?"

"당신은 위대한 존재인 키이라 나이틀리님께서 허락한 자이니 엘프 마을에 들어오는 것을 허락하겠소. 하지만 다른 사람은 안 됩니다."

조나단은 위대한 존재라는 말에 그게 누구를 뜻하는지 알지 못하였지만 우선은 엘프 마을에 들어갈 수 있다고 하자 안심이 됐다. 하지만 바로 걱정이 됐다. 이곳까지 자신을 위해 희생하며 같이 온 일행이 걱정된 것이다.

"위대한 존재? 어쨌든 이분들도 나와 동행인데 같이 들어갈 수 없나요? 이분들은 절대로 당신들에게 해를 입히지 않을 겁니다. 그리고 위대한 존재라고 하는 키이라 나이틀리라는 분이 누구요? 날 어찌 알고 허락을 했다는 거죠?"

"그분을 모르는가? 어쨌든 다른 사람들은 엘프 마을에 들어가는 것을 절대로 허락할 수 없소. 도대체 엘프 마을에는 무엇 하러 들어간다는 것이오? 할 말이 있으면 여기서 하면 될 것 아니오. 우리 엘프들은 인간들을 신뢰하지 않으니 야박하다고 해도 어쩔 수 없소. 다른 사람들은 여기서 돌아가 주시오."

엘프의 말에 할 말이 없는 샤였다. 딱히 이유도 없이 '당신들 살아가는 모습을 구경하러 여기까지 왔습니다. 그러니 좀 들어가게 해주시오. 친하게 지냅시다' 라고 할 수도 없는 노릇이 아닌가. 마땅히 할 말을 찾지 못하고 있는 상황이라 궁색하게 변명을 할 수밖에 없는 샤였다.

"우린 여행자요. 원래 바다를 보러 가려다 이 마법사를 우연히 만나서 사정을 듣고 도와주려고 따라온 것이오. 오느라 준비한 식량도 다 떨어지고 지칠 대로 지쳐서 더 이상 움직일 여력이 없습니다. 잠시만 휴식을 취하고 여행 준비를 한 후에 떠나면 안 되겠습니까? 절대로 당신들에게 피해가 가는 행동은 하지 않을 것입니다."

그렇게 들어가자, 못 들어온다 하며 실랑이를 벌이고 있는 와중에 엘프들의 뒤에서 턱밑의 흰 수염을 쓰다듬으며 노인 엘프가 앞으로 나서며 샤에게 질문을 던졌다.

"당신이 일행의 수장이요?"

"그렇습니다만……."

"난 엘프 족의 아홉 명의 부족장 중 한 명이고, 이 마을의 촌장인 메노프라고 하오. 당신들의 사정을 미루어 짐작하건대 엘프 마을에서 휴식을 취하지 않고 떠나더라도 별 무리가 없어 보입니다. 다만 위대한 존재인 키이라 나이틀리님의 부탁을 받은 입징으로 우리의 손님을 여기까지 안전하게 데려온 분들이니 잠시나마 머물며 여독을 풀고 갈 수 있게 해드리겠습니다. 하지만 미리 기사의 명예를 걸고 약속해 주서야겠습니다. 절대로 엘프 마을에서 보고 들은 것을 외부에 나가서 이야기하지 않겠다고 말입니다."

샤 일행은 일반 용병 복장을 하고 있었다. 그런데 기사의 명예를 이야기하다니, 샤는 저 노인 엘프의 안목이 대단하다고 생각했다. 일행과 자신의 기운을 읽어 자신들의 신분을 알아맞히지 않았는가.

일행은 모두 샤를 바라보고 있었다. 반짝거리는 눈빛을 빛내는 것이 어서 대답하라는 뜻이 담겨 있는 것 같았다.

"기사의 명예를 걸고 어떠한 일이 있어도 보고 들은 것을 외부에 알리지 않을 것을 나의 주군이신 록트의 국왕 전하와 주신 오딘의 이름으로 맹세합니다. 그리고 저희들을 생각하여 보여주신 성의에 감사드립니다."

샤 일행은 메노프라는 엘프 노인의 허락을 받아 그들의 안내를 받으며 엘프의 마을로 들어섰다. 안으로 들어서자 밖과는 전혀 다른 세상이 기다리고 있었다.

끝없이 높게 치솟아 오른 나무들과 처음 보는 꽃들이 주위에 피어 있었고, 언뜻 봐도 삼사백 명 정도 될 것 같은 엘프들이 긴장한 표정으로 양쪽으로 나뉘어 일행을 바라보고 있었다.

그 사이를 걸어가며 엘프들을 신기하게 쳐다보는 일행이었다. 그 와중에도 숙녀 요정 데이지는 샤를 따라가면서 투덜대고 있었다.

―이 답답하고 융통성없는 엘프들이 뭐가 좋다고 여기를 따라 들어와? 그냥 나랑 놀자니까! 어머! 이것들이 우리 샤만 보네! 니들, 눈 돌려!

그날 저녁은 일행이 몇 곳의 나무 집에 나뉘어 여장을 풀고 쉴 수 있었다.

하루가 지난 다음날, 엘프 마을 촌장이라는 사람의 초대로 저녁 식사를 하러 촌장의 집으로 샤와 해리, 그리고 뮐스 호위대장과 조나단이 들어서고 있었다.

물론 데이지는 샤를 따라 같이 가고 있었다. 다른 일행도 각자 몇 명씩 엘프의 집으로 초대를 받아 식사하러 가고 네 명만 촌장의 집으로 초대받은 것이다.

"일행을 대표해 초대에 감사드립니다."

샤가 먼저 인사를 하며 작은 상자에 여행을 하며 먹기 위해 가지고 다니던 곶감과 라이스 케이크를 담아 촌장에게 내밀었다. 아마도 다른 엘프들에게 초대받은 일행도 상자 하나씩을 내밀었을 것이다.

각자 여행 전에 급할 때 식사 대용으로 먹으려고 가지고 다니던 라이스 케이크가 있기에 샤의 명령으로 조금씩 담아 선물로 전해주게 했다. 자고로 선물 싫어하는 사람은 없다고 하지 않는가.

"뭘 이런 걸. 잘 먹겠네."

자리에 앉고 서로를 소개했는데, 촌장은 자신을 다시 한 번 엘프 족 아홉 명의 족장 중 한 명이며 이곳 마을의 촌장인 메노프라 소개하였다. 그리고 자신의 두 딸인 리에나와 슈비나를 소개해 주었다. 리에나는 보랏빛 머리였고, 슈비나는 초록빛의 머릿결에 우윳빛 피부로, 둘 모두 사람으로 치면 20대 초반의 모습을 하고 있었다.

엘프들의 식사에는 알려진 대로 채소와 과일이 대부분이었다. 샤는 그것을 보고 채식주의자들이라고 판단하였다.

특히 해리가 좋아했던 것은 '엘프의 눈물'이라는 과일주였다. 해리 혼자서 네 병을 마시고는 취해서 혀 꼬인 말을 하며 리에나라는 엘프 아가씨에게 몬스터를 잡았던 상황을 이야기하며 자랑하기에 여념이 없었다.

"자네, 혹시 정령을 부리는가?"

말없이 샤를 지켜보던 촌장이 뜬금없이 물어봤다. 정령사는 보기도 힘든 사람들이다. 대륙에도 몇 명 없다고 알려져 있었다.

"하하, 글쎄요. 전 정령사를 본 적도 없습니다."

데이지는 사과 크기의 과일 하나를 몸 전체로 감싸 안고 먹다가 샤를 쳐다봤다. 자신이 샤에게 끌리는 이유를 들을 수 있을 것 같았기 때문이다. 다른 이들도 샤의 대답을 기다리고 있었는데, 샤는 웬 뜬금없는 질문이냐는 표정으로 대답했다.

"그런가? 자네에게서 땅의 정령의 기운이 느껴지는군. 뭐, 정령과 친화력이 있다고 모두 정령사가 되는 것은 아니니 그럴 수도 있겠지."

"처음 들어보는 말이라 당황스럽군요. 그럼 제가 정령사가 될 수도 있습니까?"

"그거야 두고 보면 알겠지. 자네가 어떻게 생각할지 모르지만 내가 보기엔 자네는 아직 어리네. 그러니 가능성이 많은 존재 아닌가? 젊다는 것은 가능성이 많다는 것이니까."

"네, 그렇지요."

"한데 이제 이야기할 때가 된 것 같은데, 무슨 이유로 이곳까지 왔나? 아무리 남의 사정이 딱하여 도와주고 싶다고 해도 이곳은 쉽게 생각하고 올 곳이 아닌데 말일세."

이곳을 방문한 진짜 이유를 대라며 촌장이 심문하듯 묻자 샤는 대답할 말을 찾지 못했다. 사실 샤가 무슨 특별한 일이 있어서 왔다기보다는 그냥 끌려서 왔다는 표현이 맞을 것이다. 물론 작은 이유를 대라면 조나단의 이야기를 듣고 평소 산맥 너머를 여행하고 싶다는 생각과 뭔지 모를 숨겨진 이야기가 남아 있을 것 같은 생각에 온 것이다.

"그림 저도 촌장님께 묻겠습니다. 키이라 나이틀리라는 위대한 존재께서는 그린 드래곤이 맞겠지요?"

"그렇네. 그분은 우리 엘프들의 편에 서 계시는 유일한 분이시지. 숲과 자연을 사랑하시는 위대한 존재이시네."

드래곤에 대한 이야기가 나오자 모두들 음식을 다시 먹기 시작하다 다시 샤의 얼굴을 바라봤다. 이제야 모두들 이해를 하기 시작한 것이다.

"그럼 그분이 조나단 마법사의 스승님이었겠군요?"

"아마도 그럴 것이네. 그분께서 유희를 하시고 돌아오시면서 각 엘프들의 족장을 불러서 명령하신 것은 혹여 조나단

이란 마법사가 찾아온다면, 화(火) 속성의 마법과 수(水) 속성
의 물의 정령과 친화력이 있는 특이한 체질의 사람이니 마법
과 정령을 다루는 법을 가르치고 하고 싶은 공부를 할 수 있
게 지원해 주라는 것이었네. 그런데 가시면서 올 확률은 거
의 없다고 하셨지. 위험을 무릅쓰고 이곳에 올 정도의 담력
이 없다면서. 그래서 우리들도 올 거란 생각을 하고 있지 않
았네."

　조나단은 옆에서 그 이야기를 듣더니 거의 혼절하는 상황
까지 가고 있었다. 자신이 20년 가까이 모시던 스승이 드래곤
이라는 말에 거의 정신을 놓고 있었다. 만약에 자신이 그를
배신하고 떠났다면, 자신은 지금쯤 땅에 묻혀 있을 거란 생각
에 마음이 세차게 뛰었다.

　"저도 그럴 것이라 생각했습니다. 아무리 엉터리 스승이라
도 죽어가면서까지 제자에게 헛소리를 할 사람은 없을 테니
까 말입니다. 단지 그 이유였습니다. 그것을 확인하고 싶었을
뿐입니다. 저는 어려서부터 책에 많이 나오는 드래곤이 실제
로 존재하는지에 대해 알아보고 싶었을 뿐입니다. 그게 다입
니다. 만약 조금이라도 다른 이유가 있다면 몇백 년 전부터
세상 밖으로 나오지 않는다는 엘프 또한 한 번쯤 보고 싶었다
고 할까요."

　"허참, 이유 한번 황당하구먼. 그걸 확인하러 목숨을 걸다
니 말이네. 자네, 혹시 들어보지 못했나? 위대한 존재인 드래

곤은 자신의 영역을 침범하는 것을 절대로 용서하지 않는다
는 것을 말이네."

"알고 있습니다."

"그런데도 그 궁금증을 직접 확인하러 목숨을 걸었단 말인
가?"

"조나단이 있기에 죽이지는 않을 거란 생각도 있었고, 또
한 그렇다는 말만 있지 실제로 드래곤의 영역을 침범하여 죽
었다는 사람을 본 적이 없어서 혹시나 하는 마음이 있었습니
다."

'내 말이 맞지? 라는 표정으로 샤는 촌장을 바라봤다.

"당연하지. 죽었는데 어찌 보나."

촌장은 '이놈, 바보 아니야? 라는 표정으로 샤를 쳐다봤
다. 이 말에 밀스 호위대장과 해리는 먹었던 술을 토해낼 뻔
했다. 순간 몸을 떠는 둘이었다. 조나단은 아직도 자신의 스
승에 관한 진실에 정신을 차리지 못하고 있었다.

"여하튼 오늘 저녁은 맛있게 먹었네. 자네들도 이제 가서
쉬게나. 또 보세."

다음에도 보자는 말은 내일 당장 가지 않아도 된다는 이야
기였기에 샤는 엘프들과 더 지낼 수 있다는 생각을 하며 자신
의 숙소로 돌아왔다.

샤 일행이 엘프 마을에 들어온 지 열흘이 가까워오자 슬슬

떠날 준비를 했다. 기회를 봐서 인사를 하고 떠나려고 했는데, 촌장이 어디를 갔는지 잠깐 동안 외출을 하였다고 하며 한동안 보이지를 않았다. 딱히 바쁜 일도 없고 그동안 엘프들과 많이 친해져 지내기에도 불편함이 없었기에 촌장이 돌아올 때까지 기다리자는 해리의 말에 샤는 그러자며 순순히 승낙했다. 그들과 지내면서 샤는 엘프들도 밖의 세상에 대해 관심이 많다는 것을 느꼈다. 특히 해리의 과수원에 대한 이야기며, 접붙이는 방법과 과일들을 요리해 먹는 다양한 방법 등은 엘프들의 호기심과 바깥쪽에 대한 관심을 더욱 증폭시키는 것 같았다.

며칠을 더 기다리자 촌장이 샤를 찾는다는 말에 샤는 혹시나 과수원 때문에 자신을 찾는 것이 아닌가 하고 촌장의 집으로 들어섰다.

"저를 찾으셨다고요?"

"그렇네. 거기 앉게. 내 다른 엘프들에게 자네 일행의 이야기는 듣고 있었네만, 내가 요즘 500년 만에 제일 바쁜 시간을 보내고 있는 것 같네. 자네들이 들어오고 나서 마을의 젊은 엘프들이 많이들 들썩이고 있는 것을 알고 있나?"

"글쎄요……. 저야 엘프 분들과 대화를 많이 안 해서 잘 모르겠습니다. 무슨 문제라도 있나요?"

"글쎄, 문제라면 문제일 수도 있지. 그래, 자네들은 언제쯤 떠날 텐가?"

"그렇지 않아도 떠나려고 촌장님이 돌아오실 때를 기다리고 있었습니다. 인사는 하고 가야겠기에……."

"그럼 간다면 집으로 돌아가는 것인가?"

"바다를 보러 북쪽으로 가볼 생각입니다. 원래 북쪽의 바다를 보기 위해 떠났던 여행입니다."

샤의 이야기를 듣고는 한참을 말없이 있던 메노프 촌장은 결심을 한 듯이 이야기를 시작하였다.

"자네, 귀족이겠지?"

"네, 그렇습니다만……."

"내 이야기를 조금 해주겠네. 조금 긴 이야기일세. 젊은 엘프들은 잘 모르겠지만, 이 땅은 원래 록트 왕국의 땅이었네. 정확히 말하면 이곳은 숲의 일족과 록트 왕국과의 접경지였지. 오백 년 전, 그러니까 내가 300살의 젊은 엘프 시절이었지. 그때는 엘프들이 세상에 나가고 드워프 또한 인간들과 교류를 하며 지내는 세상이었지. 록트 왕국은 이곳에서 북쪽과 지금의 록트 왕국의 영토까지 수십만의 사람들이 살고 있었고, 네 개의 대영지라는 곳이 존재했네. 지금 자네에게 말해도 잘 모르겠지만, 그때… 그러니까 인간과 이종족들과의 전쟁이 있기 100년 전부터 인간들은 이종족인 엘프와 드워프들을 잡아다 노예로 삼기 시작했네. 처음에는 그 수도 적고 잡혀간 엘프나 드워프들의 수가 많지 않아서 그들을 구출해 오는 것으로 무마가 되곤 했는데, 내 나이 300살이 됐을 때 대영지 중의 한곳인 헤롯 성의 영주인 헤르몬 후작이라는 사람이 병사들을 동원해서 엘프와 드워프 수백 명을 납치해 간 일이 벌어졌네. 당연히 엘프들과 드워프들은 뭉쳐서 헤르몬 후작 영지와 전쟁을 벌였지. 지금도 그렇지만 그때도 엘프나 드워프는 인간과는 달라서 수가 많지가 않았지. 일개 후작 영지라고 하더라도 도저히 이길 수가 없었네. 거기다 엎친 데 덮친 격으로 근방 세 곳의 영지까지 병사를 보내서 엘프와 드워프를 진압하기에 이르렀네.”

말을 하던 촌장은 옛날 생각에 마음이 격해지는지 잠시 숨을 돌리고 있었다. 샤는 처음 듣는 이야기를 신기해하며 왜 자신이 몰랐을까 생각했다. 아마도 어떤 책에도 나오지 않은 내용이었기 때문일 것이다. 촌장이 다시 말을 이었다.

“그때 1만여 명의 엘프와 1만 5천여 명의 드워프가 모두 죽었네.”

조용하고도 슬픈 목소리로 촌장은 말을 이어나갔다.

“그리고 엘프는 3천여 명이 남았고, 드워프는 5천여 명이 남았지. 그대로 간다면 두 부족은 멸족했을 것이네. 물론 다른 대륙이나 서쪽의 헤네시 제국 너머의 산에도 드워프나 엘프는 살고 있네. 하지만 그들은 우리와 같은 피를 나눈 부족은 아니지. 여하튼 그 순간에 위대한 존재이신 그린 드래곤인 키이라 나이틀리님과 블랙 드래곤인 라인하르트 게벨님께서 나서주셨네. 그들은 중간계의 관리자란 입장과 자신들의 영역을 침범하지 않으면 웬만해선 지성체들을 죽이지 않는다는 암묵적인 규정이 있기 때문에 처음에는 나설 수가 없었네. 그런데 두 부족이 멸족 직전까지 가자 평소 엘프와 친분이 있는 나이틀리님과 드워프와 친분이 있으신 게일님께서 나선 것이었네. 그리곤 순식간에 인간들을 물리치시고, 네 영지의 모든 인간들을 티러스 산맥 밖으로 나가도록 했지. 드래곤의 분노에 겁먹은 인간들은 모두 산맥 너머 현재의 수도로 옮겨갈 수밖에 없었지. 그 일이 있은 후 록트 왕국은 반쪽으로 땅이 줄었고, 드워프들은 게일님께서 동쪽 끝의 자신의 레어 근처로 데리고 가셨지. 자신이 직접 보호하기 위해서 말일세. 우리 엘프들은 나이틀리님께서 아홉 개의 마을에 방어막을 쳐주시고, 산맥 너머로 인산들을 들어오지 못하도록 왕국에 경고를 함으로써 비로소 평화를 찾게 되었네."

이야기가 다 끝났는지 촌장은 가만히 샤를 바라보고 있었다. 샤는 촌장의 시선을 느끼면서 무슨 말을 해야 할지 감을 잡지 못했다. 왜 자신에게 이런 이야기를 하는지 잠시 생각해 보는 샤였다.

"인간에 의해 너무 많은 피해를 입으셨군요. 같은 인간으로, 아니, 록트 왕국의 왕자라는 신분으로 정중히 지난날의 과오에 대해 사과드리겠습니다."

사과를 하는 샤의 기분은 착잡하기 그지없었다. 인간의 욕심이 어디까지인가 생각하게 했다. 인간만이 가지는 악함과 선함의 양면성과 본능만을 가진 동물들의 습성까지 뒤엉켜 자칫 중심을 잡지 못하고 스스로 이성적인 판단을 못할 시에 나타나는 인간들의 추한 면을 오늘 샤는 엘프 촌장에게서 들은 것이다.

"허, 자네가 록트 왕국의 왕자란 말인가? 뛰어난 기사를 삼십여 명이나 부리는 것을 보고 평범한 귀족은 아닐 것이라 생각했네만, 왕자였다니! 지금의 엘프들이야 모르겠지만 젊은 시절 인간들과 어울렸던 난 인간들의 신분에 대해서 좀 알지. 자네라면 나의 고민을 해결해 줄 적임자이구먼. 하하하!"

사과를 한다는데 갑자기 뜬금없이 신분을 들먹이더니 웃는 촌장을 보며 '저 양반이 왜 저러나' 하는 표정으로 쳐다보는 샤였다.

"무슨 고민이기에 그러시나요?"

"사실 요 며칠 동안 아홉 마을의 부족장들을 만나서 엘프들의 미래에 대해 심각한 회의를 하였네. 이대로는 엘프들이 외부와 단절되어 안전한 방어막 안에서 고사하기에 이르렀다는 말이 나온 지가 200년이 되어가네. 인간들과는 물론이고, 다른 엘프 부족들과도 연락을 못한 것이 500년이 되었고 말이네. 살아 있다는 것이 무엇인가? 그것은 소통이네. 다른 이와 나와의 소통. 그런데 우리 부족은 이 세상에 홀로 외톨이로 떨어져서 철장 속의 새처럼 세상 돌아가는 것도 모른 채로 살고 있네. 젊은 엘프들은 점점 세상 구경을 해보고 싶다 요구하고 있으니 말이네."

"사람들과 교류를 한다면 500년 전 전쟁과 같은 상황이 또 될 수도 있는데, 그것이 걱정되지는 않나요?"

샤는 진지한 표정으로 되물었다. 어쩌면 다시 예전과 같은 일이 반복되지 말라는 법 또한 없는 것이다. 아니, 꼭 어디에선가 그런 사람이 나올 것이다.

"사실 전쟁 이전에 나 또한 많은 인간들과 교류를 하며 지내고 있었지. 그 전쟁 때 많지는 않지만 적지 않은 인간들이 우리의 편이 되어 자신과 같은 종족인 인간들과 싸우다 죽기도 했다네. 그래서 우린 인간을 경계하지만 미워하지는 않네. 인간의 특성을 잘 알고 있지. 짧은 수명만큼이나 역동적으로 살다가 가는 것이 인간이란 것을 밀일세. 그때도 그 미친 후작만 아니라면 그런 일은 없었을 것이라는 것도 이해하고 있다네. 물론 처음엔 모든 인간을 저주했지만 시간이 지나면서 이성적으로 엘프의 미래를 걱정한 엘프들은 인간과 타 지성체들과 교류를 해야 한다고 했지만 번번이 큰 피해를 입은 엘프들의 반대로 무산되었지. 해서 그동안 내가 다른 마을의 여덟 명의 족장이며 촌장인 엘프들과 며칠 동안 회의를 하고 온 것이네. 그래서 자네와 그에 관한 이야기를 좀 해보려고 하네. 귀족이라면 아무래도 인간 사회에서는 힘이 있고 많은 발언권을 가지고 있지 않나? 더구나 자네처럼 강한 기사들을 부리는 귀족이라면 충분히 우리를 도와줄 수 있다고 판단해서 자네를 보자고 한 것이네."

심각하게 한참을 듣고 있던 샤는 어떤 식으로 도움을 줄 수 있을 것인지를 생각해 보았다. 하지만 뾰족한 수는 없었다. 자신이 힘이 있다고 하더라도 인간과 엘프들이 만나게 되면 과거처럼 인간은 또 추악한 모습을 드러낼 것만 같았다.

"지금은 뭐라고 확답을 해드릴 수가 없겠습니다. 제 자신이 인간이기에 인간의 탐욕과 이중적인 면을 너무 잘 알고 있습니다. 엘프 몇 분을 데리고 왕국에 가는 것은 문제가 안 되나 향후 지속적인 거래나 교류는 저의 독단으로 결정할 문제도 아니고요. 생각을 좀 더 해봐야겠습니다."

신중하게 대답하는 샤를 보던 메노프 촌장은 고개를 끄덕이며 고심의 이유를 알았다는 표정으로 이야기했다.

"그렇겠지. 지금 어떤 답을 달라는 것보단 같이 찾아보자는 것이니 너무 혼자서 고민하지 말게. 내가 너무 미안해지네."

"네. 우선 신중히 여유를 좀 두고 생각해 보겠습니다."

"그러세."

메노프 촌장과의 대화를 끝내고 나오는데 데이지가 기다렸다는 듯이 뒤따르며 잔소리를 하기 시작했다.

─뭐야? 나, 얼마나 심심했는데! 늙은 엘프랑 무슨 이야기를 한 거야? 나에게도 재미있는 이야기해 줘. 응! 응! 응!

샤는 심각한 이야기를 하고 나온 터라 데이지와 웃으며 이야기하기가 그래서 최후의 방법으로 데이지가 따라잡지 못할 정도로 빠르게 뛰어서 도망을 가버렸다.

─샤, 이야기하고 뛰어야지! 술래잡기야, 숨바꼭질 놀이야?! 설마 달리기 시합은 아니지?!

뛰면서 어이가 없는 샤였다.

며칠 동안 심각하게 고민하고 있는 샤에게 해리가 분한 표정으로 씩씩거리며 다가오고 있었다. 샤는 그 모습을 보며 누구와 싸운 것이라고 생각하곤 잔소리를 해야겠다고 마음먹었다.

"해리, 혹시 무슨 사고를 친 것은 아니지? 왜 그렇게 씩씩거리나?"

"사고는요! 왕자님도! 제가 어린애도 아니고 낼 모래 마흔입니다!"

"그런데 왜 그렇게 표정이 안 좋나?"

"아, 글쎄, 그 왜 우리가 처음 올 때 칼 들고 폼 잡던 엘프 있잖습니까! 오늘 하도 심심해서 공터에서 검술 연습을 하는데 그 엘프가 오는 겁니다. 자기가 무슨 수비대장이라나 뭐라나 그러면서 대련을 신청하는 겁니다. 인간의 검술을 경험해

보고 싶다고 하면서 말이죠."

"설마 자네, 패했나?"

"……."

"패했구먼. 그래, 그 엘프 수비대장 실력이 어떤데 그러
나?"

"그것이 소드 마스터였습니다. 세상에, 우리 왕국에도 한
명밖에 없는 소드 마스터가 아홉 마을 통틀어 5천여 명밖에
없는 엘프 마을에 있다는 게 말이 됩니까? 그것까지는 이해를
하겠습니다. 왕자님처럼 타고난 재능이 있다면 가능하다니
그렇겠거니 생각하겠는데, 대련이 끝나고서 한다는 말이 자
신이 소드 마스터에 오른 지 120년이 됐다는 겁니다. 이런 말
도 안 되는 말을 하면서 저를 약 올리는 게 기사도에 있습니
까? 진 것도 열 받는데 120년 전에 소드 마스터가 되었다니!
지는 무슨 천 년을 산답니까? 그렇게 무시를 당했는데 화가
안 납니까!"

"이보게, 해리 경."

"네, 왕자님."

"엘프는 천 년을 살아가네."

"헉! 정말입니까?"

놀란 해리는 아무 말도 않고 조용히 자리에 앉았다. 그리고
한동안 말이 없었다. 해리는 그 뒤로 3일간 신을 원망했다고
한다. 자신이 꼭 하루살이 같다고 느껴진다는 말을 밀스 호위

단장에게 하며 눈물을 글썽였다고 한다.

그렇게 며칠간을 고민하던 샤는 어떤 결심을 했는지 촌장을 만나기로 하고 촌장의 집으로 갔다.

"그래, 그동안 많은 생각을 하는 것 같던데 무슨 결심이 섰나? 나 또한 자네에게 주는 것 없이 고민만을 안겨준 것 같아 너무 미안하구먼."

"저… 아홉 마을 엘프 분들의 인원과 전투력, 그리고 배움 정도를 알 수 있을까요?"

"그거라면 아홉 마을을 다해서 5,300명이 좀 넘을 것이네. 그리고 남성 엘프가 이천삼백여 명 정도 되고, 여성 엘프가 3,000명 정도에 200살 이상의 성인 엘프가 4,500명 정도 될 것이고, 그들 대부분은 마법이나 검술 둘 중 하나는 할 것이네. 물론 모두 책을 읽거나 쓰는 것은 가능하네. 그리고 정령을 다루는 이들도 꽤 될 것이네. 물론 상급 정령술사는 손에 꼽히겠지만 중급 이하는 4,500명 정도 되는 걸로 알고 있네. 이 정도 정보면 되었나?"

촌장을 설명을 들으며 샤는 점점 얼굴이 밝아지기 시작했다. 인간으로 치면 엘리트 중에 엘리트인 것이다. 샤가 생각한 대로 엘프들은 고급 인력이었다.

"되었습니다. 이렇게 하죠. 촌장님께서 옛날 록트의 땅을 돌려주십시오. 그곳에 공국을 세우겠습니다. 그리고 엘프님들에게 형식적이나마 작위를 드리겠습니다. 물론 사는 곳은 이곳이지만 이곳 엘프 마을 아홉 곳을 한곳으로 묶어 하나의 영지로 만드는 것입니다. 그리고 아홉 분의 족장님에게 록트 왕국의 정식 작위를 드리는 것이지요. 그렇게 하고 옛 록트의 땅에 엘프와 드워프, 그리고 인간이 함께할 수 있는 공국을 세우는 겁니다. 물론 내부적으로 교육도 하고, 법을 만들어서 관리를 해야지요. 공국으로 만드는 것은 외부로의 침입 시에 형식적으로 록트 왕국의 속국이니 록트 왕국에서 지켜줄 것이고, 내부적으로는 자치권을 가질 수 있으니 타인의 간섭을 받지 않아도 되니 그렇게 하는 것이 지금으로썬 제가 할 수 있는 모든 것입니다. 물론 공국을 만드는 것은 록트 왕국에서 허락해야 할 겁니다. 그리고 도움도 받아야 가능하겠지요. 지금의 인원으로는 조그마한 영지 정도의 수준이니 다른 대안도 연구해 봐야 할 겁니다."

"오호! 인간의 작위를 받으라……. 흠, 논의를 해봐야겠구먼. 그리고 공국이라……. 그 땅은 키이라 나이틀리님께 허락받지 않으면 안 되네. 엘프들이 마음대로 할 수 있는 땅이 아니지. 어쨌든 전쟁에서 나이틀리님이 인간에게서 전쟁의 부산물로 얻으신 것이니, 이 모든 것은 다른 족장들과 회의해 봐야 할 것 같네. 그리고 조만간 다른 족장들을 이곳으로 오라고 할 테니, 그들에게 직접 자네가 설명할 부분은 설명을 할 수 있게 생각해 두게."

"네, 그러지요. 그럼 좋은 결론이 나길 기다리고 있겠습니다."

어느 정도 해답을 찾은 샤는 어떤 식으로 결론이 나올지에 대해 기대 반 걱정 반의 마음으로 기다리고 있었다.

기다리는 동안 조나단이 얻어왔다는 '엘프의 눈물'을 마시며 조나단의 3서클 진입 축하 파티를 했는데, 조나단이 밤새 해리를 붙잡고 울어서 해리는 잠 한숨 못 자고 조나단의 눈물 섞인 하소연을 받아줘야 했다.

장장 15년 만에 3서클에 올랐으니 얼마나 기쁘겠는가. 조나단은 특이한 체질로, 사실 나이틀리의 연구 대상이었을 것이란 생각이 들었다.

본래 미법이든 정령이든 각 본연의 속성에 맞게 따라가게 되어 있고, 그 속성은 서로가 연관된 속성이 아니면 반발력이 심해 같이할 수 없다고 알려져 있다. 그런데 조난단은 상극(相剋)이라는 불과 물의 속성 두 가지에 모두 강한 친화력이 있는 체질이었다.

물론 조나단도 서로 상반된 마법과 마법이나 정령과 정령은 같이 사용할 수는 없지만, 따로 화속성의 마법과 수속성의 정령술 두 가지를 배울 수는 있다는 것이다.

그 정확한 이유는 알 수 없었지만 그것은 조나단이 살아가면서 풀어야 하는 숙제 같은 것이리라. 여하튼 조나단은 엘프 마을에 온 지 얼마 되지 않아 3서클에 올라설 수 있었다.

엘프들의 말로는 약간의 도움으로 빠른 진전이 있을 것이라고 했다.

또한 조나단에게서 다른 인간들보다도 마법과 정령의 친화력이 높다는 사실도 들을 수 있었다. 조나단은 이곳에 머물면서 배움을 계속하기로 결정했다.

며칠의 시간이 지나자 아홉 명의 족장이 모인 곳에 샤를 불러서 그들과 샤가 내놓은 방안을 가지고 토의를 했다.

다른 문제들은 많은 부분 대안책을 찾은 듯했는데, 록트의 옛 땅을 그린 드래곤인 나이틀리가 공국을 세울 수 있도록 허락해 줄 것인가에 대한 문제가 남아 있었다. 우선은 그린 드래곤에게 물어보는 방법밖에 없었다.

드래곤의 답을 기다리며 며칠의 시간을 보내고 있을 때 드래곤을 만나러 떠났던 메노프 촌장이 마을로 돌아왔다. 떠난 지 얼마 되지 않은 것 같았는데 생각보다 빨리 돌아온 것이다.

모두가 촌장의 입만 바라보고 있는 상황에서 촌장은 가볍게 미소를 지으며 허락이 떨어졌다는 기쁜 소식을 전해줬다.

기쁜 소식에 기뻐하면서도 샤는 의문을 가지고 있었다. 그린 드래곤인 나이틀리가 주변에서 지켜보고 있는 것 같다는 의문이었다. 아니라면 이렇게 빨리 답을 얻지 못할 것이란 생각이 들었다. 여러 문제로 인해 충분히 전후 사정을 따지고 살펴봐야 할 사안이었는데 너무도 쉽게 허락해 준 것이다.

그때부터 샤는 엘프들을 유심히 바라보며 드래곤을 찾아보려고 했지만 용의자는 찾기가 힘들었다. 기필코 언젠가는 찾겠다고 다짐하는 샤였다.

"이제 자네가 어떻게 해주느냐에 따라 일의 성공 여부가 결정되게 되었네. 자네에게 많은 부담을 주어 미안하네. 모든 엘프들을 대신해서 고맙다는 인사를 하겠네."

"저야말로 고맙습니다. 저와 왕국에 많은 도움이 되는 일입니다. 잃어버린 땅을 찾고 든든한 식구들을 맞이하게 되었으니, 저야발로 왕국을 대신헤 감사드립니다."

"그래, 그건 그렇고, 이제 준비를 하려면 왕국으로 돌아가야 하지 않겠나?"

"네, 그래야겠지요. 혹 저를 따라 왕국에 갈 엘프 분들은 준비가 되었는지요?"

샤와 같이 가서 국왕과 대영주들에게 엘프들의 입장을 대변할 대표자가 있어야 하는 것이다. 샤만 돌아가서 엘프들이 동의했으니 공국을 개국하자고 한다면 아마도 확인하기 위한 시간도 걸릴 것이고, 그보다 앞서 진위 여부부터 확인하려 들 테니 가는 길에 엘프 대표를 데려가는 것이 빠르고 확실할 것이다.

 "훔, 그 생각을 못했군. 내가 서둘러 따라갈 엘프를 알아보
겠네."

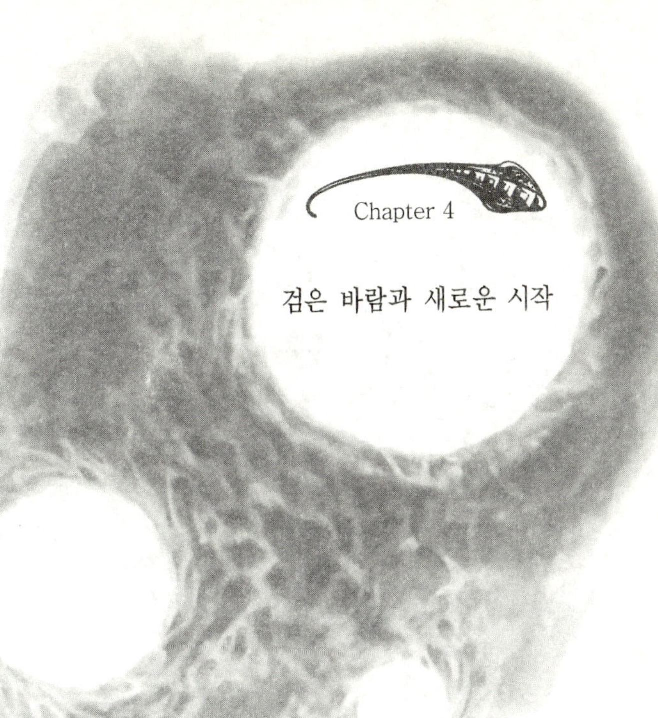

Chapter 4

검은 바람과 새로운 시작

다음날, 샤 일행이 떠날 준비를 하고 나서자 두 엘프가 따라나섰다. 수비대장을 하고 있는 보이텐이라는 남자와 촌장의 딸인 슈비나였다.

샤 일행과 엘프 둘은 마을을 떠나 북쪽으로 길을 잡고 나아가고 있었다.

그들과 3일간 움직이면서 샤 일행이 절실히 느낀 것은 숲에서는 절대로 엘프보다 빨리 달릴 수 없다는 것이었다. 엘프들은 숲의 종족답게 정말 거침없이 숲을 내달렸다.

그것을 한 번이라도 이겨보려고 죽기 살기로 뛰어봤지만, 남는 것은 터질 듯한 심장과 거친 숨소리뿐이었다.

"포기다, 포기! 헉헉!"

해리와 밀스 호위대장은 보이텐이 보이자 그 자리에 주저앉아 버렸다. 슈비나는 어느새 높은 나무에 올라 주위를 살피고 있었다. 그제야 도착한 일행을 내려다보며 정찰한 결과를 말하기 시작했다.

"이제 반나절 정도만 더 가면 숲을 벗어나 옛 록트의 땅 중 한곳으로 들어갈 수 있을 거예요. 이곳은 저도 잘 알지 못하는 곳이에요. 우리가 지금까지 만나지 못한 몬스터가 나올 수도 있으니 긴장하며 가야 해요."

사람들이 살던 곳으로 들어간다고 하자 이제 좀 편해질까 했지만 사실 환경이 달라진 것은 별로 없는 것 같았다. 일행이 마을을 떠나 북서쪽으로 삼 일을 달려오자 옛 록트의 땅으로 들어설 수 있었다.

간혹 몬스터들이 나왔지만 일행의 실력이 워낙 뛰어났기에 별다른 피해 없이 편하게 움직일 수 있었다. 슈비나의 설명으로는 이곳이 옛날 사람들이 살던 곳이라 알고는 있었지만, 사실 그 흔적은 아무것도 없었다.

인간들이 농사를 지었다고 하는 곳도 나무들이 빽빽하게 들어차 있었다. 간혹 지나가면서 강이라고 불리기 민망할 정도의 폭이 좁은 강줄기가 보였다.

나무를 잘라내고 땅을 개간하면 사람이 사는 데는 문제가 없어 보였다. 샤는 밀스 호위대장을 시켜 엘프 마을에서부터 움직이면서 중요 지형, 지물을 그리게 하고 있었다. 세세하지는 못해도 대략적으로라도 지도를 만들어보려고 생각하는 샤였다.

어느새 날이 어두워 냇가 옆에 자리를 잡은 일행은 엘프 마을에서 준비해 온 음식들로 저녁을 해결하려 했다. 그때 볼일을 보러 숲으로 들어간 해리가 큰 사슴 한 마리를 잡아서 가져온 덕에 그동안 엘프 마을에 있으면서 하지 못했던 영양 보충을 할 수 있었다.

거기에 아껴두었던 '엘프의 눈물'까지 꺼내서 파티 아닌 작은 파티를 하게 되었다.

저녁을 먹고 자리를 잡아 휴식을 취하고 있는 샤는 술 몇 잔을 먹은 기분에 혼자서 사람들이 없는 곳으로 가서는 조용히 하늘을 보며 전생에 자신이 즐겨 부르던 노래를 불렀다. 하지만 옆에 붙어 있는 데이지가 샤의 노래를 듣더니 한참을 가르쳐 달라고 조르는 바람에 몇 번이고 다시 불러야 하는 고생을 했다.

"이제 네가 불러봐. 그리고 내가 가르쳐 줬다고 하지 마."

—알았어. 흠흠! 자, 모두들 나를 봐봐! 내가 노래 불러줄게!

갑자기 데이지가 노래를 불러준다고 하자 모두들 데이지를 향해 눈을 돌렸다.

먼 옛날 어느 별에서 내가 세상에 나올 때~

사랑을 주고 오라는 작은 음성 하나 들었지~
사랑을 할 때만 피는 꽃 백만 송이 피워오라는~
진실한 사랑을 할 때만 피어나는 사랑의 장미~
미워하는 미워하는 마음없이~
아낌없이 아낌없이 사랑을 주기만 할 때~
수백만 송이 백만 송이 백만 송이 꽃은 피고~
그립고 아름다운 내 별나라로 갈 수 있다네~

모두들 박수를 치며 감동받은 눈빛으로 데이지를 바라봤다. 엘프인 보이텐과 슈비나도 처음 듣는 노래에 반한 것 같았다. 데이지는 그 노래를 샤가 자신을 위해 만들어준 노래라며 자랑하기에 여념이 없었다.

그 모습을 보던 샤는 앞으로 전통 트롯을 가르쳐서 여행하며 공연을 할까, 아니면 자신의 전속 가수로 취직을 시켜줄까 고민하다가 자신도 모르게 잠이 들었다. 맨땅에 누웠지만 왠지 편하고 어머니 품속 같다고 느끼는 샤였다.

일행이 대영주들의 성이 있던 네 곳의 땅을 한 곳 한 곳 확인하며 지도를 만들고 지형을 확인하는 일을 끝낸 후에야 록트 왕국으로 돌아가기로 결정하고 모여서 쉬고 있었다. 그때 멀리서 땅을 울리는 소리가 들려왔다.

"해리, 무슨 일인지 확인하고 오게."

소리가 나는 방향으로 뛰어갔던 해리가 한참이 지나서야 돌아왔다.

"왕자님, 말 떼입니다. 얼핏 삼백여 마리 말이 떼로 움직이고 있습니다!"

"말? 야생마란 말인가?"

샤는 다른 이들을 둘러보았다. 샤는 그 순간 말을 잡을 수 있으면 잡고 싶다는 생각을 하며 잡을 수 있는지 눈으로 물어본 것이다. 샤의 눈빛을 본 밀스 호위대장이 나서며 말했다.

"왕자님, 우선 말이 있는 곳으로 가 상황이 좋으면 잡도록 해보는 것이 어떻습니까?"

"그럽시다. 우선 가봅시다."

일행은 짐을 챙겨 해리의 길 안내를 받으며 움직였다.

한참을 가자 야트막한 언덕에 초원이 펼쳐저 있었다. 그렇게 넓진 않지만 말들이 지내기에는 충분해 보였다.

말들은 별달리 경계를 하지 않고 한가로이 풀을 뜯고 있는 듯 보였다. 가까이 다가가면 아마도 도망갈 것이라는 생각이 들어 샤 일행은 조심스럽게 말의 주위까지 다가갔다.

그때 유독 눈에 띄는 말이 보였는데, 보통의 말보다 머리 하나 크기만큼은 더 큰 검은색 흑마가 일행 쪽을 보고 있었다. 아마도 무리의 대장 같았다.

일행이 다가오는 것을 눈치 챈 것인지 소리 높여 울부짖었다.

이히힝~ 이히히힝~

두그득! 두그득!

흑마가 울부짖자 말들이 한쪽으로 움직이기 시작했다. 샤
는 그 모습을 보고는 움직일 수가 없었다. 정확히 말하면 흑
마에게서 눈을 떼지 못했다. 흑마는 샤 일행을 바라보며 작은
눈빛의 흔들림도 없이 앞으로 나섰다. 흑마의 뒤로 말들이 움
직이기 시작했다.

그렇게 서로가 눈을 마주 보며 시간이 흘렀다. 팽팽한 긴장
감이 흘렀다. 샤는 제발 말들이 도망가지 않기를 바라며 흑마
에게서 눈을 떼지 못했다. 그렇게 눈싸움을 하며 한참의 시간
이 흐르자 흑마가 고개를 돌리며 울부짖고는 일행의 앞으로
달려오기 시작했다. 그와 동시에 주위의 말들도 흑마의 뒤를
따라 뛰기 시작했다.

순간 샤 일행은 움츠러들 수밖에 없었다. 삼백여 마리의 말
이 지축을 울리며 한 줄로 서서 달려오는 모습에 당당히 맞선
다는 것은 자살하는 것과 다름없었다. 말들이 다가오자 샤 일
행은 급히 옆으로 피했다. 옆으로 스쳐 지나가던 흑마는 뒤를
돌아보곤 샤와 눈이 마주쳤는데, 샤를 비웃는 듯한 표정으로
지나쳐 갔다.

이히히힝~

다그닥다그닥!

그렇게 말들이 지나가 버리자 일행은 주저앉아 크게 숨을
들이키며 방금 전의 상황을 이야기했다.

'허! 방금 전의 그 흑마는 분명 나를 비웃고 있는 것 같았어! 말에게 비웃음을 당하다니! 기필코 잡고 말 거야!'

속으로 흑마를 기필코 잡고 말겠다고 다짐하는 샤였다. 말의 눈빛에서 강함을 엿볼 수 있었다. 필히 굉장히 뛰어난 말일 것이다.

"왕자님, 괜찮습니까?"

말없이 가만히 앉아만 있는 왕자가 걱정됐는지 밀스 호위대장이 물어왔다.

"괜찮네. 그런데 혹 방금 전에 그 말에 대해서 아는 것이 있는가? 예사 말이 아닌 것 같은데…… 덩치하며 눈빛이 대단한 명마로 보이던데?"

"그 흑마가 아마도 대장인 듯 보입니다. 말에 대해 잘 모르니 뭐라고 말씀은 못 드리겠지민, 이곳이 록트 왕국의 땅이었다면 아마도 그 옛날 록트 왕국의 기사나 군에서 쓰였던 말의 후손들이 아니겠습니까?"

"그럴 것 같군. 인간들을 따라 산맥을 넘어가지 못한 말들의 후손이라…… 그렇다면 잡아서 잘만 훈련시킨다면 다시 인간들을 주인으로 섬길 수도 있겠지?"

"아마도 그렇겠지요. 그 흑마는 좀 힘들어 보이지만……"

일행은 우선 자리를 옮기기로 하고 그곳에서 좀 떨어진 곳으로 이동했다. 록트 왕국으로 가는 것을 미루고 말을 잡는 것에 모두들 온 신경이 가 있는 듯했다.

데이지는 옆에서 그들을 지켜보며 한심하다는 듯이 투덜거렸다.

—말은 뭐 하러 잡으려고 그러는 거야? 타고 다니려고? 그렇게 말이 필요하면 말들에게 말해봐. 좀 태워 달라고. 혹시 알아, 태워줄지?

그 말은 들은 샤와 일행은 순간 멍해졌다.

'저런 바보 요정이 있나.'

그들의 그런 표정과는 다르게 데이지는 표정의 변화 없이 말을 이어갔다.

—아까 그 검둥이 말은 잡을 수가 없을 거야. 그 검둥이는 조상 대대로 대장 말이야. 그 말하고 기 싸움에서 이기든지, 죽이지 못하면 아마도 다른 말들도 잡기 힘들걸?

"너, 그 말을 알고 있냐?"

—그럼 알지. 검둥이는 오우거 앞에서도 기죽지 않고 당당하게 싸울걸? 오크 무리에 오크 로드가 있고, 고블린 무리에 홉 고블린이 있고, 인간들에게 왕이 있고, 드래곤에게 드래곤 로드가 있듯이 말에게는 검둥이가 있는 거야.

"말들의 제왕이란 말인가?"

—아~ 몰라, 몰라! 여하튼 잘해봐!

샤는 그 말을 듣고는 더욱더 흑마를 잡아야겠다고 다짐했다. 그 뒤로 샤는 말들과 숨바꼭질 놀이 하듯이 말들과 신경전을 벌이고 있었다. 샤가 다가가면 흑마가 말들을 이끌고 다른 곳으로 가버리고 샤가 자리를 옮기면 말들이 다시 그곳으로 오는 일이 반복되고 있었다. 어떡하든 흑마의 등 위에 올라타 보고 싶은 샤였다. 며칠이 지나자 말들이 더 이상 다른 곳으로 가지 않게 되었다.

정확히는 흑마가 샤를 본체만체한 것이다. 오든 말든 신경을 안 쓰고 제 할 일만 하는, 완벽한 무시였다.

위협을 받지 않는다는 것을 본능으로 느꼈는지 샤가 말들 사이로 걸어가더라도 가까이에 있는 말들이 자리를 피할 뿐 별달리 경계를 하지 않는 것 같았다.

샤는 어느 정도 말들과 친해졌다 여기고 이제는 흑마에 올라타기만 하면 성공할 것이라 생각하며 흑마를 안 보는 척하면서 그 주변을 맴돌며 기회를 엿보고 있었다.

흑마는 샤가 주위로 오자 큰 눈을 굴리며 힐긋힐긋 샤를 보며 태연한 척 풀을 뜯고 있었다. 순간 흑마가 한눈을 파는 듯하자 샤가 말 위로 뛰어올라 갈기를 잡고 두 다리를 배에 밀착한 후 몸을 앞으로 숙여 버티기로 들어갔다. 순간 자신의 등 위로 인간이 뛰어올라 타자 강하게 거부하며 몸을 요동치기 시작했다.

이히힝~ 푸르르! 이히힝~

"어?! 어, 어, 어?!"

쿵!

샤는 흑마가 요동을 치자 떨어지지 않으려고 안간힘을 썼다. 하지만 결국 1분을 못 버티고 떨어지고 말았다.

"왕자님!"

샤의 호위기사들과 해리가 뛰어왔다. 샤는 떨어지는 순간 앞으로 구르며 낙법을 했다. 다행히 몸에는 큰 상처가 없는 듯했다. 그날은 더 이상 흑마의 곁으로 가지 못했다.

"저놈이 반항이 심한데? 그럴수록 오기가 생기는 법이지! 누가 이기나 해보자, 이놈아!"

샤는 애꿎은 흑마에게 소리치며 일행이 머물던 장소로 돌아왔다. 그렇게 매일같이 흑마와 샤의 씨름이 시작됐다. 날이 갈수록 조금씩 말 위에 버티는 시간이 길어졌다.

처음에는 1분을 못 버티던 샤였는데 10일이 넘어가자 5분 이상 버티는 것 같았다. 그렇게 20일째 되던 날, 샤는 다시 흑마에게로 갔다. 가면서 흑마가 들으라고 하는 말인지 큰 소리로 외치고 있었다.

"그래, 이놈아! 언제까지 네가 버티나 보자! 결국 너는 나에게 항복할 것이다! 나는 평생이 걸리더라도 너를 타고 말 테니까! 괜한 힘 빼지 말고 내 말이 되는 것이 너도 좋을 것이다! 나와 함께 세상을 돌며 네가 말의 제왕이라는 것을 세상에 알리는 것이다! 어떠냐?! 흥분되지 않느냐?! 그것이 싫다면 나를 계속 떨구어도 좋다! 어차피 나는 네가 항복할 때까지 계속 네놈의 등 위로 뛰어오를 테니까!"

샤는 흑마가 들으라는 듯 외치며 눈을 똑바로 보면서 흑마의 앞으로 천천히 다가갔다. 흑마는 잡아먹을 듯한 눈으로 샤의 눈을 똑바로 바라보았다.

샤가 가까이 다가올수록 흑마의 눈이 점점 떨리는 것처럼 보였다.

샤에게서 범접하기 힘든 기운을 느낀 듯 흑마는 점점 샤를 향한 적대감이 사라짐을 느끼기 시작했다. 왠지 편하게 느껴지며 샤가 뻗어오는 손길을 거부할 수가 없는 것이다. 그것은 분명 흑마가 스스로 복종하는 것보다 어떤 기운에 의해 어쩔 수 없이 복종한다는 표현이 맞을 것이다.

샤는 흑마의 눈앞에 다다라 손을 올려 흑마의 갈기를 잡고 조용히 쓰다듬었다. 흑마는 샤의 손길을 거부할 수 없었다.

태어날 때부터 자신의 친구였던 것처럼 편안함과 친숙함을 느끼고 있었고, 왠지 거부하면 안 된다는 강한 울림이 흑마를 움직이지 못하게 하고 있었다.

"그래, 그래. 착하지? 넌 이제부터 바람이다. 바람처럼 빠르게 나와 함께 세상을 달리자."

샤는 흑마의 눈에서 눈을 떼지 않고 맞춘 채 흑마를 쓰다듬고 있었다. 흑마는 대답이라도 하는지 울부짖으며 고개를 끄덕거렸다. 그것을 본 샤는 천천히 흑마 위로 조심스럽게 올라탔다. 성공한 것이다. 11일간의 싸움에서 샤가 이긴 것이다.

"이~야호! 그래, 달려보자! 너는 검은색이니 검은 바람, 흑풍(黑風)이다! 흑풍! 가자! 이랴~!"

흑풍은 샤를 등에 태우고 초원을 달리기 시작했다. 그렇게 30분이 넘게 달리고 일행이 있는 곳으로 돌아오자 일행이 기쁘게 맞아주었다.

"왕자님, 경하드립니다."

"경들도 어서 말을 길들이게. 이제 왕국으로 얼른 돌아가야지. 시간이 너무 지체되었네."

"네, 왕자님."

해리는 돌아서며 누구 때문에 지체되었는데 서두르라고 성화를 부린다며 투덜거렸다.

물론 샤가 들을 수는 없었다. 너무 작은 소리였으니까.

그렇게 엘프들을 제외한 나머지 일행이 각자 자신들의 말을 길들이느라 여념이 없는데, 샤와는 다르게 다른 기사들은 말을 길들이는 데 많은 시간과 고통이 뒤따랐다.

드디어 말들을 길들이는 데 성공한 일행은 서둘러 록트 왕국으로 움직이기 시작했다. 쉬지 않고 빠르게 움직인 결과, 10일간의 이동으로 처음 산맥으로 들어왔던 솔즈 시로 들어선 일행은 제일 먼저 잡화점에 들러 두 엘프의 모습을 감추기 위해 로브를 구해서 입혔다.

그리고는 대장간으로 향했다. 오는 동안 안장 없는 말을 타느라 모두들 상당히 아래쪽이 거북해졌기 때문이기도 하고, 말고삐라도 있어야 어디에다 말을 맡길 수 있었기 때문이다.

그동안 대충 목에 끈을 묶어 사용했기에 대장간에 들러 안장과 고삐 굽을 해 넣고 전에 들렀던 ‘장밋빛 여관’ 으로 들어섰다.

식사와 목욕을 마치고 샤와 밀스 호위대장, 해리, 그리고 엘프 두 명이 둘러앉아 그동안 조사한 자료들을 정리하며 지도를 만들며 대화하고 있었다. 밀스 호위대장이 샤에게 물었다.

“왕자님, 그런데 공국을 만들어도 문제가 많습니다. 나라를 만들려면 백성이 있어야 하는데, 그렇지 않아도 적은 백성 수로 대륙에 손꼽히는 록트 왕국의 백성들을 데리고 갈 수도 없으니 백성은 어디서 구합니까?”

“글쎄, 생각을 해봐야겠지. 뭐, 전혀 방법이 없는 것도 아니니까 좀 더 고민해 보면 뭔가 방법이 나오겠지.”

샤는 백성을 늘릴 방법을 생각하고 있었다. 하지만 뾰족한 수가 나오기 힘든 상황이었다. 이 기회에 각 대영주들에게 부탁하여 노예라도 해방시켜 달라고 해야 할지 고민하는 샤였다.

물론 말도 안 되는 이야기였다. 노예는 재산이기에 샤가 달란다고 줄 수 있는 것이 아니었다.

샤 일행은 솔즈 시에서 하루를 쉬고 수도인 록트리아를 향해 빠르게 움직이고 있었다. 거기서부터 록트리아까지는 그야말로 탄탄대로였다. 길 없는 곳에서 돌아다니다가 제대로 된 길로 움직이니 날아갈 것 같은 기분이 들었다.

　록트리아에 도착한 샤는 일행을 데리고 궁으로 들어가서 가족들에게 인사하고는 하루를 쉬고 다음날 국왕과의 독대를 청했다.

　국왕은 또 무슨 대단한 사고를 치려고 하나 하고 샤를 국왕의 집무실로 불렀다.

　"그래, 무슨 중요한 이야기기에 독대를 청한 것이냐?"

　"아버님, 우선 제가 여행에서 모시고 온 두 분을 만나 보시고 이야기를 시작하시지요."

　"누가 같이 왔냐? 아, 어제 돌아오면서 마법사로 보이는 두 사람을 데리고 왔다고 하더니 그 사람들인가 보구나? 그런데 그 사람들이 중요한 사람들이냐? 우선 보고 얘기하자고 하니 만나보도록 하자."

　샤가 밖에다 대고 뭐라 하자 기다리고 있던 보이텐과 슈비나가 들어왔다. 들어와서는 로브를 벗고 인간의 예법인 무릎을 꿇지 않고 허리를 가볍게 숙이며 인사를 했다.

　순간 록트의 국왕은 말을 이을 수가 없었다. 태어나 처음 보는 엘프들인 것이다.

　그들을 보고 국왕은 샤가 드디어 사고를 쳤구나, 하고 생각했다. 아들이 사고를 쳐서 따지러 온 것이리라 생각한 것이다.

　이제 큰일 났구나 싶은 국왕이었다. 엘프들 뒤엔 드래곤이 있었기 때문이다. 드래곤 때문에 자신의 왕국이 반쪽이 나지 않았던가.

그 드래곤이 무서워 잃어버린 땅도 못 찾고 갖은 고생을 하며 겨우 왕국의 명맥을 유지하는 것이 아닌가.

이제는 남은 이 왕국도 무너지겠다고 생각한 국왕은 가슴이 떨리기 시작했지만, 엘프들과 샤의 얼굴을 번갈아 본 후 그것은 아닌 것 같다는 생각을 했다. 여하튼 너무 놀란 국왕은 엘프들이 인사를 제대로 하든 말든 머릿속이 복잡하게 돌아가고 있었다.

"티러스 산맥에 사는 엘프 수비대장 보이텐입니다."

"티러스 산맥에 사는 엘프 슈비나입니다."

국왕은 그들에게서 눈을 못 떼고 인사를 받았다.

"록트의 국왕인 멜튼 폰 록트리온이라고 하오. 샤의 아비 됩니다. 한데 내가 알기론 엘프 분들은 티러스 산맥 밖으로 나오지 않는 걸로 아는데, 어찌 이곳을 오셨수?"

"국왕 폐하, 그것에 관한 사항은 우선 저의 설명을 먼저 들어보시고 차차 이야기했으면 합니다."

샤가 나서며 말을 시작하였다.

지금 그들은 두 시간에 걸쳐 대화를 하고 있었다. 처음에 샤가 조나단을 만난 것부터 시작해서 그간의 일들을 이야기했고, 그것에 관해 샤의 아버지인 국왕도 과거의 일을 자신의 아버지로부터 대강 들었기에 엘프의 상황과 그 결과물인 현재 왕국의 상황을 충분히 이해했다. 그리고 샤가 작성해 온 지도를 보여주자 그것을 보며 샤와 이야기를 다시 시작했다.

그렇게 국왕과의 독대가 끝나고 엘프 둘은 왕자궁에 따로 방을 내어 쉬게 했다.

　며칠이 지나고 왕국의 대영주들과 국왕, 샤의 형만이 모인 13명의 회의가 시작되었다. 사실 이번에 샤가 들고 온 사안은 쉽지도, 그렇다고 무시하며 넘기기도 어려운 중대한 것이었다. 모두들 최대한 머리를 맞대고 생각에 생각을 더해야 했다. 며칠간의 회의에서 결정된 것은 다음과 같았다.

　1. 공국의 개국을 허락하고 지원한다.
　2. 최대한 외부에 알려지지 않게 비밀에 붙인다.
　3. 엘프들과 드워프들은 록트 왕국과 공국에서 공히 귀족으로 대우한다.
　4. 샤를 새로 개국하는 공국의 초대 공왕으로 임명한다.
　5. 록트 왕국은 공국의 자치를 인정하며, 공국은 록트 왕국이 부모의 나라라는 것을 인정하여 다음 대 공왕부터 록트 왕국의 국왕에게 공왕의 임명을 받는다.
　6. 상호 방위의 의무를 가지며 전쟁이 발발하면 최대한 신속히 참전하여 지원한다.
　7. 타 종족은 특별한 사유가 없으면 향후 10년간은 공국 밖으로 나오지 않는다.
　8. 록트 왕국은 공국의 초대 공왕에게 바람의 기사단과 개발

인력 300명을, 그리고 각 영지의 대영주는 농노와 노예 천 명씩 구천 명을 최대한 가족과 함께하여 지원해 준다.

9. 록트 왕국은 공국에게 1년에 1만 골드씩 10년에 걸쳐 10만 골드의 차관을 제공해 주고, 공국은 향후 15년 후부터 차관을 반환한다.

10. 록트 왕국과 공국은 엘프 아홉 명의 족장에게 후작의 작위를 공식적으로 임명하고 엘프 부족의 아홉 마을을 영구히 자치 구역으로 인정하며 작위 세습을 인정한다.

이상 열 가지의 항목을 도출하게 되었다. 이렇게 결정이 나고 아홉 명의 대영주는 합의 사항을 이행하기 위해 모두 각자의 영지로 비밀리에 떠났다. 철저히 보안을 지키면서 해야 할 일이었디. 주번 국에서 눈치를 챈다면 좋지 못할 결과가 기다릴 것이다. 어떤 왕국도 옆 나라가 급속히 크는 것은 절대로 좌시하지 않을 것이기 때문이다.

결정된 사항에서 알 수 있듯이 우선은 록트 왕국이 새로운 공국을 개국할 수 있게 도와줄 만큼 국력이 있는 왕국이 아니기에 공국의 개국을 허락하는 정도의 도움밖에 줄 수가 없었다. 인정은 해줄 테니 모든 걸 샤가 알아서 하라는 식이었다.

노예를 주는 것만 빼곤 돈도 차관(借款) 형식이니 나중에 값아야 하는 것이다. 사실 록트 왕국의 입장에서는 환영해야 하지만 형편이 안 되니 돕기도 뭐했고, 그렇다고 이런 기회를 놓칠 수도 없었다.

하여 각 대영주들과 국왕은 우선 침만 발라놓자는 심산이었다. 형식만 갖춰서 우선 공국을 만들어만 놓자는 것이다.

샤는 우선 터를 잡기 위해 선발대를 편성하여 출발을 서둘렀다. 선발대엔 샤의 호위대와 파렐이 단장으로 있는 바람의 기사단, 그리고 론과 삼백여 명의 개발자들로 이루어졌다.

바람의 기사단이 빠진 곳은 메린 영지의 기사단이 대체되었고, 개발자는 베론 특구에서 삼십여 명만 부르고 나머지는 각 영지와 수도에서 비밀리에 모집하여 솔즈 시에서 모이게 하여 데리고 들어가는 것으로 하였다.

물론 두 엘프와 함께 그동안 사람들에게 보이지 않기 위해 샤의 방 안에만 있던 데이지가 드디어 궁 밖으로 나오자 감옥에서 나온 것처럼 좋아했다.

이번에는 마차로 이동하기에 다른 사람들은 볼 수 없었지만, 파렐 경과 론 마법사는 엘프들과 데이지를 보자 그 충격으로 잠깐 동안 말을 하지 못했지만 곧 적응을 하고는 가까워지려고 노력했다. 전설과 책으로만 보아왔던 엘프와 요정을 보았으니 얼마나 신기하겠는가.

"왕자님, 말이 튼튼해 보이고 매우 좋아 보입니다."

샤가 마차 안에만 있는 것이 답답해 흑풍을 타고 움직이고 있었다.

"네. 제가 직접 잡아 길들인 놈입니다. 어찌나 성격이 거칠던지, 이놈 길들이느라 고생 좀 했습니다. 아, 그리고 이놈이 살던 곳에 아직도 이백여 마리가 더 있습니다. 아마도 그곳 말고도 찾아보면 야생마가 더 있을 것 같습니다. 이놈만은 못하지만 꽤 쓸 만한 말들입니다. 지금 호위대가 타고 있는 말도 모두 거기서 잡은 것들입니다."

"그렇습니까? 어서 빨리 가고 싶군요. 좋은 명마는 기사에게 검과 같이 중요하니 기사들도 모두 좋아할 겁니다."

"그나저나 파렐 경, 그동안 기사들은 좀 실력이 늘었습니까? 바람의 기사단의 인원이 다른 기사단에 비해 적으니 실력이라도 좋아야 할 텐데요."

바람의 기사단의 인원을 꾸준히 늘렸지만 아직도 83명에 불과했다. 다른 기사단이 백이십여 명 정도이니 아직도 사십여 명이 모자란 것이다.

물론 익스퍼트 초급 이상의 정식 기사가 그렇다는 것이고, 수련 기사까지 합하면 백사십여 명이 넘어간다. 다른 기사단도 수련 기사가 있으니 어차피 적은 수이기는 매한가지이지만 말이다.

"네, 그동안 열심히 굴렸는데… 조금 더 시간이 지나야 할 것 같습니다. 도착하면 열심히 굴려서 꼭 대륙 최고의 기사단으로 만들겠습니다."

"물론 이제 공국의 국가를 수호하는 근위기사단이 되어야 하니까 열심히 해야겠지만 너무 혹독하게는 하지 마세요. 그러다 몸 상하면 기사나 공국에 둘 다 손해일 테니까요.”

“네, 명심하겠습니다.”

“그래요. 파렐 경이 알아서 잘하시겠죠.”

두런두런 그런저런 이야기들을 하며 솔즈 시를 향해 열심히 가고 있었다. 시간이 지나면서 솔즈 시로 들어서는 샤 일행과 짐이 많이 늘어 있었다. 수도에서 가까운 세 곳의 대영주들이 상단이나 노예상으로 위장하여 샤에게 되는 대로 약간씩 사람들을 보내주었고, 랭버 시에서 필요한 물품을 구입하여 짐마차가 많이 늘어나 있었다. 아무것도 없는 곳으로 들어가는 것이라 필요한 것들이 많았지만 최소한으로 줄여도 상당한 양이 된 것이다.

그렇게 처음으로 사백여 명의 사람이 티러스 산맥으로 들어가고 있었다. 들어가기 힘든 곳은 나무를 자르고 돌들을 치워가며 들어가야 했기에 많은 시간이 걸릴 수밖에 없었다. 그렇게 없는 길을 내가면서 가는 곳은 다름 아닌 흑풍이 살던 곳이었다.

그곳은 크진 않지만 꽤 넓은 초지(草地)도 있고, 한쪽으로는 작은 강이 있기에 자리를 잡기에 좋았다. 한 달 보름여 만에 흑풍의 고향이고 새로운 공국의 수도가 들어설 땅에 샤와 사백여 일행이 도착할 수 있었다.

　도착하자마자 두 엘프는 자신들의 마을로 돌아가 진행 상황을 알리고 공국 개발에 참여할 사람들을 모아오기로 하고 떠났고, 남은 사람들은 쉴 수 있는 공간을 마련하기 위해 분주히 움직이기 시작했다.

　주변의 나무를 잘라서 집을 짓고 주변의 지형, 지물들을 확인해 가며 아무것도 없는 곳에 하나하나 새로운 것들을 만들어 나가고 있었다.

　그렇게 땅을 개간하고, 공왕성을 만들 자리를 다지고, 주변의 몬스터들을 퇴치하며 바쁜 일정을 보내고 있는 일행에게 엘프들이 찾아왔다.

　샤는 반갑게 엘프들을 맞아주었다. 엘프 장로들과 젊은 엘프 수십여 명의 뒤로 샤의 눈이 커지며 놀라게 하는 일이 있는데, 그것은 세 드워프의 출현이었다.

　제일 앞에 있는 드워프는 나이가 있어 보이는 노인이었고, 뒤의 두 명은 젊어 보이는 청년이었다. 물론 겉모습만으로 나이를 판단할 수는 없었다. 인간과 다른 수명을 누리고 살고 있으니 말이다.

　"오시느라 고생이 많았습니다."

　샤가 촌장에게 다가가며 먼저 인사를 했다.

　"편하게 왔네. 그리 멀지 않은 거리이니."

　"안으로 들어가시죠."

　"그러세."

샤는 임시로 쓰고 있는 숙소 겸 회의장으로 메노프 촌장을 안내해 들어갔다.

뒤따라 론과 파렐이 따라 들어가고 그 뒤를 엘프 몇 명과 드워프 세 명이 따라 들어갔다. 자리에 앉자 에이프릴이 차를 내왔다.

샤의 시중을 들어야 한다며 에이프릴과 메이가 이곳까지 따라나선 것이다. 그녀들은 새로 만들어질 공국의 궁 내부를 맡기로 내정되어 있었다.

"매실차입니다. 록트의 특산품이지요."

"고맙네."

샤는 따라 들어온 세 명의 드워프를 보며 설명을 부탁하는 눈으로 메노프 촌장에게로 눈길을 돌렸다.

"흠, 우선 자네가 궁금할 테니 이 세 드워프 분을 먼저 소개하겠네. 우선 왼쪽부터 푸기, 푸야라르, 티알피라고 하네. 인사들 하시게. 새로 만들어질 공국의 공왕이 될 분이네."

"흠… 처음 보네. 난 푸기라 하고 드워프 족장의 부탁과 위대한 존재이신 게벨님의 명으로 오게 됐네. 자네들과 무슨 이야길 하라고 하는지 몰라도 가보면 안다고 해서 왔으니 우리에게 할 이야기가 있으면 하게."

처음 보는 드워프는 공왕이 될 사람이라고 해도 종족이 다르기에 반말을 사용하여 인사했다.

그러나 샤는 주변 사람들에게 뭐라고 할 수는 없었다. 그는 인간이 아니기에 인간의 신분제를 따지지 않기 때문이다. 물론 드워프가 인간보다 몇백 년을 더 사는 종족이니, 그것도 그냥 넘어갈 수밖에 없는 이유 중 하나이기도 했다.

"우선 만나 뵙게 되어 반갑습니다. 스페르 샤 폰 록트리온 이라고 합니다. 짐작 가는 것은 있지만 저 또한 그 이유에 대해선 잘 알지 못하겠군요. 우선 머무시면서 그 이유를 찾아보도록 하죠. 무슨 이유가 있어 가시라고 했을 테니 말입니다."

"자네도 이유를 모른단 말인가? 흠……."

푸기는 도와줄 일이 있으면 빨리 도와주고 자신들의 거주지로 돌아가고 싶었다. 하여 새로 만든다는 공국의 건설에 필요한 조언이나 장비를 만들어주면 끝날 것이라 생각했지만, 와보니 정작 상대는 그것을 원하지도 않았다.

그 뒤에 드워프 셋은 해리가 안내하여 숙소로 가고, 메노프 촌장과 샤가 그동안의 일을 이야기하며 앞으로의 계획을 상의하였다.

아직 공왕성과 백성들이 지낼 곳을 마련하지 못하였으니, 그것을 우선 시행하고 엘프들의 도움을 받아 샤가 록트에서 했던 과수원 만드는 일과 농지를 개간하는 일을 올해 안에 어느 정도 힘닿는 데까지 하기로 결정하였다.

"혹 촌장님은 드워프 분들이 왜 오셨는지 아십니까? 그들도 인간과의 교류를 원하나요?"

"그들은 벌써 인간과 교류를 하고 있네. 드워프들은 인간과의 교류가 없으면 살기 힘드네. 그들은 일족 전체가 장인들이네. 물론 조금은 자체적으로 식량을 구하기도 하지만, 채집과 사냥만으론 일족 전체가 먹고살 수 없기 때문에 그들은 인간과 어쩔 수 없이 교류를 해야만 하네. 아마도 내가 알기론 그들은 퀜트 공국과 교류를 하고 있는 것으로 알고 있네.”

“그럼 왜 산맥 반대쪽에서 여기까지 보냈을까요?”

“글쎄. 뭐, 앞으로 천천히 지켜봐야 알겠지만, 게벨님께서 무슨 깊은 뜻이 있겠지. 아, 그리고 저들은 나이틀리님께서 데리고 오셨네. 산맥 반대편 먼 곳에서 오려면 드워프 걸음으론 1년도 더 걸릴 거리니 위대한 분들의 도움이 없인 불가능하기도 하지만, 게벨님이 아니고 나이틀리님이 데리고 오신 걸 보면 나이틀리님 또한 드워프들이 이곳으로 오는 것을 도왔다고 보면 되네.”

“네, 그렇군요. 여하튼 앞으로 그것은 차차 알게 되겠지요.”

샤는 호위대 중 일부를 보내 솔즈 시에서 들어오는 사람들을 호위하여 오도록 명령을 내리고 공사하고 있는 현장에 나아가 상황을 점검하고 있었다.

이제 곧 겨울이 오게 되기 때문에 첫눈이 오기 전에 이번 겨울을 날 준비를 해야 했다. 그러기에 마음이 급한 샤는 매일매일 돌아다니며 급하게라도 통나무집이라도 짓게 하고 식량 확보와 땔감 확보에 모든 총력을 기울이고 있었다.

그와 함께 가장 큰 일은 주변의 몬스터들을 토벌하는 일이었는데, 그동안 버려지다시피 한 땅이라 주변에 몬스터들이 많이 활동하고 있어 그것을 해결하는 일이 시급했다.

우선 급한 대로 주변을 목책으로 두르고 기사들을 몇 개 조로 나누어 목책 안과 바깥을 돌아가며 경계 근무를 서도록 하고, 샤의 호위대에게 주변의 몬스터 군락지를 찾게 하여 표시하도록 해서 날을 잡아 다 같이 한 번씩 나가 토벌하고 있었다.

터를 다지고 거처할 집을 짓고 있는 현장에는 이번 겨울만 고생하면 다음 겨울부터는 훨씬 편하게 지낼 수 있다는 희망을 가지고 모두 열심히 동참하여 일하고 있었다.

"이봐, 인간! 그게 아니라니까! 자네, 통나무 집 처음 만들어 보나? 나무의 결을 따라 대패질을 해야지!"

"네, 네! 알겠습니다!"

세 명의 드워프는 주는 밥만 먹고 놀 수만은 없었던지 사람들의 공사 현장에 나와 잔소리를 하고 있었다. 다른 두 명의 드워프는 인간들과 어울려 같이 작업하고 있었지만, 푸기는 아예 총감독을 자처하고 나서며 돌아다니며 잔소리를 하고 있었다. 사람들은 드워프의 실력과 명성을 아는지라 순순히 따르는 것 같았다.

샤는 그런 모습에 나이틀리의 속마음을 어느 정도 짐작할 수 있었다. 드워프들은 아직 모르는 것 같지만 말이다.

정신없이 한 달이 지나고 늦가을이 되면서 사람들이 들어와 일손이 점점 늘어나기 시작하여 더욱 빠른 속도로 일을 진행해 나갔다. 겨울이 오기 전에 5천여 명으로 늘어난 사람들로 인해 사람 사는 곳이란 것을 멀리서 봐도 알 수 있게 되었다.

겨울이 되어 더 이상 일을 못하고 한가해지자 샤는 딱 두 가지 일만을 명령했는데, 엘프와 마법사와 학자들을 시켜서 모든 노예와 농노들에게 글을 가르치게 하는 것이었고, 두 번째가 농장을 만들게 하는 것이었다. 아침을 먹고는 모두 모여 각자 방향을 잡아 초식동물 중 가축으로 키울 수 있는 것들을 잡아 오게 하였는데, 그 일을 샤도 같이하였다. 눈밭을 뒹굴며 자신의 백성들과 함께 이리 뛰고 저리 뛰고 있는 샤였다.

"와~ 와~ 몰아라! 토끼다!"

탱! 탱! 탱!

"이쪽으로 몰아! 도망간다! 잡아라!"

소리를 지르고, 쇠솥을 몽둥이로 때려가며 한쪽으로 사냥감을 몰아가고 있었다.

그렇게 생포한 것들 중에 야크, 사슴, 고라니, 산양, 토끼 등 비교적 순하고 키우기 쉬운 것들은 공국 안에 공동 농장을 만들어 나이 어린 아이들을 시켜 관리하게 하였다. 샤가 농장에서 나는 수입으로 아이들을 가르칠 학교를 세우고 유지하는 비용으로 사용할 계획이라고 하자 다들 열심이었다. 키우기 어려운 것들은 물론 훌륭한 겨울철 먹거리가 되었다.

사냥과 함께 모든 사람들에게 기본적인 읽기와 쓰기 교육이 한창이었다. 대부분 열성적으로 참여했지만 물론 예외도 있었다.

"저… 마법사님, 아이들과 우리 부부는 농노로 평생 농사만 짓고 살 사람들인데 꼭 글을 배워야 합니까? 배워도 써먹을 데도 없는데요."

"험, 누가 그러던가? 누가 써먹을 데가 없다고 그랬나?"

한 농노가 글을 배우라고 하자 필요없는 일이라며 조심스럽게 론에게 말하고 있었다. 사실 돈이 없어 농노가 되든 돈이 있어 평민이 되든 글을 쓸 일이 별로 없는 것이 현실이었다.

사실 귀족이 아닌 평민 이하 신분의 사람들은 글을 배울 필요가 없었다. 써먹을 데가 없는 것이 현실이었다.

그런 상황에 글을 가르친다고 억지로 배우라고 하니 괜한 짓 한다는 생각이 들어 론에게 말했다가 론이 강하게 반문하자 농노는 찔끔하며 대답하지 못했다.

"잘 듣게. 지금은 공국이 안정되지 못해서 아직 시행하진 않지만, 공국이 안정되면 공국에서 일할 관리와 기사들을 시험을 봐서 뽑을 것이네. 물론 대상은 이곳의 모든 농노와 노예들이네. 아마 내년 가을이나 내후년 봄 쯤에는 시험을 볼 것이네. 그뿐인가. 노력하여 시험에 통과하거나 나라에 공을 세우면 면천을 시켜준다고 하니 잔말 말고 아이들과 열심히 배우게. 그리고 앞으로 관리들과 귀족들은 봉토를 받는 것이 아니라 월급이라는 급여를 받고 일하는 제도가 생긴다네. 무슨 말인가 하면, 봉토를 받지 않기에 지금 개간하는 땅들은 모두 자네들에게 나눠 줄 것이라, 이 말일세. 그곳에 무슨 농사를 짓든 그것은 자네들의 자유라는 것이지. 세금만 내면 어떤 작물이라도 재배해도 되네. 그런데 생각해 보게. 작물 재배법이나 약초 재배법 등 혹은 공국의 새로운 법 등 꼭 알아야 할 내용을 글로 써서 붙이거나 책으로 만들어서 나눠 줄터인데, 그것을 읽지 못하면 새로운 재배법을 이용해 재배를 할 수 있나? 혹은 법 위반인지 아닌지 알지 못하면 자신도 모르게 죄인이 될 수도 있네. 그리고 아이들에게 공부를 시키면 아이들이 나중에 커서 관리나 기사가 될 수도 있는데 안 배우고, 안 가르칠 텐가?"

"네? 정말입니까? 그럼 배워야죠! 네, 배우겠습니다!"

주변에서 듣고 있던 사람들까지 그 이야기를 듣고 놀라워하고 있었다. 이제 인간 취급을 못 받는 삶에서 해방될 수 있는 기회가 왔으니 정말 기쁘고 또 열심히 하리라 다짐하며 아이들을 이끌고 글을 가르쳐 주는 엘프들에게 몰려갔다.

농장은 아이들의 놀이터 겸 일터였다. 아이들은 지난가을 샤의 명령으로 모아놓은 건초들을 가축들에게 나누어 주며 물을 갈아주고 동물들의 배설물을 치우며 일하고 있었다.

"마샬, 정말 아버지의 말대로 우리가 기사나 행정관이 될 수 있을까?"

"우리 아버지 말로는 론 마법사님이 직접 말했다니까 확실할 거라고 하던데? 그렇게만 되면 난 파렐 기사단장님처럼 기사가 되고 싶어. 너도 저번에 봤지? 그 무식하게 생긴 트롤의 머리를 단칼에 날려 버리는 것을 말이야. 그 칼에서 생겨나는 우윳빛 광채를 잊을 수가 없어."

"그래, 나도 봤어. 정말 멋있더라. 근데 나는 론 마법사님 같은 대마법사가 되고 싶어. 론님의 손에서 나오는 번개 줄기 봤지? 정말 멋있었어."

"그래, 나도 봤어. 너도 대마법사가 될 수 있을 거야."

"나는 그럼 행정관이 될 거야. 아버지가 그러시는데 행정관이 사실은 가장 똑똑하고 뛰어나야 될 수 있는 직업이래. 그리고 작위도 받을 수 있대."

"그래, 존. 너도 행정관이 꼭 될 거야."

아이들은 힘들고 어려운 개척의 시간을 희망이라는 행복한 감정으로 버티고 있었다. 물론 농노나 노예들이었던 이들에게 이곳이 전에 살던 곳보다 결코 더 힘들다던가 하지도 않았지만 말이다.

그해 겨울은 5천여 명의 사람들과 엘프들이 가까워지고 배움이라는 기쁨을 알게 되는, 어찌 보면 가장 중요한 시기이기도 했다.

앞으로 늘어날 공국의 백성들을 이들과 함께 이끌고 가야 할 테니, 샤 또한 이들이 똑똑해지고 되도록 주인 의식을 가졌으면 하는 바람을 가지고 있었다. 이들은 당장은 모르겠지만 먼저 왔다는 이유 하나로 특권을 누릴 수 있게 될지도 모른다.

그렇게 너무 추워 오지 않을 것 같던 봄이 어느새 오고 있었다. 봄을 준비하기 위해 샤와 파렐, 론 등과 행정 일을 맡아서 하고 있는 몇몇의 학자들이 함께 모여 회의를 하고 있었다.

해리는 들어온 인원 중 이백여 명을 차출하여 경비대를 만들어 경비대 훈련을 하고 있었다. 드워프 세 명은 샤가 부탁하여 근처에 광산으로 개발할 수 있는 곳을 찾기 위해 기사 몇 명과 산으로 들어간 상태였다.

"이제 곧 봄이 오면 밀 파종도 해야 하고, 과수원 만드는 작업도 시작해야 하기에 땅을 개간하는 데 최대한 힘을 쏟아야 합니다. 땅을 개간하는 데 어려운 점은 없습니까?"

샤가 질문을 하자 모두 눈치를 보며 말하는 사람이 없었다. 사실 할 말이 없어서라기보다 할 말이 많아서 누가 먼저 하나 바라보고 있다는 표현이 맞을 것이다.

"그럼 아무 문제가 없는 것으로 알아도 됩니까?"

눈치를 보던 해리슨이라는 학자가 조용히 입을 열었다. 이 사람은 베론 특구에서부터 같이 연구하고 일하던 학자 중 한 명이었다. 이번에 샤가 새로운 땅을 찾아 정착한다고 하자 두말하지 않고 따라나선 것이다.

"저… 개간하는 것이 많이 힘듭니다. 철이 부족하고, 들어온 사람들이나 들어올 사람들에 비해 농기구가 많이 부족하여 맨손으로 작업하는 사람들이 많습니다."

사실 록트에서부터 철 부족은 심각하였다. 철이 부족해서 가난한 농노나 평민들은 나무를 깎아서 곡괭이나 삽을 농기구로 사용하기도 하였는데, 그것들은 얼마 쓰지 못하고 부러지거나 못 쓰는 경우가 많아서 금방 다시 만들어야 하는 불편함이 있었다.

철을 어느 정도 생산한다 해도 병장기를 만드는 데 들어갔기에 항상 부족한 상황이었다. 얼마 전, 록트에서 개발한 광산에서 나온 철은 비밀리에 생산하여 창고 안에 철괴를 만들어 쌓아 놓은 상태라 아직은 왕국 내에 풀리지 않았다. 주변 국에서 눈치를 챌 수 있기에 아직은 풀지 못하고 있는 것이 맞을 것이다.

그 이외에도 많은 안건이 나왔는데, 몬스터 토벌과 식량 문제, 농지 개간과 개간된 농지의 분배 문제, 가구당 거주지의 넓이 문제 등 생각보다 훨씬 많은 문제들이 여기저기서 쏟아져 나오기 시작했다.

샤는 우선은 급한 대로 하나씩 해결하기로 하였다. 우선은 철이 급하니 철에 관한 것부터 해결하기로 하였다.

샤는 주변 왕국의 눈치를 보며 쌓아두고만 있는 철괴를 우선 가져다가라도 농기구를 만들 수밖에 없다고 생각하고 급히 론에게 편지를 써 솔즈 시로 사람들을 데리러 가는 일행과 함께 왕국으로 보내 마법 배낭에 가져올 수 있는 만큼 담아서 가져오라고 보냈다.

워프는 못해도 텔레포트는 할 수 있으니 기사보다는 훨씬 빨리 갔다 올 것이다. 그렇게 하나씩 일 처리를 하는 와중에 광산을 찾으러 봄도 되기 전에 떠났던 드워프와 기사들이 돌아왔다. 드워프들의 말로는 이곳에서 남쪽으로 20일 거리에 위치한 상당량의 철 광산이 있다는 것이다.

"손님을 이렇게 부려먹어서 대단히 죄송합니다. 아직 많이 부족한 곳이라 대접도 시원찮은데 이렇게 어려운 부탁까지 드려서 대단히 미안하게 생각합니다."

"흠, 게벨님의 명으로 왔으니 그것은 됐네. 그런데 자네에게 부탁할 것이 있네."

"부탁이라니요? 어떤 부탁이든 들어드릴 수 있는 거라면 당연히 들어드려야지요. 말씀해 보세요."

"사실 이번 철 광산을 발견하고 그 옆에서 동굴을 하나 발견하였네. 그런데 그 동굴이 먼 옛날 화산 폭발에 의해 생겨난 동굴이더군. 그곳에서 우연찮게 마노(瑪瑙)라는 돌을 발견하게 되었네."

"마노요? 마노가 뭐죠?"

"마노는 옥과 비슷한 돌이라고 보면 되네. 단지 다르다면 착색하여 사용할 수 있다는 차이가 있지. 단단하기는 어떤 돌보다 우선하네. 그렇기에 이 마노로 작품을 만들고 색을 입히면 누가 일부러 깨지만 않는 한 영원히 아름다움을 간직한 작품을 만들 수 있네. 이 마노석은 주로 화산 동굴에서 발견되는데, 드워프만의 특별한 기술로 돌의 속까지 모두 착색하는 것이 가능하네. 청(靑), 적(赤), 흑(黑), 녹(綠) 등 다양한 색을 넣을 수 있지. 그래서 말인데, 그 광산 옆에 작업장을 만들고 마노석을 이용해서 작품을 만들고 싶은데, 어떤가? 들어줄 수 있겠는가? 내 작품이 완성되면 일정량은 사용료로 내겠네."

샤는 처음 마노석이라는 이름을 듣고 어떤 것인지 기억해 내지 못하고 있다가 설명을 들으면서 무엇인지 알게 됐다.

샤가 기억하는 마노석은 지니고 있으면 신진대사를 촉진시켜 준다는 옥과 같은 것으로, 보석으로 취급하지만 그렇게 비싼 보석은 아닌 것으로 알고 있었다.

장신구로 사용하는 경우가 대부분이고, 그렇게 값어치가 나가지 않는 보석으로 기억했다. 물론 전생의 기억이다.

이곳은 다를 것이지만 어쨌든 드워프들이 먼저 부탁했으니 샤의 입장에서는 매우 잘된 일이었다. 앞으로 샤가 부탁하면 웬만해선 들어줄 테니 말이다. 가는 것이 있는데 오는 게 없겠는가.

"그 정도 부탁이라면 들어드려야지요."

"고맙네. 자네가 부탁하는 것이라면 나 또한 성심껏 들어주겠네. 부탁할 게 있으면 언제든 하게나."

샤는 빙그레 웃으며 푸기를 바라봤다. 푸기는 아차, 하는 표정으로 샤를 봤다. 생각해 보니 부탁할 것이 천지인 것이다. 철 광산도 개발됐겠다, 보아하니 이곳에는 대장장이가 없는 것 같은데 얼마나 부탁할 게 많겠는가.

"그렇게 말씀해 주시니 매우 고맙습니다. 저 또한 부탁할 게 있습니다. 다른 것은 아니고, 작업하시는 틈틈이 제가 보낸 사람들에게 철을 다루는 법과 농기구 만드는 법을 좀 가르쳐 주십시오. 광산 옆에 마을을 만들어 그곳을 철을 생산하는 특별 구역으로 만들어 관리했으면 하는데, 이왕이면 그곳의 모든 것을 관리하는 관리관의 장으로서 장관이라는 직책을 맡아주신다면 감사하겠습니다. 어떻습니까?"

그 말을 듣던 푸기는 똥 씹은 표정이 되었다. 한다고 하기도 그렇다고 안 한다고 하기도 뭐한 상황이 돼버렸다. 샤가 빙그레 웃으며 한마디 했다.

"위대한 존재이신 게벨님의 명으로 어차피 이곳에 계셔야 한다지만, 그래도 하고 싶은 작품 만드는 일은 하셔야 되지 않겠습니까? 그리고 행정 업무는 걱정하지 않으셔도 됩니다. 행정관은 따로 보내드릴 테니 푸기님께선 작업하시다 남는 시간에 짬짬이 인간들을 교육해 주시면 됩니다."

그 말을 듣던 푸기는 어쩔 수 없다는 표정이 되어 허락할 수밖에 없었다.

'젠장! 그게 말처럼 되겠냐, 이 여우 같은 꼬맹이 인간아.'

"그러지, 뭐. 그 정도는 해줘야겠지……."

속으로 투덜거렸지만 겉으론 내색하기도 뭐했기에 순순히 알았다고 하는 푸기였다.

그렇게 한 가지 일이 잘 해결된 샤는 기분 좋게 대화를 끝낼 수 있었다.

푸기와의 대화가 끝난 지 며칠 후, 철을 가지러 갔던 론이 일단의 일행과 돌아왔는데 숄즈 시에 있던 마지막 개발 인력과 천여 명의 농노와 노예 가족들이 따라 들어왔다.

이제 농노와 노예 3천여 명가량만 들어오면 더 이상 록트에서의 인력 지원은 없을 것이다.

지금까지 들어온 인원과 나머지 인원으로 공국을 이끌어가든 사람을 만들어내든 이제 샤와 나머지 일행이 알아서 해야 하는 것이다.

론이 가져온 철괴는 많진 않았지만 당장 급한 불은 끌 수가 있을 만큼은 되었다. 철을 다룰 줄 아는 사람이 없기에 드워프들에게 부탁해 급하게 농기구를 만들어 나눠 주고 농지 개간 일을 하게 하였다. 제대로 된 농기구가 보급되자 일의 진척이 훨씬 빠르고 쉬워졌다.

한 가지 일이 마무리되자 봄이 되어 움직이기 시작하는 몬스터들을 토벌하기 위하여 호위대와 기사단을 동원하여 대단위 몬스터 토벌 작전을 시작하였다.

바람의 기사단 145명, 호위대 30명과 함께 샤는 흑풍 위에 올라 건설 중인 공왕성에서 출발하여 북쪽으로 길을 잡아 몬스터들을 북쪽의 바닷가 쪽으로 밀고 올라가고 있었다.

"파렐 경, 기사들에게 미노타우르스 뿔과 오우거의 힘줄을 수거하라고 하게."

"네, 알겠습니다."

샤는 몬스터 토벌을 하면서 트롤의 피만큼이나 중요하게 미노타우로스의 뿔과 오우거의 힘줄을 챙겼는데, 이유는 활에 있었다.

이곳의 병사들이 쓰는 활인 롱 보우는 힘껏 활을 쏴도 백여 미터 날아가는 것이 고작이라 사실상 그렇게 위협적인 무기가 못 됐다.

탄성이 부족해서 그런 것인데, 그러다 보니 관통력도 떨어지고 상대방이 두꺼운 방패로 막고 들어오지 않아도 갑옷을 뚫을 수 없으니 가까운 거리까지 마음 놓고 달려올 수 있는 것이다.

그러니 병사 수가 열세인 상황에서는 무조건 뚫릴 수밖에 없는 것이다. 그것은 곧 패배이다. 그러다 보니 병사의 숫자가 부족하면 펼 수 있는 작전에 한계가 많을 수밖에 없다. 이번에 샤는 새로운 활을 만들고 이참에 통아까지 만들어 편전을 만들어보려 하고 있었다. 그것이 훈련하는 시간은 좀 걸려도 사거리가 200미터가 넘어가고 관통력이 뛰어나 몬스터 사냥에도 많은 도움을 받을 것이라 생각했다.

북쪽으로 몬스터를 몰고 올라가며 몬스터를 토벌하던 주에 오백 년 전 이 땅에 있던 사람들의 유적을 발견하였는데, 다 무너져 가는 성벽과 집터였다. 돌로 만들어져 있어 그동안의 세월을 버텼을 것이라 생각했다.

처음엔 혹시라도 대단한 보물이라도 남아 있을 것이라 생각해 흥분하여 주변을 뒤져 보았지만 나온 것은 아무것도 없었다. 피난 가면서 다 가지고 간 모양이다.

"밀스 경."

"네, 저하."

"이곳은 그 옛날 선조들이 살던 땅이니 우리도 인구가 늘어나면 이곳에 도시를 짓고 살 수 있을 것 같소. 이곳의 위치를 기록해 놓도록 하시오."

"예, 저하."

사람이 살아갈 수 있는 터를 하나 발견한 것으로 만족하고 일행은 다음 목적지를 향해 길을 재촉했다. 다음의 목적지는 북쪽 끝 바다였다.

샤는 처음 여행을 떠난 목적지인 바다에 도착하자 감회가 새로웠다. 얼마나 보고 싶던 바다인가. 가슴이 뚫리는 기분이었다.

그곳에서 며칠간 바다를 보며 한껏 바다의 매력에 빠져 있었다. 하지만 이곳이 북쪽이라는 사실은 더 이상 이곳에 머물 수 없게 만들었다. 바람도 차고, 가져온 식량도 떨어져 이제는 돌아가야 할 때가 온 것이다.

"아쉽구먼. 바다를 좀 더 보고 싶은데 말이야."

"나중에 길이 뚫리고 공국의 백성들이 늘어나면 편하게 언제라도 오실 수 있을 겁니다."

"그래, 그래야지. 나중에 꼭 다시 오세."

다시 돌아 내려가면서 올라가는 동안 발견하지 못한 몬스터 토벌을 하며 갔다. 내려가면서 오크 부락 십여 곳을 급습하여 토벌을 하고 시체는 모두 땅에 묻고는 오크가 살던 굴은 돌을 가져다 막아놓았다.

그렇게 해도 오크는 지적 능력이 어느 정도 있으니 찾아와 다시 살기는 하겠지만, 되도록이면 살지 못하게 조치를 취한 것이다.

다시 공왕성 쪽으로 내려오던 일행에게 최대의 위기가 찾아왔는데 바로 래트 자이언트(Rat Giant)이다.

이놈은 대형 쥐로 크기가 1미터가 넘어가는데, 문제는 이놈들이 떼로 수십 마리가 나타났다는 데 있었다.

점심을 먹고 말을 한쪽에 매어두고 쉬고 있던 상황에 기습을 받은 것이라 피해가 심각했다.

"한쪽으로 모여서 뭉쳐라! 밀스, 퇴로를 만들어 왕자님과 우선 피하게!"

"아악! 살려줘!"

"이런 젠장! 뭔 쥐가 이렇게 큰 거야!"

벌써 기사 세 명이 쥐에게 물려 생을 마감했다. 오우거도 아니고 트롤도 아닌 쥐에 물려서 죽어가는 모습에 기분이 매우 좋지 않았다. 어디서 이런 놈들이 나타났는지 모르지만 우선은 다 죽이든지 피하든지 해야 했다.

"전부 한쪽으로 모여 최대한 밀착하라!"

샤는 기사들을 한곳으로 모아서 칼로 방어하게 했다. 등을 맞댄 채 모두 칼을 앞으로 내밀어 래트가 달려들지 못하게 한 것이다. 몇 마리의 쥐가 달려들다가 칼에 찔려 상처를 입고 나가떨어지자 래트들이 더 이상 공격하지 않고 대치하게 되었다.

조금의 시간이 지나자 뒤로 급하게 달려간 기사 몇이 묶어놓은 말을 타고 다가오고 있었다. 묶어놓으면 래트의 공격에 당할 수도 있으니 여차하면 도망이라도 가라고 풀어놓은 것이다. 그러나 말들은 도망가지 않고 기사들과 샤의 앞으로 다가오기 시작했다. 흑풍이 샤의 앞으로 다가와 래트들과 대치하였다. 흑풍의 크기에 기세가 눌린 듯 래트들은 뒤로 슬금슬금 물러나기 시작했다. 샤의 앞에 서 있던 흑풍은 앞발을 들어 우렁차게 울면서 래트들을 위협하기 시작했다. 순간 수십 마리의 래트가 뒤로 돌아 빠르게 사라졌다. 아수라장이 된 상황이 정리되고 주위를 둘러보니 몇 명의 기사가 기습 공격에 당해 죽어 있는 것이 보였다. 샤는 처음으로 기사들이 죽은 것을 보고 마음이 좋지 않았다.

전생의 경험을 통해 수많은 죽음을 봐왔기에 충격을 심하게 받지는 않았지만 오랫동안 같이해 오던 기사들이 죽은 것이라 마음이 편하지가 않았다. 파렐은 샤의 눈치를 보며 걱정스런 말투로 한숨을 쉬며 말했다.

"휴, 저놈들이 겁을 먹어서 다행입니다. 그렇지 않았으면 피해가 더 컸을 텐데요."

"징그러운 놈들이군. 저런 놈들이 있다는 이야기는 들어보지 못했는데 말이야."

"그러게 말입니다."

"우선은 부상자들을 치료하고 사망자들을 수습하게. 사망자의 시신은 모두 공왕성으로 옮길 테니 잘 수습하고. 이제부턴 공왕성으로 최대한 신속하게 갈 것이네."

"네."

샤가 심하게 흔들리지 않는 것으로 보이자 파렐은 우선 안심이 되었다. 아직은 파렐이 보기엔 어린 나이인 것이다.

정리를 마치고 공왕성을 향해 최대한 신속하게 움직이고

있을 때 샤의 눈에 띈 것이 있었다. 그것은 작은 채소였는데, 먹으면 맵고 입 안이 얼얼했다.

바로 고추였다. 고추 군락지를 본 것이다. 흰 꽃밭을 보며 안개꽃을 생각하던 샤가 가까이서 보자 영락없이 고추 꽃처럼 보여 파렐에게 물었다.

"이 꽃을 아나?"

"이 꽃은 파이어후르츠라는 꽃입니다. 나중에 손가락만 한 열매가 열리는데, 너무 맵고 입 안이 얼얼해서 먹지는 않습니다. 약용으로 사용하는 것으로 알고 있습니다."

약용으로만 취급한다고 하니 아직 이곳에서는 고추가 채소로 취급을 못 받는 것 같았다. 샤의 입장에서는 대단한 수확을 거둔 셈이다.

아직은 봄이라 막 자라기 시작한 것이지만 다 큰다면 분명 고추가 될 것이라 생각되어 기사들이 타고 있는 말 옆에 양쪽으로 한 포기씩 뽑아서 매달고 공왕성으로 향했다.

돌아가면서 샤는 이것을 키워 씨를 받아 내년에는 고추 농사를 지어 고추장을 만들어볼 생각이었다. 흑풍을 타고 이동하면서 머릿속으로 생각하기 시작했다.

'핫소스라……. 이곳은 매운맛을 고추냉이만으로 내니 새로운 매운맛으로 개발해 봐야겠어. 통밀 밥을 해서 설탕과 섞어서 고추장을 만들면 될 것 같군. 고추장의 감칠맛을 보면 아마도 모두 빠져들 거야. 고추장을 만들면 항아리에 담아서

두고두고 먹으면……. 항아리? 이곳은 항아리가 없잖아? 항아리라……. 1,300도의 고온에 진흙을 빚어 유약을 발라서 구우면 되는데. 유약은 뭘로 만들더라? 잿물과 그 유리 만들 때 들어가는 규석이라는 것을 넣던데, 드워프는 유리를 만들 수 있나? 만들 수 있다면 재료도 알고 있을 테니 가자마자 물어봐야겠다. 그러면 도자기를 만들 수 있을지도 모르겠군. 도자기라……. 도자기 하면 청자인데… 청자는… 어떤 유약을 쓰나? 청화백자도 만들 수 있을라나? 그건 코발트가 있어야 할 텐데 말이야.'

혼자서 별의별 생각을 다 하며 이동하고 있는 샤였다. 생각은 꼬리에 꼬리를 물고 계속되고 있었다. 어쩌면 샤는 죽은 기사들의 생각을 지우려 일부러 끝없이 생각을 하는지도 몰랐다. 잊어버리지 않으면 고통스러운 것이 가까운 사람들과의 이별인 것이다. 시간이 지나면 해결되겠지만 당장은 너무도 고통스러운 것이다. 일부러 딴생각을 하려고 무던히 노력하는 샤였다. 그것은 그의 기사들도 마찬가지일 것이다.

"이제 곧 있으면 공왕성에 도착할 것입니다, 왕자님."

"생각보다 빨리 온 것 같군."

파렐은 샤에게 말하고 뒤를 돌아 기사들에게 외치기 시작했다.

"자, 집이 얼마 남지 않았으니 모두들 힘을 내라!"

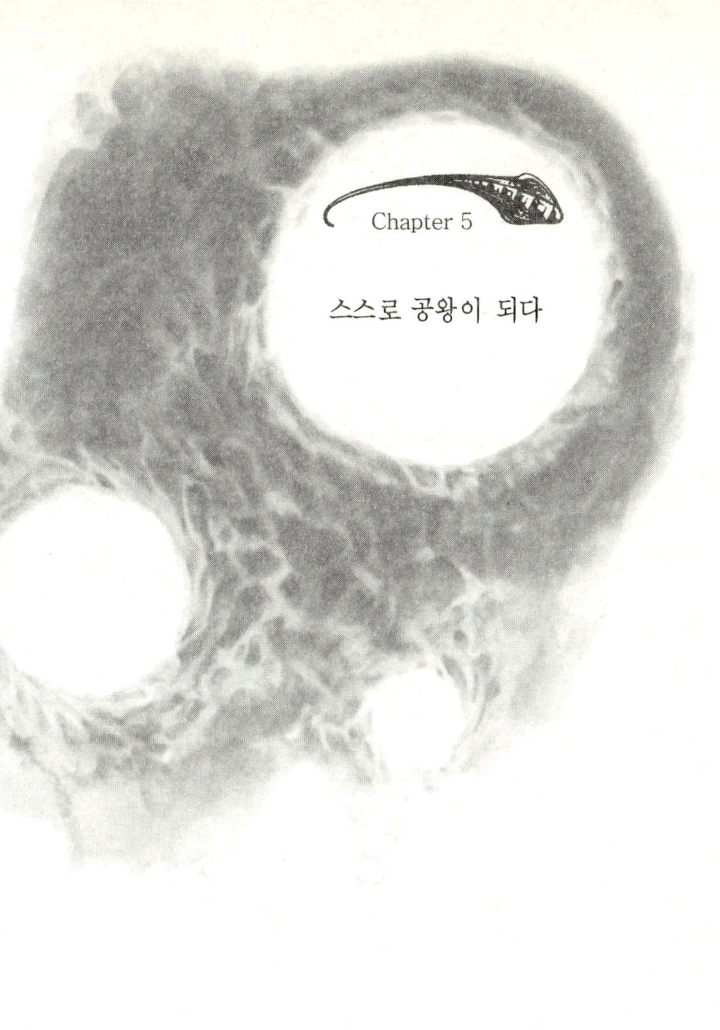

스스로 공왕이 되다

공왕성으로 들어와 제일 먼저 한 것은 죽은 기사 세 명의 장례식이었다.

장례식을 끝내고 일부러 그러는 것처럼 샤는 바쁘게 움직였다. 고추를 심어놓고 각궁을 만들었는데, 각궁은 일곱 가지 재료로 만든다. 대나무, 산뽕나무, 참나무, 물소 뿔, 민어 부레풀, 소 심줄, 화피─벗 나무 껍질─이다.

그러나 이런 재료가 이곳에 다 있을 리 없다. 그동안 몬스터 토벌을 하면서 미노타우르스 뿔과 오우거 힘줄을 미리 준비해 놓은 상태라 나머지 재료만 준비하면 되었지만 다른 것으로 대체해야 하는 재료도 있었다. 없는 것은 비슷한 것으로 대체해 가며 한 달가량을 고생한 샤가 각궁 하나를 완성해 기사들에게 시범을 보여주자 모두들 탄성을 내질렀다.

"정말 대단합니다! 이렇게 뛰어난 활이라면 몬스터뿐만 아니라 갑주를 착용한 적도 관통시킬 수 있을 것 같습니다!"

"연습을 충분히 한다면 가능할 것이오! 모두들 만드는 방법을 가르쳐 줄 테니 어설프더라도 직접 하나씩 만들어보도록 하시오!"

"네, 저하!"

사실 각궁은 기사들에게도 필요하지만 성을 지키는 병사들에게 꼭 필요한 무기였다. 기사들의 각궁을 본 해리는 모든 병사들에게도 각궁을 만들어 나눠 주고 싶었지만 재료 부족으로 쉽지 않았다. 시간을 두고 늘려가는 수밖에 없었다. 기사들과 병사들에게 뜨거운 반응을 얻으며 각궁을 보급시킨 샤는 스스로도 기사들과 함께 자주 활터를 찾아 훈련을 하며 실력을 쌓아갔다.

각궁 만드는 일이 끝나자 샤는 노토로 가서 드워프 노인 푸기를 만나 유약의 재료에 대해 알아보고 있었다. 생각대로 유리는 드워프가 만들었는데, 켄트 왕국에서 만들어서 동대륙 전역에 팔리고 있었다. 샤가 생각하는 자기를 만들기 위해 무엇보다 필요한 규석을 구하는 것이 자기를 만들 수 있는 열쇠였다.

"하면 규석을 구해주실 수 있습니까?"

"알아보도록 하겠네. 그것을 구하는 것이 그렇게 어려운 일은 아니네. 한데 그것을 어디에 쓰려는가? 혹 유리를 만들려고 그러나?"

푸기는 혹 샤가 유리를 만들려고 하는지 궁금한 것 같았다. 인간들도 활용하고 알고 있는 기술이라면 알려줘도 되지만 드워프들만이 가지고 있는 기술은 유출하거나 알게 해서는 안 되는 것이다. 푸기의 걱정스러운 눈빛을 알아챈 샤는 바로 대답했다.

"아, 걱정하지 마세요. 유리를 만들려고 하는 것은 아닙니다. 그릇을 만들려고 하는 것입니다."

"그릇? 유리 그릇 말인가? 그것도 유리 아닌가?"

"아닙니다. 흙을 빚어 그 위에 규석을 입히려고 하는 겁니다. 걱정 마세요. 공국의 공왕으로 약속하겠습니다. 유리는 만들지 않겠습니다."

"알겠네. 자네를 믿지. 돌아가 기다리면 티알피를 통해 규석을 구해 보내주겠네. 또한 구하는 방법도 알려주도록 하겠네."

다행히 푸기를 설득하여 규석을 구할 수 있었다. 이제 남은 일은 자기를 구울 터와 나머지 재료를 구하는 일이었다.

그렇게 바쁘게 보내고 있는 사이 3층짜리 단출한 공왕성이 완성되었다. 1층은 회의실과 집무실, 그리고 기사단장실, 경비대장실, 마법단장실이 들어서고 왕성 주위로는 돌로 야트막하게나마 성벽을 둘렀다.

2층은 각 단장들의 숙소가 들어섰고, 3층은 샤의 개인적인 공간으로 사용됐다. 그렇게 공왕성이 완성되고 약속된 모든 사람들이 들어오자 샤는 이제 자신의 백성들을 모두 공왕성 앞에 모았다. 전체 백성이 엘프와 드워프를 제외하고 구천사백여 명이 되었다. 백성들 모두가 모인 자리에서 샤는 스스로 공왕의 자리에 올랐다. 자리에 오르며 백성들 모두가 들을 수 있도록 샤가 외치기 시작했다.

"나, 스페르 샤 폰 록트리온이 모든 백성에게 말하노니, 이 땅은 지금부터 이후로 이 대륙이 없어질 때까지 풍요와 다산의 여신이신 플레이르님의 땅으로 플레이르님을 섬길 것이다. 이 땅은 앞으로 플레이르 공국이라 불려질 것이다! 플레이르의 백성은 누구나 자신의 신분 고하를 막론하고 배움의 권리를 가질 것이며, 직업을 선택할 권리를 가질 것이다! 모든 백성은 노예에서 해방되어 평민이 될 것이며, 앞으로 죄를 짓더라도 법에 의해 합당한 처벌만을 받을 것이며, 노예와 농노란 신분으로 신분을 낮추는 권리는 본 공왕을 비롯한 그 누구도 갖지 못할 것이다! 나, 스페르 샤 폰 록트리온 플레이르는 이 땅의 모든 백성들을 외적으로부터 지켜야 할 의무를 충실히 행할 것이며, 이 땅의 모든 백성들은 자신과 나라의 미래를 위해 국방의 의무를 행해야 할 것이다! 나, 스페르 샤 폰 록트리온 플레이르는 이 땅의 모든 백성들을 위해 배움이 모자란 백성들에게는 배울 수 있는 여건을 제공할 것이며, 이 땅의 모든 백성들은 교육받아야 할 의무를 충실히 이행해야 한다. 또한 나라의 존속과 안녕을 위해 모든 백성들은 공히 수입의 1할을 세금으로 내야 한다! 또한 모든 백성들은 성인이 되면 일정한 직업을 선택하여 일할 수 있어야 할 것이다! 나, 스페르 샤 폰 록트리온 플레이르는 모든 백성들이 일할 수 있게 최선을 다할 것을 풍요와 다산의 여신이신 플레이르 님의 이름으로 선포한다!"

"공왕 전하 만세!! 플레이르 공국 만세!!"

"플레이르 공국이여!! 영원하라!!"

모든 백성들 앞에서 푸기가 만들어준 왕관을 스스로 쓴 샤는 손을 흔들며 공국의 개국을 알리고 모든 백성들에게 잔치를 하라고 첫 명령을 내렸다.

그러자 그동안 아껴두었던 술이며 라이스 케이크들을 꺼내어와 노예나 농노였던 사람들은 자신들이 평민이 된 것을 자축하며, 기사들과 개발자, 엘프, 드워프들은 새로운 공국의 탄생을 축하하며 밤새도록 마시며 춤추고 놀았다.

그것이 여름으로 들어서는 7월 1일의 일이었다.

그렇게 개국식을 치른 샤는 며칠이 지나고 드워프들과 일단의 사람들을 불러 드워프 푸기에게 백작의 작위를 내린 후 남풍의 신의 이름인 노토스에서 따와 노토라 이름 붙인 드워 프들이 찾아낸 광산 지역으로 보내 광산 개발과 광산 주변에 제철소를 짓도록 하였다. 앞으로 광산 주변에 대장간을 짓고 모든 철 제품을 생산하도록 할 계획이었다.

샤는 공국의 재정을 확보할 새로운 수입원을 찾기 위해 고 심을 하였다. 그러다 생각해 낸 것이 도자기였다. 도자기는 흙이 제일 중요하기에 먼저 질 좋은 흙을 찾는 것이 우선이었 다. 하여 호위대 인원 전부를 보내 공국 전역을 뒤지게 하여 찾아낸 곳이 공왕성에서 15일 거리에 있는 강가였다.

그곳을 북풍의 신인 보레아스의 이름을 따서 만든 보레라 고 이름 짓고, 개발자 십여 명과 이백여 명의 사람을 보내 살 집과 가마를 만들게 했다.

기존에 토기를 굽는 방법을 알던 사람들이라 유약 만드는 법과 1,300도 이상의 고온을 내는 방법이 적힌 책을 달랑 안 겨주며 열심히 하라 하고 보냈다.

그에 총책임자인 로터라는 30대 중반의 남자는 먹여주고 재워주고 월급까지 준다는데 못할 것도 없다는 생각에 자신 감을 드러내며 일행을 이끌고 보레로 떠났다.

사실 그것은 샤가 하려고 하는 마음이 있는지를 보기 위한 일종의 시험과 같은 것이었다. 하루아침에 성공하리라 생각 하지 않았기에 도중에 포기하거나 좌절하여 일을 그르칠 사

람이라면 처음부터 맡기지 않으려고 한 것이다. 하나 그 남자
는 기대 이상으로 좋은 모습을 샤에게 남기고 떠났다.
　그곳이 정리가 될쯤이면 샤가 찾아가서 자신이 아는 만큼
도움을 줄 생각이었다.

　그렇게 분주히 일을 추진하고 있던 샤는 파렐과 해리를 불
러 군제에 관해서 논의를 하고 있었다.
　"파렐 경, 보통 공국이라면 몇 개의 기사단이 존재하오?"
　"보통은 다른 왕국들은 알려지기를 12개에서 15개 정도의
기사단이, 제국은 25개에서 30개 정도의 기사단이 존재합니
다. 실력 차이가 나라마다 조금씩 있지만, 그래도 기사라면
모두 익스퍼트에 들어야 되는 것이 공통적인 기준일 겁니다."
　"그럼 현재 기사라고는 호위대까지 100명이 조금 넘으니
한 개를 보유한 셈밖에 안 되는군. 그렇다면 이렇게 편제를
바꿔보면 어떨까? 우선 호위대를 근위기사단으로 하여 이름
을 바람의 신의 이름을 따서 아이올로스 기사단이라고 이름
붙이며, 바람의 기사단을 네 개로 나누어 제1기사단은 서풍
의 신의 이름을 따서 제피로스기사단, 제2기사단을 북풍의
신의 이름을 가져다 보레아스, 제3기사단을 남풍의 신의 이
름을 가져다 노토스, 그리고 제4기사단을 동풍의 신의 이름
을 따서 에우로스라고 짓는 것이네. 그렇게 편제를 바꾸고 우
선은 모자라는 인원만큼 기사 후보생을 모으게. 그럼 대략

600명의 정원에 현재 172명이 있으니까, 428명의 기사 후보생을 뽑으면 숫자는 맞겠지? 그렇게 하고 6개월간 특별 훈련을 시키게. 그럼 어느 정도 나아지겠지?"

"그렇게 하면 당장에 숫자상으론 다섯 개의 기사단이 될 겁니다. 하지만 앞으로 최소한 3년간은 강도 높은 훈련을 해야만 기사로서 기본기를 다지는 것이 가능할 겁니다."

"그럼 우선은 그렇게 하게. 없는 기사가 하늘에서 떨어지는 것은 아니니 차근차근 하나씩 만들어가야겠지."

"네, 알겠습니다."

그렇게 파렐과 이야기를 끝낸 샤는 이번에는 해리와 이야기를 시작하였다.

"그래, 해리. 병사들은 지금 어떤 상태인가? 기본 훈련은 모두 끝난 상태지?"

"네, 공왕 전하. 현재 병사의 숫자는 220명으로, 30명은 보레로 나가 있고, 20명은 노토로 가 있는 상태입니다. 나머지 170명은 이곳 플레이르에 있으며 3개 조로 나뉘어 훈련조, 근무조, 휴식조로 돌아가면서 훈련과 휴식, 근무를 하고 있습니다."

"그 정도 인원으로 치안 유지에 어려움은 없나?"

"아무래도 좀 모자라긴 합니다. 단순 치안 업무만 하는 것이 아니라 목책도 유지, 보수해야 하고 왕성의 경비와 가끔씩 나타나는 몬스터도 잡아야 하니 좀 모자란 감이 없지 않아 있습니다."

"그러면 이번에 시험을 치러서 100명 정도를 더 뽑도록 하게. 그리고 매년 초에 한 번, 그리고 후반기에 한 번씩 시험을 통해서 병사들을 뽑도록 하고, 나이는 18세에서 30세 사이로 월 급여는 1년차 급여로 월 1실버로 하고 1년차가 넘어가면 공적의 유무와 시험을 통하여 급여를 차등으로 지급한다고 공표하여 뽑도록 하게. 그리고 앞으로 내성 근무 병사와 외성 근무 병사를 따로 관리할 것이네. 내성 근무 병사들은 근무지의 치안과 외적 침입 시에 수성에 목적을 두고 평소 훈련을 하고, 외성 근무 병사들은 기사단에 배속되어 외부에서 일어나는 작전이 있을 경우 외부로 나가는 일을 주로 맡을 것이네."

"그럼 군을 두 종류로 나눈다는 말씀이십니까?"

"그렇다고 볼 수 있지. 내성 근무자는 치안병이라 부르고, 외성 근무자들은 기사들과 함께 적의 도발 시에 나가 싸우는 전투병이라고 보면 되네. 이해가 가는가? 그래서 직급이나 편제를 두 가지로 나눌 것이네. 그것은 차차 하기로 하고, 우선은 병사를 새로 뽑아 훈련시키게. 당장 치안 확보가 우선이니 그것부터 서두르세."

"넵, 알겠습니다, 공왕 전하."

그렇게 군 편제를 마치고 샤는 보레로 이동하였다. 도자기 만드는 것을 아무래도 직접 보고 확인해야 했기 때문이다.

보레에 도착하자 강가에서 조금 떨어진 언덕에 가마터를 만들고, 주변에 자신들이 살 집 삼십여 채를 만들고 있었으며 주위에 목책을 세우는 등 한창 부산하게 움직이는 사람들이 눈에 들어왔다.

"공왕 전하를 뵈옵니다!"

"그래, 보아하니 준비는 착실히 하고 있는 것 같구나. 가마는 다 만들었느냐?"

"공왕 전하께서 주신 책의 내용과 최대한 일치하도록 만들려 노력했습니다."

로터는 록트 왕국에 있을 때 토기(土器) 만드는 일을 했기에 샤가 준 책의 내용을 어느 정도는 이해하였다. 물론 전부 이해한 것은 아니지만 흙과 불의 온도의 중요성은 이해했다.

그런데 로터가 처음으로 접한 유약이라는 걸 만드는 것과 이것을 자기에 발라 초벌로 한 번 굽고 그 위에 그림을 그리고 다시 본구이를 한다는 사실과 어떻게 1,300도라는 높은 온도—사실 로터는 온도라는 개념도 없었으나 기존의 토기를 만드는 것보다 배에 가까운 열기를 내야 한다고 책에 나와 있다. 이것이 1,300~1,500도라고 나와 있는 것이다—를 내야 하는지에 대해선 책과 샤의 입만을 바라볼 수밖에 없었다.

하란 대로 해보고 안 되면 몇 번이고 여러 가지 방법을 동원해서 실험해 볼 수밖에 없다고 생각했다.

그러면 유리처럼 단단하고 매끄러우며 물을 흡수하지 않

는 아름다운 도자기라는 것이 만들어진다고 하니 그런 줄 알고 무작정 매달려 보는 것이다.

샤는 보레에 머물며 로터와 함께 강가에서 고령토—진흙—를 가져다 물에 개어서 채로 거르고 불순물을 제거한 다음, 말려서 흙을 준비해 놓고 가마를 손보기 시작했다. 샤가 로터에게 알려준 가마 만드는 법은 봉우리 가마로, 낮은 곳에서 높은 곳으로 올라가면서 봉우리 모양으로 칸을 나누어 종류 별로 도자기를 구울 수도 있고 넣고 빼는 일이 쉽기에 선택한 것이다.

물론 전생에 샤가 본 여러 가지 가마의 형식이 있었지만 그것들의 장단점까지는 모르기 때문에 자신이 아는 것 중 가장 잘 아는 방식이어서 선택한 것이다.

처음 샤가 로터와 같이 만든 봉우리 가마는 일곱 개의 봉우리 모양을 나타내고 있었다. 이제 유약을 만드는 일을 해야 했다. 가장 시간을 많이 잡아먹고 복잡한 일이기도 했지만 중요한 일이기도 했다.

샤의 기억으로 알고 있는 재료들을 이 대륙에서도 사용한다는 것을 드워프에게 확인했기에 재료는 생각보다 쉽게 구할 수 있었다.

물론 드워프들의 도움을 받았다. 우선 유약의 재료인 장석, 규석, 석회석 등과 참나무 재나 활석, 철 등을 준비해서 한쪽에 놓고 그릇을 빚기 위해 진흙을 찰지게 하기 위해서 물을 뿌려가며 발로 밟아서 짓이기게 했다. 샤는 진흙을 밟고 있는 공인을 바라보고 있었다.

"진흙 안에 공기가 남아 있지 않게 잘 짓이겨야 하네. 열심히 꾹꾹 누르게."

"네, 전하."

그리고 미리 만들어놓은 물레에 여러 그릇을 모양 별로 만들어서 준비하고는 초벌구이를 준비하게 했다. 처음이라서 그런지 경험 있는 로터를 제외한 다른 이들은 틀을 잡는 것도 어려워하였지만, 나름대로 샤와 함께 여러 모양을 내보려고 노력했다.

그렇게 그릇들이 만들어지자 그릇을 가마 안에 집어넣고 입구를 진흙으로 발랐다. 봉우리 가마는 각 봉우리마다 옆으로 자기를 넣고 빼는 입구가 있었다. 이제 준비가 다 되어 가마에 불을 지피려고 장작을 나르고 있었다.

"이것은 자네가 토기를 만들 때와 같이 하면 되네."

"네, 전하. 그러면 토기와 같이 굽기만 하면 됩니까?"

"최소한 열다섯 시간 이상 구워야 하네."

"네, 알겠습니다."

가마에 넣고 열다섯 시간 이상을 굽는 동안 장석, 규석, 석회석, 고령토를 물에 넣고 배합 비율을 여러 가지로 하여 종류 별로 준비하였다.

준비를 끝내고 불을 때면서 가마를 바라보며 생각에 잠겨 있는 샤. 도자기는 전생에 만들어봤지만 알면 쉽고 모르면 너무도 놀라운 기술인 것이다.

이 도자기 기술의 핵심은 불을 1,300도 이상으로 올릴 수 있어야 하고, 유약을 만들 수 있는 공식을 알아야 하는 것이다.

전생의 샤는 유약을 상점에서 사다가 만들었기에 배합 비율이나 정확한 재료의 종류를 알지 못했다. 투명 유약 정도에 한두 가지 색을 내는 재료를 조금 알고 있는 정도였다.

유약 또한 재료에 따라 만드는 법이 수십 가지에 이르기 때문에 샤가 알고 있는 내용은 극히 초보 수준이었다. 배합비만 성공하면 우선은 투명 도자기—백자—라도 만들 수는 있을 것이라 생각했다.

거기에 여러 재료를 섞어보며 색을 내고 새로운 기법들을 꾸준히 노력하여 개발하면 나중에 샤가 전생에 알던 도자기를 만들 수 있을 것이라 생각했다.

초벌구이가 끝나고 그릇들을 꺼내서 준비해 놓은 유약을 종류 별로 하나씩 바르고 다시 굽게 했다.

"로터 경, 앞으로 모든 실험 내용을 사소한 것까지 하나하나 모두 일지에 적도록 하게. 그래야 성공했을 때 그 내용을 찾기가 용이하고, 실패했던 실험을 반복하는 일이 적어질 것이네."

"네, 전하. 명심하겠습니다."

이제부터가 중요한 것이다. 고온을 내고 산소가 최대한 들어가지 않게 하기 위해 가마 주위를 진흙으로 틈틈이 바르고 준비를 끝낸 다음, 모든 사람들을 불러서 병사들이 주위에서 잡아온 사슴과 라이스 케이크, 엘프의 눈물 등의 음식과 술을 차려놓고 공국의 이름과 같은 풍요와 다산의 플레이르 여신에게 성공을 기원하며 제사를 지냈다.

"이 땅의 풍요와 다산을 관장하시는 플레이르 여신이시여, 공국의 미래와 당신의 백성들의 풍요를 위해 성공할 수 있도록 기도드리니 도와주십시오!"

모든 사람들이 모여 여신에게 간절히 기도를 하고 샤가 나서서 가마에 불을 붙였다. 그렇게 불을 때기를 하루 하고 반나절이 지나가고, 드디어 막아놓았던 입구를 열고 그릇들을 꺼내기 시작했다.

"이것도 쓰레기군. 이것도."

"전하, 하지만 제가 보기엔 모두 좋은 것 같습니다."

"모두 쓰레기다. 버려라. 우리가 만들어야 하는 것은 광택이 나고 유리를 입힌 것처럼 매끄럽고 단단한 것이네. 이것들은 모두 쓰레기야. 토기와 다른 것이 없지를 않나. 유약을 다시 배합 비율을 조절해서 만들어야겠네."

샤는 하나하나 살펴보며 한쪽으로 그릇들을 모았다. 백여 개를 만들어서 하나도 성공하지 못했지만 그렇게 실망하지는 않았다. 어차피 수십 번의 실패는 각오하고 시작한 일이었기 때문이다.

그렇게 3개월여를 고생하면서 오로지 도자기 만드는 일에만 매달렸다. 수십 번을 실패하고 결국 질이 떨어지지만 자기 비슷한 것을 만들어낼 수 있었다.

색이 누런 것이, 샤의 눈으로 봐서는 별로 마음에 들지 않았지만 다른 이들은 감탄하고 있었다.

"전하, 이렇게 매끄럽고 단단한 그릇이면 이제 성공한 것이 아닙니까? 이 정도면 지금까지 봐온 어떤 그릇보다도 좋아 보입니다."

"아니네. 자네 말대로 그릇의 내용은 성공적이나 색이 제대로 나오질 않았네. 원래 우윳빛이 나야지 이렇게 누런 게 아니네."

반쪽짜리 성공이라도 우선은 어느 정도 성과를 보았기에 이제는 희망이 보였다. 샤는 이곳에만 머물러 있을 수 있는 입장이 아니었고, 계절 또한 10월을 넘겨 겨울을 준비해야 하는 상황이라 우선 수도인 플레이르로 가서 겨울 준비를 한 후 다시 오기로 하고 로터에게 중요한 사항을 일러주어 로터의 지휘 아래 실험을 계속하게 하고는 플레이르로 복귀하였다.

플레이르에 도착한 샤는 겨울을 보낼 준비 과정을 점검하고, 샤가 없는 동안 론과 행정관이라는 직책을 받은 개발자들에게 일의 진척 사항을 듣고 있었다.

"그래, 희망자들에게 농지 분배는 모두 끝났소?"

"예. 우선적으로 구역을 나눠서 농사 짓기를 희망하는 사람들에게는 농지 분배를 모두 하였습니다."

그동안 작년과 올 초에 개간한 밀밭은 농사 짓기를 희망하는 사람들에게 일정 부분 구역을 나눠 주고 개간하도록 하였고, 과수원 또한 여러 과일 나무를 종류 별로 록트에서 묘목을 옮겨와 심고 희망자를 받아서 땅을 개간한 곳에 권리를 주고 과수원을 하게 했다.

그 외에 대마 밭이나 약초 등과 구황 작물을 재배하기를 원하는 사람들 또한 따로 구역을 정해 나눠 줬다.

땅은 남아돌고 사람은 부족하니 지을 수 있는 만큼 큼직큼직하게 나눠 주고 있었다.

"올 한해 수확한 농산물의 매입과 판매는 제대로 이루어지고 있소?"

샤의 명령으로 공왕성 주변에 상단을 몇 개 만들고 상점을 내게 하였다. 첫 번째가 공국의 행정부 중 하나로, 백성들의 농사와 재배를 지원해 주고 수확하면 판매를 원하는 모든 농산물들을 사들이는 일을 하는 곳이다. 농산부를 만들어 베론 특구 시절부터 같이해 오던 매튜라는 학자를 앉히고 일을 하게 했다.

이렇게 사들인 농산물은 그대로 판매해도 되는 것들은 공왕성의 주변에 새로 만든 상점에서 판매하게 했다. 현재는 밀을 취급하는 상점과 과일 상점이 문을 열고 있었다.

"네, 전하. 문제없이 진행되고 있습니다. 농부들이 아주 좋아합니다."

"다행이오. 아, 그리고 공산부에서는 농기구와 무구를 조달하는 데 어려움은 없소?"

노토에서 철이 생산되자 공산부를 만들어 노토의 광산 채굴을 관리 감독하고, 그곳에서 생산되는 여러 광물들과 철을 철괴 형태로 만들어놓으면 가져다 수도인 플레이르에서 농기구나 무구들을 만들어 팔기도 하고 공왕성에 납품하기도 한다.

공산부의 일을 맡고 있는 해리슨이 대답하였다.

"네, 전하. 치안병과 모든 기사들의 무구는 이미 지급되었고, 농기구 또한 대장간에서 정해진 가격에 이문 없이 판매하고 있습니다. 다만 한 가지, 사냥꾼이 되고자 하는 이들이 무기를 구하고자 합니다. 아무래도 그것은 전하의 허락이 있어야 할 것 같아서 미루어두었습니다."

"사냥꾼들이라? 사냥을 업으로 삼고자 하는 이들이 있소?"

"네, 전하. 몇 명 되지는 않지만 사냥을 하여 동물의 고기와 가죽으로 생활하고자 한다는 이가 몇 있습니다. 무기를 팔아도 될런지요?"

"무기가 꼭 필요할 터이니 팔도록 하시오. 다만 신상을 정확히 파악하여 사냥을 나갈 시는 항시 치안부에 신고하도록 하고, 몬스터의 출몰이 잦을 때에는 사냥을 나가지 못하도록 교육시키시오."

"네, 전하. 명을 따르겠습니다."

"아, 론 경. 가공 공장은 어찌 되어가오?"

샤가 보레로 가기 전에 가공을 해야 하는 농산물은 따로 인원을 모아 공장을 만들어서 생산된 농산물을 가져다가 상품을 만들어 판매하는 상단 형식의 조합을 만들었다.

이 조합은 생산자인 농부들과 전직 상단 출신 개발자 몇 명을 모아 만들게 했다. 일종의 상업협동조합 같은 기구였다.

이곳은 건포도, 포도주, 곶감 등과 각종 약재 말린 것들, 그리고 차로 쓰이는 재료들을 취급하기로 하고 준비 중이다.

"네, 전하. 아직 전하께서 말씀하신 규모의 공장이 완공되려면 보름 정도는 더 공사를 해야 할 것으로 보입니다. 우선 완공된 창고에 올해 수확한 농산물을 저장하였고, 상할 염려가 있는 농산물은 농부들을 일당을 주고 데려다 가공 중에 있는 것들도 있습니다."

"며칠 내로 나와 함께 가보도록 합시다. 보고는 이것으로 마치고, 그동안 본 공왕이 없는 동안 열심히들 해주셔서 고맙소. 내일 오전에 공국의 중요 직책의 행정 개편과 작위 수여식을 하겠으니 해당자와 행정관, 그리고 기사들까지 빠짐없이 모이라 하시오. 준비는 론이 맡아서 해주시오. 그럼 이만 바쁠 테니 모두들 나가서 일들 보도록 하시오."

"네, 공왕 전하."

"아! 그리고 론, 오늘 오후쯤에 드워프와 엘프 족장님들도 올 것이네. 바쁘겠지만 그들도 신경 써주게."

"네, 알겠습니다."

공국의 정치를 맡아서 할 인물들에게 임명식을 하려고 하는 것이다. 공왕이 되고 바로 해야 할 일이었지만, 누구를 어느 자리에 앉혀야 할지 감을 잡지 못하고 있던 상황에서 무턱대고 아무에게 소임을 맡길 수가 없었다. 그래서 몇 개월간의 시간이 지난 뒤 어느 정도 적임자를 파악하게 된 상황에서 하게 된 것이다.

다음날이 되어 공왕성 앞에 자리가 마련되었다. 기사들이 오와 열을 맞추어 서 있고, 백성들이 그 뒤에서 모두 모여 구경하고 있었다. 샤는 행사장 앞에 단을 만들고 그 위에 의자를 놓고 올라앉아 있었다.

단 앞으로는 작위와 직책을 받을 순서대로 사람들이 서 있었다. 샤는 준비가 다 된 듯 보이자 임명식을 시작하라는 명을 내렸다. 처음으로 론과 파렐이 앞으로 나왔다.

"플레이르 공국의 공왕인 나, 스페르 샤 폰 록트리온 플레이르의 이름으로 공국의 행정장관에 론 허버드를 명한다. 또한 후작의 작위를 내리니, 그대는 플레이르 공국과 백성들을 위하여 신명을 다 바칠 것을 플레이르님 앞에 맹세하는가?"

"나 론 허버드는 공국과 백성들을 위하여 신명을 다 바칠 것을 플레이르님 앞에 맹세합니다."

"플레이르 공국의 공왕인 나 스페르 샤 폰 록트리온 플레이르의 이름으로 공국의 국방장관과 공국군의 총사령관에 파렐 폰 레켄도르프를 명하며, 또한 후작의 작위를 내리니 그대는 플레이르 공국과 백성들의 창과 방패가 되어 목숨을 걸고 이 나라를 지킬 것을 플레이르님 앞에 맹세하는가?"

"나, 파렐 폰 레켄도르프는 공국과 백성의 창과 방패가 되어 목숨을 걸고 지켜낼 것을 플레이르님 앞에 맹세합니다."

한 명씩 작위와 직책을 받기 시작했다. 해리는 치안부의 장관으로 백작 위를 받았고, 개발부에 있던 몇몇이 작위를 받았다. 농산부 장관에 매튜라는 학자가 올랐고, 공산부 장관에 렉스 해리슨이, 그리고 개발부 장관에 론의 친우이며 마법사인 아쉴리가 올랐다.

특이한 것은 인간들의 왕국에 대륙 사상 처음으로, 그것도 여성 엘프가 장관 자리를 받았는데 바로 메노프 엘프 촌장의 딸인 슈비나가 교육부 장관 자리에 오른 것이다.

국방부 장관과 행정부 장관만 제외하고 나머지는 모두 백작의 작위를 받았다. 국방부는 전시에 치안부가 배속되도록 하였다. 평시에는 따로 운영되며 전시에만 해당되는 것이다.

행정부는 따로 행정부 밑으로 조세청과 상업청을 인원이 되는 대로 만들게 했기 때문에 두 곳의 장관은 재상과 같은 위치로 보면 됐다.

그리고 노토 시와 보레 시의 행정장관으로는 지금 열심히 가마에 불을 때고 있을 로터에게 보레의 행정장관 직을 내렸고, 노토는 드워프 노인 푸기에게 행정장관 직을 임명했다. 식의 마지막으로 아홉 명의 엘프 족장들이 앞으로 나왔다.

"나, 스페르 샤 폰 록트리온 플레이르는 록트 왕국의 국왕 폐하가 주신 권한과 플레이르 공국의 이름으로 록트 왕국과 플레이르 공국의 후작의 작위를 엘프의 아홉 족장에게 수여하며, 앞으로 엘프들이 사는 곳을 엘프의 왕국 엘프하임이라 부를 것이다. 오백 년 전, 이 땅에서 선조들이 벌인 참혹한 일들에 대한 죗값과 참회의 마음으로 앞으로 록트 왕국과 플레이르 공국에서는 모든 엘프들과 드워프들에게 귀족의 대우를 할 것을 선포한다!"

록트의 대영주들과 국왕이 정한 대로 모든 엘프와 드워프에게 귀족의 대우를 할 것을 선포했다.

임명식이 끝나고 연회를 시작하자 데이지는 식탁 위의 라이스 케이크들 사이에 건포도를 빼 먹으러 돌아다니고 있었다. 그러나 아무도 그런 데이지를 말리지 못했다.

그 모습을 보던 샤는 데이지가 자신과 놀아주지 않는다고 심술을 부리는 것이라 생각하고 데이지를 불렀다.

"데이지, 이리 와서 내 옆에 있어."

ㅡ흥! 싫어, 이 일쟁이야!

샤가 그동안 바빠서 놀아주지 않았다고 삐쳐 있는 것 같았다. 그렇다고 할 일이 태산인 샤가 매번 놀아줄 수도 없으니 괜스레 미안해지는 샤였다. 시간이 좀 지나자 파렐과 론, 해리 등이 샤의 옆으로 와서 앉았다. 파렐이 자못 심각하게 샤에게 질문하였다.

"전하, 궁금한 것이 있습니다."

"오, 뭔가? 말해보게."

"현재 공국의 군사가 약간은 기형적입니다. 병사 수보다 이번에 새로 뽑은 기사 덕분에 기사들의 숫자가 두 배가량 더 많은 상황인데, 해리 경의 말을 들어보니 병사의 수를 더 늘리지는 말라고 명하셨단 이야기를 들었습니다. 무슨 특별한 이유가 있는지요?"

"그 문제는 나중에 따로 각 장관들을 모아놓고 토의해 보려고 했는데 지금 물어오니 내 생각을 이야기하겠네. 그에 앞서 내가 먼저 묻겠네. 전쟁에 나가면 병사가 많이 죽나, 기사가 많이 죽나?"

파렐은 샤의 말을 듣고 뭔 말을 하려고 이러나 하는 표정으로 잠시간 쳐다보며 생각하다 곧 대답하였다.

"병사가 죽을 확률이 훨씬 높습니다."

당연한 것이다. 변변한 방어구나 무기도 없이 창 하나 달랑 메고 나가는 것이 병사인 것이다.

"그럼 전쟁에서 가장 큰 공을 세우는 것은 일반 병사인가, 아니면 기사인가?"

"그야 중요한 전투에선 기사들이 앞장서 싸우니 기사가 당연히 공이 많지요."

"그래서 난 모든 병사를 기사로만 둘 생각이네. 기존의 병사는 치안과 행정 업무를 보조하는 일종의 행정관으로 임무를 바꿀 것이네."

대답을 듣던 파렐과 론, 해리는 모두 샤를 바라보며 황당하다는 표정을 지었다.

옆에서 이야기를 듣던 론은 결국 한마디를 거들었다.

"전하, 그러시면 군수품 보급과 행정 업무 또한 모두 기사가 합니까? 그리고 기사를 그렇게 많이 만드시면 모두 말과 장비를 지급해야 하고, 유지하는 데 들어가는 돈이 천문학적인 수준일 텐데 그것을 어찌 감당하옵니까?"

"흠, 그 문제는 내가 생각해 둔 것이 있네. 보급은 보급 담당 행정관을, 인사 행정은 인사 행정 담당관이라는 행정 업무만 전문으로 하는 직책을 만들 생각이네. 그리고 지금이야 적은 수니까 행정부에서 처리해야겠지만, 나중에 규모가 커지면 보급 부대를 창설해야겠지. 그리고 거기에 들어가는 예산은 내 생각해 둔 것이 있는데, 지금 그 때문에 며칠 후 또 보레로 가봐야겠네. 돈이야 없으면 벌면 되지 않겠나?"

한참을 심각하게 듣던 파렐은 이야기를 듣고는 들뜬 음성으로 샤에게 물었다.

샤라면 분명 지금 뭔가를 또 준비하고 있을 것이란 생각을 한 것이다. 항상 모든 사람들을 놀래키는 일들을 벌여왔으니까.

"전하의 말씀을 들으니 불가능하지는 않을 것 같습니다. 그렇게만 된다면 대륙 최강의 군사를 지니게 될 것입니다. 벌써부터 기대가 됩니다."

"그렇게 되려면 앞으로 파렐 경이 많이 고생해야 할 거야. 내 생각으로는 앞으로 우리 공국의 기사들을 검을 기본으로 하는 검기사와 궁에 소질이 있는 기사를 궁기사로, 창에 소질이 있는 기사를 창기사로, 그리고 마법사를 양성하여 마법 연대를 기사단에 하나씩 포함하는 편제로 군을 만들었으면 하네. 아직은 많은 것이 부족하지만, 우선은 노토에서 열심히 철 광산을 개발하고 있으니 갑옷과 무기는 해결될 것 같으니 다른 것은 천천히 준비해 보세. 우선은 이번에 뽑은 기사 후보생들의 훈련에 최선을 다해주게. 현재로서는 그들이 이 공국의 모든 전력이니 말이네."

"네, 알겠습니다. 신명을 다해서 최강의 기사들로 키우겠습니다."

샤는 행사를 끝내고 며칠이 지나자 모든 각료들이 모인 회의를 다시 소집하였다.

"우선 각 부처의 장관으로 임명되신 분들은 앞으로 많은 노력을 부탁드립니다. 지금은 새롭게 시작하는 공국이니만큼 있는 것보다 없는 것이 많은 상황입니다. 여러분이 열심히 해주시는 것만큼 이 나라가 빨리 안정되고 살기 좋은 나라가 되는 것이니 이렇게 당부를 드립니다.”

샤의 부탁의 말이 있자 모두들 고개를 숙이며 일제히 대답하였다.

“공왕 전하의 명을 신명을 다 바쳐 수행하겠나이다!”

“자, 이제 회의를 시작합시다! 론 경, 첫 번째 안건이 무엇이오?”

“네, 전하. 첫 번째 안건은 상업에 관해서입니다. 현재 우리 공국은 외부와 단절 아닌 단절된 상태이기 때문에 생필품 등이 부족합니다. 현재 공국에서 생산되지 않는 것들을 기사들과 병사들이 솔즈 시에 가서 사다가 부족한 대로 나눠 쓰고 있긴 하지만 매번 그럴 수도 없습니다. 또 솔즈 시가 작은 시이다 보니 그곳도 그리 넉넉하게 물건을 가져다 놓지는 않습니다. 그래서 다른 조치를 취해야 할 것 같습니다.”

“흠, 그럼 이렇게 합시다. 내가 왕국의 3대상단 중 한곳에 연락하여 솔즈 시에서 조금 떨어진 곳에 되도록 눈에 띄지 않게 거래할 수 있는 장소를 물색하여 정기적으로 일정량의 물량을 공급받을 수 있도록 조치를 취하겠습니다. 왕국의 왕자란 신분을 이렇게라도 써먹어야죠. 론 경은 그렇게 알고 그 일을 담당할 사람을 찾아보시오. 그리고 내 편지를 써줄 테니 파렐 경은 믿을 만한 기사 한 명을 오후에 나에게 보내시오.”

"네, 알겠습니다, 전하."

"그리고 다음 안건은 어떤 것이오?"

"네, 전하. 새로 들어서는 상가 거리에 상점을 내고자 하는 백성들이 있사온데, 그것의 허가 기준을 어떻게 할 것인지에 대한 것입니다."

"호, 점포를 내 장사를 하고 싶다는 사람이 있소? 그런데 뭘 판단 말이오? 아직은 팔 만한 것이 없을 텐데?"

"이제 추수철이 됐고, 모두 수확량의 1할만 세금으로 걷기 때문에 집집마다 올 한해 재배한 농산물 중에 농산부에서 사들인 것들을 빼고도 어느 정도 여분이 있는 사람들이 있는 모양입니다. 이들이 라이스 케이크나 과일로 만든 음식들, 그리고 약초나 나물 등을 팔고자 한다고 하옵니다."

"그래? 모두 허락하게. 다만 밀과 귀금속, 소금, 이렇게 세 가지 품목은 안 되오. 그리고 만약 상행위를 하다가 남에게 억울한 피해를 주거나 상거래를 문란하게 하는 경우에는 10년의 강제 노역을 시킬 것이라 주지시키시오. 그리고 상행위 시 얻는 이익의 1할을 세금으로 책정하여 걷도록 하시오."

"명을 받들겠습니다, 전하."

샤는 전생의 기억으로 소금과 쌀, 귀금속 등 이익이 많이 남는 상품을 독점하여 부를 축적한 무리들이 나중에 반란을 일으키거나 가격을 마음대로 조정하여 나라를 뒤흔드는 것을 봤기에 높은 이익을 안겨주는 몇몇의 상품들은 절대적으로 나라에서 관리해야 한다고 생각했다.

"그리고 다른 부서도 논의할 사항이 있으면 어서 안건을 개진하시오."

"네, 전하. 교육부 장관 슈비나입니다. 저희 학교는 언제 지어주실 건가요?"

"아, 학교. 그래, 동물 농장은 잘되오?"

"전하, 조금씩 늘긴 하지만 언제까지 그것만 기다릴 수도 없고, 아이들이 비가 오거나 눈이 오면 공부할 데가 없어 쉬어야 합니다. 또 책이나 종이도 너무 부족합니다. 빠른 조치를 부탁드립니다."

슈비나는 샤를 보며 힘없이 이야기하였다. 자신들이 가진 책으로 우선은 공부를 시키고는 있지만 절대적으로 부족했다. 그리고 슈비나가 알기에도 종이는 아주 귀한 것이었다. 책 또한 당연히 귀했다. 그러니 쉽게 조치를 취해줄 수 없다고 생각한 것이다. 그것을 보고 조용히 웃으며 샤가 공산부 장관을 보며 말했다.

"해리슨 경, 베론 특구에 있었을 때 경의 직책이 뭐였소?"

"네, 전하. 출판을 담당했습니다. 활자를 만들고 개량했습니다."

샤는 웃으며 농산부 장관에게 물었다.

"그래, 그럼 매튜 경은 뭘 했소?"

"네, 전하. 저는 색종이를 만들고 여러 색을 찾아내어 입히는 일을 했습니다.”

“그래? 그럼 다 됐소. 슈비나 경, 걱정 마시오. 여기 두 사람이 학교와 책, 그리고 종이를 모두 책임질 것이오. 이들이 그것은 제일 잘하는 사람들이오.”

“네? 하지만 책과 종이는 가격이 매우 비싸다고 하던데…….”

샤가 너무 쉽게 해결될 것이라 말하자 믿기지 않는지 두 사람을 쳐다봤다.

두 사람은 새로운 일을 떠안았다고 생각하는지 말이 없었다. 샤는 그런 두 사람을 조용히 불렀다.

“그렇지 않소, 두 사람? 내가 알기론 최고의 실력자들인 것으로 알고 있소만.”

“네, 전하. 신명을 다하겠습니다.”

“그보시오, 슈비나 경. 걱정 마시오. 아마 최대한 빠르게 조치가 이루어질 것이오. 앞으로도 아이들과 백성들에게 최선을 다해서 배움의 기쁨을 안겨주시오. 언제든지 필요한 것이 있으면 여기 두 백작에게 부탁하게. 아마 최선을 다해서 들어줄 것이오.”

또 다른 부탁의 말이 있을 것 같아 보이자 두 사람은 얼른 나서며 더 이상 말을 끝지 못하게 했다.

“네, 그럼요, 전하. 저희들이 최선을 다해서 슈비나 경을 돕겠습니다.”

"그럼 부탁드립니다, 백작님들."

이제야 슈비나는 믿음이 가는지 웃으며 두 백작에게 부탁했다. 물론 일이 많은 두 백작은 또 일거리를 떠맡아야 하는 상황이 된 것이 싫기는 했지만 어쩔 수 없는 일이었다. 자신들이 분명 출판과 종이 제작에는 대륙 최고의 실력자들이었기 때문이다. 조용히 바닥을 보며 남몰래 한숨 쉴 뿐이다.

샤는 일이 어느 정도 마무리가 되자 시월이 끝나가는 날 보레로 움직였다. 빨리 도자기를 완성하고 싶은 마음에 서둘러서 출발한 것이다.

보레에 도착하고 로터에게 작위와 보레 시의 행정장관의 직책을 수여하는 행사를 하고는 그동안의 일에 대해 보고받았다.

"그동안 혼자서 고생 많았네. 그래, 성공한 작품은 있었나?"

"네. 우선은 전하께서 한번 보시고 판단하셔야 할 것 같습니다. 전하께서 말씀해 주신 것과 유사한 작품을 따로 모아놓았습니다."

"그래, 가서 보세나."

로터가 말한 대로 서너 개의 작품은 샤의 눈으로 봐도 백자와 비슷해 보였다.

우윳빛이 감돌고 광택이 났다.

"이 그릇들을 만들 때의 일지를 줘보게."

“네, 전하.”

드디어 성공인 것 같다는 생각을 한 로터는 급하게 일지를 찾아서 샤에게 건네었다. 일지를 한참 들여다보던 샤는 이제 야 알았다는 표정으로 감탄사를 내었다.

“그렇군. 그래, 왜 그 생각을 하지 못했지? 이런, 어리석 은⋯⋯.”

“전하, 무엇이온지⋯⋯?”

“잘 보게. 내가 전에 설명을 하지 않았나. 지금 하는 방법 은 환원소성(還元燒成)이라는 방법으로, 우리가 평소에 들이 마시는 공기 중에 많은 양이 포함되어 있는 산소라는 것을 최 대한 가마 안에서 연소시켜 산소의 공급을 줄여야 하는 방법 이라고 말이네. 그런데 이 일지를 보니 나의 그 말을 옆에서 들었는지⋯⋯. 잠깐만, 이 사람은 누군가? 심슨? 이 사람 좀 오라고 해보게.”

“네? 네, 알겠습니다.”

급하게 로터가 부르자 1미터 90은 넘어 보이는 심슨이라는 20대 초반의 남자가 뛰어 들어왔다. 무슨 일인지 걱정이 되는 심슨이었다. 자고로 윗사람은 좋은 일로 부르는 경우가 별로 없기 때문이다.

“미천한 평민 심슨이 공국의 태양이신 공왕 전하를 뵙습니 다.”

“그래, 어서 오게. 자네, 몇 번 본 적이 있는 사람이구먼. 그래, 이 일지에 나온 날이 10월 17일이군. 이날 자네가 밤에 불을 담당했나?"

"네, 전하. 그렇습니다. 그날 제가 밤새 불을 담당했습니다."

"그래, 일지를 보니 가마 입구를 나무로 막았던데 왜 그랬나?"

"그것이… 전에 전하께서 가마 안으로 바람을 최대한 적게 들어가게 하여야 한다고 진흙을 가마에 촘촘히 바르라고 하셨던 기억이 나 입구로 들어가는 바람을 막아보고자 나무를 쌓아서 입구를 막아보았습니다."

"그래? 하하하!"

샤는 그동안 자신이 한 실수를 이제야 알 수 있었다. 가마 안의 온도를 올리면 산소가 알아서 줄어들 것이라는 생각에 열심히 장작을 넣어서 불만 때게 했지 정작 중요한 환원소성을 생각 못 한 것이다. 어차피 산소는 입구로 계속 유입되는 것이다. 그러니 제대로 유약이 착색되지 못해 색이 누렇게 변한 것이다.

"내가 이렇게 아둔하다니……. 어쨌든 자네의 공이 크네. 자네를 행정관에 자리에 봉하고 준남작의 작위를 하사하겠네. 앞으로도 로터를 도와 열심히 일해주게."

"전하, 신명을 다하여 전하의 명을 받들겠습니다."

"로터 경, 어서 다시 재료를 준비하게. 이번에는 여러 모양으로 그릇들을 만들어보세. 그리고 이 일지에 나와 있는 배합 비율대로 유약을 준비하게.”

“네, 전하. 명을 받듭니다.”

로터도 기분이 좋은지 서둘러 나가고 있었다. 빨리 완성시키고 싶은 것은 샤 못지않은 것 같았다. 준비가 되자 샤 또한 서너 개의 작품 아닌 작품을 어설프게 만들어서 초벌구이를 시작했다.

초벌구이를 시작하자 유약을 만들었다. 비율은 장석 4할, 규석 2할, 석회석 2할, 고령토 2할을 물에 넣고 열심히 저어서 촘촘한 채로 불순물을 걸러내고는 세 개의 통에 유약을 나누어 담고 두 곳에 샤가 준비한 재료를 첨가했다. 한곳에는 참나무의 재를 2할 가까이 섞었고, 다른 한곳에는 산화철을 유약의 1할이 안 되는 양을 넣었다.

샤의 기억으로 참나무 재는 자기가 녹색 투명 빛을 내고, 산화철은 맑은 청색 빛을 내었다. 이제 어느 정도 성공이라고 생각한 샤가 이번에 같이 실험하려 한 것이다. 준비를 마치고 초벌구이가 끝나기를 기다리며 초조한 모습으로 가마 앞을 못 떠나는 샤였다. 그렇게 초벌구이가 끝나고 기다리던 시간이 다가오자 샤는 자신이 먼저 나서서 그릇들에 유약을 조심스럽게 발랐다.

그리고 가마 안에 넣고는 불을 때기 시작했다.

그렇게 한참을 불을 땐 후 샤는 진흙을 가져오라 해서 가마의 입구를 진흙으로 막아버렸다. 꼼꼼하게 말이다. 그렇게 꼼

꼼히 막고 나서 반나절 가까이를 지나서야 모든 일이 끝났다. 이제 가마를 열고 확인만 하면 되는 것이다.

"이제 시간이 된 듯하네. 정말 긴장되는군. 어서 열어보게."

"네, 전하. 어서들 열어보세!"

조심스럽게 가마의 입구와 옆을 막아놓은 흙을 뜯어내었다. 보고 있는 샤는 긴장감이 점점 더해져 가는 것 같았다. 드디어 도자기들이 나오기 시작했다.

"오오! 이럴 수가! 이런 아름다움이라니! 이것은 보석과 같습니다!"

뒤에서 꺼내는 자기를 받아 든 로터는 완성된 자기에서 눈을 떼지 못하고 있었다. 우윳빛 백색의 투명하고 맑은 빛깔을 내고 있는 백자와 샤가 직접 유약을 바른 것들은 맑고 투명한 비취색을 내는 녹색의 그릇, 그리고 하늘빛 투명한 청색의 자기를 보고 자신도 모르게 감탄사를 발한 것이었다.

"전하, 성공입니다! 이렇게 아름다운 것은 본 적이 없습니다! 마치 보석과 같습니다!"

"그래, 이제야 성공이구면. 그동안 고생 많았네. 하하하!"

샤는 이제야 공국의 미래를 위한 단단한 줄 하나를 잡았다고 생각했다. 앞으로가 중요한 것이다. 이것을 어떻게 이용하는가에 따라 화가 될 수도, 엄청난 복이 될 수도 있었다. 샤는 기쁜 마음에 모든 공인과 병사들, 따라온 근위기사들에게 잔치를 베풀라 명했다.

그렇게 즐거운 하루가 지나고, 다음날부터 샤는 공인들에게 물레질을 하는 것을 연습시키고, 일부 그림에 소질이 있고 손재주가 좋은 공인들에게 여러 가지 기법을 교육하였는데, 그것은 양각, 음각, 투각, 철회, 퇴화 등의 기법으로 문양을 내는 방법들이었다. 말은 어렵지만 사실 자기를 파내거나 구멍을 내거나 살짝 파서 백토 등으로 입히거나 그 위에 그림을 그리는 등의 방법들이다.

샤는 전생의 기억에 있는 아름답다고 생각한 자기를 그려서 손재주 좋은 공인들에게 만들도록 했다. 술병이나 주전자, 꽃병, 그리고 다양한 그릇 등과 물잔 등이었고, 올 겨울이 되기 전에 고추장을 담가 먹을 수 있다는 생각에 고추장 단지를 만드는 샤였다. 로터는 샤의 작품을 보고는 조용히 물었다.

"전하, 이것은 어떤 용도로 쓰시옵니까?"

"흠, 그런 것이 있네. 먹으면 입에서 불이 나는 액체를 가둬놓을 용기네. 핫핫핫!"

왠지 오늘 하루 종일 샤가 이상해졌다고 생각하는 로터였다. 하루 종일 피식피식 웃으니 말이다. 왜 안 그렇겠는가.

공국의 미래를 밝혀줄 도자기 기술을 얻었고, 너무 바쁘기에 고추는 거둬서 말려놓으라고만 지시해 놓고 신경을 못 쓰고 있었는데 이제 일이 잘 풀려 시간적 여유가 생겼기에 고추를 가지고 이것저것 해보고 싶은 샤였다.

특히 고추장을 만드는 데 성공하면 고추장 불고기를 제일 먼저 해먹을 것이리라 생각하며 마냥 흐뭇해하는 샤였다.

　며칠간 새로이 여러 용도의 도자기를 구워서 종류 별로 준비하고는 공왕성으로 떠날 준비를 했다. 이제 이곳은 로터와 심슨에게 맡기고 샤는 공왕으로 돌아가야 하는 것이다. 샤는 공왕성으로 떠나면서 로터에게 앞으로 해야 할 일에 대해서 지시하고 있었다.
　"내가 공왕성으로 돌아가는 즉시 보레아스 기사단을 보내줄 테니 보안에 최대한 신경을 써주게. 만약 보안에 해가 되는 행동을 하는 사람이 있다면, 선참후계(先斬後啓)할 수 있는 권한을 줄 테니 절대로 기술이 유출되는 일은 막아야 하네. 알겠는가?"
　"네, 전하. 명심 또 명심하겠나이다."
　지금까지의 샤의 개발은 어차피 시간이 지나면 모두가 알 수 있는 기술들이었기에 사실상 보안에 그렇게 신경 쓰진 않았다. 그렇지만 이것은 달랐다. 유일하게 대륙에서 보레에서만 생산할 수 있는 특급 기밀이고 기술인 것이다.
　"그리고 앞으로 가마를 더 만들어야 할 것이네. 가마를 서너 개 더 짓고 공인들에게 더욱 아름답고 세밀한 작품을 만들 수 있게 연습을 게을리 하지 말라 이르게. 뛰어난 작품을 만드는 공인들은 그만한 대가를 받을 것이네. 또한 유약은 자네와 심슨, 두 사람이 항상 직접 만들게. 알겠는가?"

"네, 전하. 명심하겠습니다."

"그래, 내가 자네를 믿고 이만 가겠네. 수고하게. 그만 출발하자!"

겨울로 들어서 쌀쌀한 기온과는 다르게 훈훈한 마음으로 보레를 떠나는 샤였다. 기쁜 마음으로 공왕성에 도착한 샤는 장관들을 모두 불러서 가지고 온 도자기들을 내어놓고 설명과 함께 앞으로의 계획을 논의하고 있었다.

"오호! 이런 아름다움이라니, 정말 감탄스럽습니다! 이것이 흙을 빚어서 만들었단 말입니까?"

"하하! 어떤가? 이 정도 상품이면 공국의 미래를 도모할 수 있지 않겠나? 한데 문제는 이것들을 어떻게 지켜낼지가 걱정이구면. 자네들의 생각은 어떤가? 자칫 잘못하면 이것이 큰 화를 불러올 수도 있지 않겠나?"

샤는 전생에 도자기 기술을 위해 전쟁을 벌이고 많은 도예가들을 납치해 간 어떤 나라가 생각났다. 그렇기에 더욱 조심스러웠다. 도자기의 아름다움에 취해 있던 론은 샤의 말에 긍정하는 말을 했다.

"전하의 말씀처럼 이처럼 아름답고 실용적인 상품이라면 분명 엄청난 이득을 볼 수 있을 겁니다. 하지만 힘이 없는 자에게 이것은 분명 화가 될 수 있습니다. 이것에 대한 준비를 철저히 해야 할 듯싶습니다."

말을 듣던 파렐이 생각을 하는 듯하더니 곧 말을 이었다.

"전하, 이 도자기라는 것들은 얼마나 많은 양을 생산할 수 있습니까?"

"흠, 마음먹기 나름이겠지. 재료가 문제가 아니라 능력이 뛰어난 공인이 문제가 되는 것이니, 교육을 잘해 많은 공인들을 길러낸다면 하루에 수천 점도 가능할 걸세."

"그렇다면 이 방법은 어떻습니까?"

파렐에게 어떤 생각이 있는 듯하자 샤가 파렐을 독촉했다.

"오호! 그래, 어서 말해보게. 어떤 방법인가?"

"흠… 조금은 민망하긴 하지만, 엘프 분들과 친한 키이라 나이틀리님에게 도움을 청하는 것입니다. 우선은 적대적인 아벨 왕국과 그리니치 공국, 그리고 헤네시 제국 모르게 말이다. 설령 안다고 하더라도 최대한 늦게 알도록 보안에 각별히 신경을 써서 록트 왕국과 우호적인 필립 공국과 카트나 제국에 판매를 하는 것입니다. 그리고 카트나 제국에 거점을 만들고 황제와 담판을 지어 이 도자기를 카트나 제국에서 만들어 파는 것으로 하는 것입니다. 물론 황제에게 일정 부분 그에 대한 대가를 지불하는 것입니다. 이때 카트나 제국의 황제나 다른 귀족들이 이것의 기술을 노리고 뒤를 캐거나 도발해 올 위험을 없애기 위해서 위대한 존재인 키이라 나이틀리님의 이름을 파는 것입니다. 키이라 나이틀리님께서 유희를 하고 계시는 중에 개발하신 것이다. 그분이 유희를 끝내기 전에는 기술을 공개할 수 없다. 만약 기술의 유출이나 공인들이 없어지면, 키이라 나이틀리님의 엄청난 분노를 사는 행위이기 때문에 뒷감당이 안 된다는 식으로 황제에게 은밀히 전하는 것입니다. 조금 유치한 방법이지만, 이 대륙 어디에서도 위대한 존재를 무시할 수 없으니 카트나 제국 황제와 귀족들이 믿어만 준다면 안정적으로 판매할 수 있을 것입니다."

파렐의 장황한 설명을 듣던 사람들은 말없이 생각을 하는 듯했다. 농산부 장관 매튜가 조심스럽게 말을 꺼냈다.

"저… 파렐 경께서 하신 말씀은 이해는 충분히 됩니다만, 나이틀리님께서 아신다면 그 분노가 우리에게 올 수도 있습니다."

파렐은 매튜의 이야기를 듣고 당연하다는 듯이 말을 꺼냈다.

"그것은 미리 엘프 분들의 도움을 받아 양해를 구해야지요. 나이틀리님께 도자기를 선물하는 것은 어떻습니까?"

샤에게 의견을 묻는 듯 바라보며 이야기했다.

"글쎄, 되든 안 되든 한번 해봅시다. 우선 이 땅을 돌려준 것에 감사하는 의미로 녹색 빛이 나는 자기를 몇 점 선물로 주기로 합시다. 그리고 메노프 후작을 통해 부탁을 해보도록 합시다. 슈비나 경, 자네 생각은 어떤가? 가능할 것 같은가?"

엘프이면서 메노프 후작의 딸인 슈비나에게 의견을 묻는 샤였다. 아무래도 나이틀리의 성격에 대해서 어느 정도 알고 있을 것이란 생각에 물어본 것이다.

"네, 전하. 가능할 것 같습니다. 원래 드랜곤이란 존재가 선물 받기를 좋아합니다. 특히 명품에 눈독을 들입니다. 드래곤들 간에도 서로 좋은 무구나 보석 등을 차지하기 위해서 많은 노력을 한다고 합니다. 이렇게 아름답고 실용적인 명품이라면 충분히 그에 상응하는 대가를 받을 수 있을 것이란 생각입니다."

샤는 슈비나의 긍정적인 대답에 새로운 사실을 알았다는 표정이 됐다. 잘하면 많은 도움을 받을 수 있을 것 같았다.

"그래, 그렇단 말이지? 그럼 당장 메노프 경에게 연락해야겠군. 아, 그리고 론 경, 내가 보레로 가기 전에 록트 왕국으로 보냈던 기사는 왔는가?"

"아직 도착하지 않았습니다. 떠난 지가 한 달이 넘어가니 조만간 들어올 것입니다. 무슨 특별한 명령이라도 하셨는지요?"

"뭐, 별일은 아니고, 상인 한 사람을 데려올 것인데 올 때가 되어가니 조금 더 기다려 보기로 하세. 그건 그렇고, 특별한 안건이 없으면 오늘 회의는 여기서 끝내세. 다들 바쁠 테니 이만 나가들 보게."

샤가 기다리고 있는 사람은 왕국의 3대상단 중 하나인 에이번 상단의 상단주와 국왕의 비밀 요원인 윌리였다.

왕국과 주변 돌아가는 사정도 알아야 했고, 아무래도 외부

활동을 할 수 없는 상황에서 외부 활동을 대신해 줄 만한 상단이나 비밀 요원들이 필요했기에 자신의 아버지에게 편지를 써서 도움을 요청한 것이다.

"흐흐, 이제 만들어온 항아리에 고추장을 담가봐야지."

사실 샤는 급하게 회의를 끝내고 가는 이유가 있었다. 그동안 생각해 오던 고추장을 만들기 위해서였다. 미리 메이에게 말해서 재료를 준비해 놓으라고 했기에 고추장 재료인 엿기름과 콩을 삶아서 말려놓은 메주와 밀가루, 소금, 고춧가루 등이 준비되어 있었다.

샤는 처음 고추장을 만들려고 했을 때 재료가 없으면 어쩌나 했는데 찾아보니 모든 재료가 다 있었다. 엿기름이 제일 걱정되었는데, 이곳에서도 술을 담가 먹기에 엿기름이 존재했다. 또 똑같지는 않지만 콩 요리도 해먹으니 콩 또한 있었다.

그렇게 준비된 재료로 샤는 지금 메이와 에이프릴과 함께 고추장을 만들고 있었다. 재료를 섞어 고추장을 만들어 샤가 만들어온 고추장 단지에 고이 넣어두고 며칠을 숙성되기를 기다렸다가 처음 고추장을 먹었을 때의 평가는 한마디로 맵다. 그것도 맛없게 맵다였다.

"이상하네. 내가 전생에도 많이 옆에서 만들어봤는데……."

어차피 매운 음식을 먹고 싶을 때 찾는 소스이니 매우면 우선 성공한 것이지만 재료가 약간 달라서인지, 아니면 방법을 잘못 알고 있는 것인지 맛은 별로였다. 고추장은 그 뒤로 샤만의 음식이었다.

메이와 에이프릴도 처음 맛을 본 이후 관심을 갖지 않았다. 샤가 이곳 세상에서 각성을 시작한 후 처음으로 실패한 작품이었다. 그 뒤로 새롭게 고추장을 만들어보려고 했지만 바쁜 일 때문에 좀처럼 시간을 낼 수가 없었다.

한겨울이 되어 눈이 쌓이고 바람이 불어 문밖 출입을 하지 않아 플레이르 공국의 수도인 공왕성을 둘러싼 주변은 한산하다는 말보다는 고요하다는 말이 맞을 것 같다고 윌리는 생각했다. 샤의 편지를 받은 국왕의 명령으로 전직 록트의 왕국의 비밀 요원이었던 윌리는 지금 상단원 수십 명을 데리고 플레이르 공국으로 배속되어 전출을 가고 있었다.

"오호! 생각했던 것보다 훨씬 좋군요. 그런데 집집마다 있는 저 나무들은 뭡니까?"

옆에서 길 안내를 하고 있는 기사를 보며 궁금하여 물었다.

"아, 저 나무? 감나무네. 뭐, 집집마다 한 그루씩은 있을 거네. 이때쯤 되면 아마 집집마다 곶감을 만들어서 겨울철 주전부리로 먹지. 근데 이 곶감이 잘못하면 사람 잡네."

"엥? 곶감이 사람을 잡아요?"

"그게 맛있다고 많이 먹으면 화장실 가서 고생을 좀 심하게 하네. 나도 한 번 고생을 심하게 했지."

민망하다는 듯이 말꼬리를 흐리는 기사였다. 이 기사는 파렐의 추천으로 샤의 편지를 들고 심부름을 떠났던 제피로스 기사단의 부기사단장인 그레그였다.

"아, 그거요? 크크, 저도 압니다, 그 고통을. 그런데 저 밭 옆에 쌓여 있는 무더기는 뭡니까?"

"두엄 말이구먼."

"두엄요?"

처음 듣는 생소한 말에 어린 공왕이 또 뭔가 대단한 사고를 쳤나 해서 그레그를 빤히 쳐다보며 설명을 원했다.

"전하께서 추수가 끝나고 짚들을 모아놓으라 하시고는 그 짚과 화장실의 변, 그리고 나뭇잎이나 풀들을 섞어서 겨울철 내내 썩혀 그것을 봄에 파종 전에 밭에다 뿌리고 농사를 지으면 떨어졌던 지력이 다시 살아나 휴경을 하지 않아도 된다고 하시며 저걸 만들라고 하셨네. 저걸 두엄이라고 부르더군."

"네, 신기하군요. 전하의 말씀처럼 되면 대단하겠군요. 3년마다 한 번 있는 휴경지를 만들지 않아도 되니 말이오."

두런두런 이야기를 하며 공왕성으로 향하고 있는 일행이었다. 공왕성 주변으로 4천 가구에 달하는 집과 건물이 눈에 들어오고, 공왕성 앞으로 넓게 펼쳐진 대로와 이제 막 들어선 십여 곳의 상점들을 보면서 생각했던 것보다 훨씬 좋아 보인다고 생각하는 윌리였다.

공왕성으로 들어선 윌리는 새로 만들어진 듯 깨끗한 접빈관에 짐을 풀었다. 그리고 늦은 점심을 먹은 후 샤를 만나러 공왕 집무실로 향했다. 가면서 윌리는 자신이 샤하고 인연이 참 많다고 생각했다.

샤의 뛰어난 활약 때문에 타국을 제집 드나들 듯하며 남모르게 외교전을 벌여야 했으니, 그 모든 것이 샤의 공이었다.

비밀 요원으로 사랑하는 나라를 위해 중요한 일을 맡아서 할 수 있다는 것은 그만큼 그에게 기쁨과 성취욕을 주었으니 말이다. 또한 그 덕분에 그의 가족이 수도에서 귀족처럼 살고 있지 않는가.

"전하, 록트에서 상단을 이끌고 온 에이번 상단의 부단주가 들었습니다."

"들어오라고 하게."

문이 열리고 약간은 긴장된 표정의 윌리가 안으로 들어섰다.

"플레이르의 태양이신 공왕 전하를 뵈옵니다."

"그래, 반갑네. 앉게."

두 사람이 자리를 잡고 앉자 본격적으로 이야기를 시작하였다. 윌리의 감추어진 신분을 알기에 따로 말하지 않고 바로 본론으로 들어간 것이다.

"그래, 세상 돌아가는 것은 어떤가? 서쪽의―아벨과 그리니치―움직임이나 동쪽―필립과 카트나 제국―의 움직임에 대해서 알고 있는 것이 있다면 들려줄 수 있겠나?"

"네, 전하. 서쪽에선 상당히 많은 수의 간자들을 베론 특구와 수도에 보낸 것으로 파악됩니다. 다만 왕국에서 이렇다 하게 식량을 확보한다든지, 철을 사들이는 모습이 보이지 않으니 아직은 예의 주시하고 있는 듯 보입니다. 움직이려 해도 명분이 없기에 당분간은 이렇다 할 일은 벌어지지 않을 것 같습니다. 그러나 왕국이 빠른 속도로 발전하는 것을 그냥 두고만은 보지 않을 것 같습니다."

샤는 생각보다 아버지가 잘하시고 계신다 생각했다. 우선은 안심이 됐다.

"그래, 다행이군. 동쪽 소식은 아는 게 있는가?"

"동쪽에서는 우리를 적 취급을 하지는 않으니 별다른 일은 없으나, 카트나에 들를 때마다 그쪽 귀족들이 이것저것 많은 것들을 물어보긴 합니다. 특히 전하의 신상에 대해서 많은 것을 물었습니다."

"나를? 왜?"

'왜긴, 사윗감으로 거론되니까 그렇지' 하며 속으로 구시렁거리며 대답하는 윌리였다.

"전하가 하신 일들이 워낙에 세상을 많이 변화시키는 일들이라 아마도 그런 것들로 인해 많은 관심을 받는 것 같습니다. 동쪽 귀족들은 여름철에 당연히 삼베옷을 해 입고 저녁 식사 뒤엔 록트의 포도주로 입가심을 합니다. 그리고 귀족가의 자녀들은 록트에서 만들어진 책으로 공부를 합니다. 또한 록트의 종이로 편지를 쓰지요. 그런 것들을 전하가 모두 만들어냈다고 알기에 아마도 전하께 관심을 보이는 것 같습니다."

"호! 그래? 생각했던 것보다 상품이 잘 팔리는 것 같군. 그런데 그쪽에서는 그렇게 돈이 빠져나가면 불만이 많을 텐데, 별다른 제재는 없는가?"

"네, 전하. 물론 그것 때문에 처음에는 많은 귀족들이 우려를 했습니다. 해서 국왕 전하의 명으로 록트에서도 그에 맞게 록트에 부족한 가축들과 마법 물품들뿐만이 아니라 노예도 사 옵니다. 또한 카트나 제국의 국교인 네르투스 신전에 알게 모르게 기부도 많이 하고 있습니다."

"그래, 아버님께서 노력을 많이 하시는군. 한데 노예도 사 온다고 하였는가? 노예도 거래를 하는가? 록트에서는 노예 거래를 하지 않았던 것 같은데?"

샤는 처음 듣는 말인 듯 궁금해하는 표정으로 물었다.

"네, 전하. 그것이… 록트 왕국에서야 세금이 비싸서 노예 시장이 열리지도 못하고, 거래를 하려고 하면 사사로이 주인과 만나 흥정을 해서 구해야 하니까 노예 거래가 사실상 있기는 해도 많지는 않습니다. 다른 왕국은 사정이 조금 다릅니다. 백작 급 이상의 귀족이 살고 있는 도시에는 어김없이 노예 시장이 있습니다. 세금 또한 거의 없기 때문에 거래가 활발하게 이루어진다고 보면 됩니다."

샤는 모르고 있었지만 록트 왕국과 다른 왕국의 이런 차이는 국력의 차이에서 발생한 일이다. 록트에서는 적은 백성의 수 때문에 있는 땅을 개간하지 못하는 상황이다.

산이 많아 험하기도 하지만 어떻게든 개간하면 소출이 있기에 하려고 해도 그 일을 할 사람이 없는 것이다.

그러니 노예가 있다고 그 귀한 노예를 사고 팔고 하겠는가. 있는 농지에 농사지을 사람도 부족한 마당에 노예 거래는 꿈도 못 꾸는 상황이다.

또한 노예란 것이 사람이다 보니 아무리 가축 취급을 받는다고 하더라도 가축과는 또 다르다. 수가 급격하게 늘어나거나 타국에서 사 오는 것도 비싼 가격 때문에 쉽지가 않은 것이다. 거기다 귀족들이 봉토로 받은 땅은 귀족이 직접 농사를 짓지 않는 한 노예를 시켜서 농사를 짓게 해야 하는데, 노예의 수가 적기 때문에 농사를 포기한 땅도 많은 것이다.

이와는 다르게 다른 왕국들은 평지가 많고 강수량이 풍부해서인지 같은 크기의 땅에 농사를 지으면 훨씬 적은 인력으로 많은 소출을 얻을 수 있는 것이다.

보통 록트 왕국을 제외하고 다른 왕국은 인구 일만 명당 3천 정도의 노예를 가지고 있기에 귀족들이 사치품을 사거나 큰돈이 들어갈 일이 있으면 노예를 내다 파는 것을 제일 먼저 하는 것이다. 이런 계산으로 가까운 필립 공국도 100만 가까운 백성이 있다고 알려져 있기에 30만의 노예가 존재한다고 보면 되고, 카트나 제국은 500만이 넘어가니 노예의 수가 록트 왕국의 백성들보다도 두 배는 넘어갈 것이라 추측되었다.

"그래? 그런데 노예의 가격은 어떤가?"

"예, 전하. 노예는 15세에서 30세까지의 젊은 노예가 50실버 이상을 받습니다. 최저 가격이 50실버라고 보시면 됩니다. 그 위로 상태에 따라 차이가 조금씩 있습니다. 어린아이가 30실버 정도 합니다. 그리고 나이 든 노인들은 거래를 안 합니다."

샤는 노예의 가격에 대해 듣고 왜 그동안 록트에서 노예들을 사 오지 못했는지 알게 됐다. 50실버면 기사단장의 한 해 수입과 맞먹는 것이다.

그 정도 돈이면 차라리 밀을 수입하는 것이 빠르다고 생각했을 것이리라. 이야기를 진행하는 도중에 샤는 잠시 이야기를 끊고 윌리에게 보여줄 것이 있다며 기다리라 하고는 도자기를 꺼내왔다.

"오오, 전하! 이것이 무엇입니까?"

"도자기라고 부르네. 자네가 보기에 어느 정도 가격에 팔릴 것 같은가?"

윌리가 정보원 이전에 상인이란 신분이었기에 가격을 알아보고자 꺼내 보인 것이다.

"예? 전하, 무슨 말씀을? 이것은 보석이 아닙니까?"

녹색의 자기를 보고 자신이 알지 못하는 보석을 세공한 것으로 생각한 윌리는 이것 자체로 값어치를 매길 수 없는 보석인데 돈이 될 것인지를 묻자 당황하여 반문한 것이었다. 샤는 그 모습을 보고는 웃으며 믿을 만한 사람이니 말해도 되겠다는 생각이 들었다.

"하하하! 이것은 보석이 아니라 흙으로 빚어서 만든 것이네. 얼마 전에 내가 몇몇 사람과 함께 개발한 것이네."

"헉! 이것이 흙으로 빚은 것이란 말입니까?"

"그렇다네. 자네를 국왕 폐하에게 부탁하여 부른 것도 다 이것 때문이네. 이것을 카트나 제국과 인접한 다섯 왕국에, 그리고 바다 너머 루멘까지 팔아볼까 하네. 어떤가, 자네 생각은?"

"이 도자기라는 것을 그렇게까지 많이 만들 수 있습니까?"

"아직은 내가 알기에 3일에 2, 300점 정도이나 점차 생산 시설을 늘려가면 하루에 수천 점도 가능하네."

"그 정도로 만들 수만 있다면, 이것을 온 대륙을 상대로 판매할 수 있습니다. 다만 이것으로 인해 온 대륙이 피로 물들 수도 있습니다."

역시 비밀 외교관다운 식견이었다. 이 정도의 물건이 대륙에 풀리게 되면 이것의 기술을 얻기 위해 분명히 대륙은 피로 물들 것이다.

샤는 생각해 둔 것이 있다는 듯이 조용히 파렐이 말한 대책과 그 이전에 있었던 엘프들과의 관계를 이야기하였다.

이야기를 하는 동안 윌리는 급격하게 눈을 깜빡거리며 놀라는 표정을 시시각각으로 변하게 하는 신기한 기술을 보여

주었다.

"전하, 그것이 사실이라면 한번 해볼 만합니다. 다만 아직은 확실히 그 나이틀리라는 드래곤이 자신의 이름을 팔도록 허락해 주느냐와 카트나 제국의 황제가 과연 이 거래를 수락할지가 결정된 것이 아니니 치밀하게 계산하고 나가야 할 것 같습니다. 거기에 이름을 사용하는 것을 허락한다고 해도 아벨이나 그리니치가 만약 이것의 생산지가 이곳인 걸 알게 되면 당장에 전쟁이 벌어질 것입니다. 자고로 드래곤들은 인간의 전쟁에 관여하지 않는다고 알려져 있으니, 그때는 어떤 말을 해도 피해갈 수 없는 수렁에 빠질 수도 있습니다."

"그리도 복잡하게 흘러갈 것 같은가?"

말하는 윌리나 듣고 있는 샤나 착잡한 심정이 되었다. 아무리 뛰어난 기술로 뛰어난 상품을 만들면 뭐 하나. 그것을 지킬 힘이 없다는 것이 이리도 한스러울 수가 없었다. 윌리는 도자기들을 보며 눈앞에 이슬이 고이는 것을 느꼈다.

이 도자기라는 것을 안정적으로 판매만 할 수 있다면 자신이 사랑하는 록트 왕국은 대륙 최고의 부유한 국가가 될 것이다. 그런데 이 뛰어난 록트의 왕자가 제국에서만 태어났어도, 하다못해 자신들을 지킬 힘이 있는 왕국에서만 태어났어도 대륙 최고의 현자 소리와 제국 황제에 못지않은 부와 권력을 누렸을 사람이라는 생각을 했다.

샤는 잠깐이지만 전생의 상황을 생각해 보았다. 전생에 유럽에서는 각 왕국마다 도자기의 방을 만들어 왕국의 왕과 황제들이 얼마나 많은 도자기를 보유했느냐 하는 것으로 자신의 권위와 부를 나타내는 척도로 삼았을 정도이니, 이것 또한 그만한 대접을 받을 것이란 생각이 들었다. 샤는 잡생각을 떨쳐 버리고는 우선은 시간을 두고 작전을 짜보자고 말하여 윌리를 돌려보냈다.

"알겠네. 우선은 엘프하임으로 떠난 사람들이 돌아올 때까지 기다려 보세. 어떤 답이 있든 그것을 듣고서 움직이는 것이 맞을 것 같네. 돌아가 쉬게."

"네, 전하. 소인은 물러가 부르심을 기다리겠나이다."

윌리와의 대화가 있고 난 후 한 달여가 지나서야 엘프하임으로 떠난 슈비나 장관과 일행이 돌아왔다. 그것이 새해를 알리는 1월이 막 지나가고 있는 때였다. 아마도 쌓인 눈 때문에 쉽게 움직이지 못해서 늦은 것 같았다.

"전하, 엘프하임으로 떠났던 교육부 장관 슈비나 경 들었습니다."

"오, 그래! 어서 들어오라고 하게!"

문을 열고 슈비나가 들어오자 샤가 일어나 반갑게 맞았다. 기대하는 소식을 가져왔을지 궁금한 것이다.

"전하, 그동안 강녕하셨습니까?"

"그래, 눈 때문에 고생이 많았을 텐데 고생했네."

자리에 앉으며 서로의 안부를 물었다. 샤는 앉자마자 결과를 물었다.

"그래, 결과는 어떻게 되었나? 나이틀리님께서 허락을 하셨나?"

마음이 조급한 샤였다. 그 모습에 슈비나는 보일 듯 말 듯 웃으며 대답했다.

"전하, 허락은 하였습니다. 그런데 조건이 까다롭습니다."

"그래, 뭔 조건인가? 들어줄 수 있는 거라면 다 들어줘야지."

"그것이… 도자기 제조 비법과…….”

말을 흐리자 다급해진 샤였다.

"비법과 뭐가 또 있나?"

"전하의 머릿속을 읽어보고 싶다고…….”

"잉? 뭔 말인가? 알아들을 수 있게 이야기해 보게. 뭘 읽어보겠다는 것인가?"

"저… 그것이… 전하의 머릿속을 읽어보고 싶다고 하시는데요.”

"뭐? 뭘 읽어봐? 내 머리? 왜?"

당황하며 말을 반복하는 샤였다. 머릿속을 읽다니 처음 들어보는 말이었다. 무엇보다도 머릿속을 읽어본다는 것에 대해서 잘 이해를 못하는 샤였다.

"전하의 머릿속이 궁금하다며 전하의 기억을 읽어보고 싶다고 하셨습니다.”

"헉! 뭐? 기억을? 그런 방법도 있나? 그게 가능한 이야기인가?"

"인간이나 엘프는 힘들지만 드래곤은 가능합니다. 그럴 수 있는 마법이 있습니다."

순간 샤는 말을 할 수가 없었다. 자신의 머릿속을 남에게 보여준다는 것이 별것 아닐 것 같아도 그것은 자신의 모든 것을 보여주는 것과 같았다.

그가 아무리 위대한 존재라고 불리는 드래곤이라고 해도 거부감이 들었다. 또한 샤는 특별한 기억이 존재하지 않은가. 심각하게 고민할 수밖에 없었다.

"흠, 알았네. 생각을 좀 해봐야 할 것 같군. 가서 쉬게."

"예, 전하. 물러가겠습니다."

샤는 슈비나를 내보내고 한참을 생각에 잠겨 있었다. 단순히 이곳의 기억만을 가지고 있었다면 쉽게 결정할 수 있는 문제였지만 샤의 입장은 특별하기에 쉽게 결정할 수가 없었다.

'뭐, 이런 경우가 있나. 어떡해야 하나……'

당장 어떤 결정을 내리기가 매우 힘들었다. 자신의 머릿속의 기억 중 전생에 관한 기억을 봉인하거나 따로 나누어 읽히지 않게 할 수 있다면 좋을 것 같았다. 하지만 그건 샤의 능력으론 불가능했다. 며칠이 지나도 샤는 답을 내릴 수가 없었다.

─샤~! 샤~! 샤~! 왜 그래? 응? 응? 응?

"……."

샤는 데이지가 옆에서 말을 걸거나 눈앞을 어지럽혀도 아
랑곳하지 않고 골똘히 생각에 잠겨 있었다. 그러나 데이지는
계속 눈앞에서 작은 날개를 팔락이며 왔다 갔다 하며 샤에게
말을 걸려고 했다. 샤가 많이 심각해 보여서 불안했나 보다.

"그래! 부딪쳐 보는 거야!"

결심이 선 듯 샤가 자리에서 일어났다. 밖으로 나와 슈비나
를 찾았다.

"슈비나, 엘프하임으로 가면 나이틀리님을 만날 수 있나?"

"아마도 나이틀리님의 던전으로 가서야 할 겁니다."

"그래? 그럼 가면 되지. 우선 부딪쳐 보는 거야. 드래곤은
한 번 한 말은 자신의 소멸을 걸고 지킨다고 하니 빈말은 안
하겠지."

"그럼 언제 떠나시겠습니까?"

"시간이 많이 지체됐으니 내일 바로 출발하기로 하지. 준
비하고 있게."

"네, 전하."

샤는 다음날 슈비나와 함께 엘프하임을 향해 출발했다. 2월
의 쌀쌀한 날씨와 내린 눈이 녹지 않아 쌓여 있는 눈을 치우거
나 눈 속에 발이 빠져가며 엘프하임에 도착하자 2월 중순이

되었다.

"오랜만에 뵙습니다, 메노프 후작님."

"오랜만에 뵙습니다, 공왕 전하."

메노프 촌장은 존대를 안 해도 되지만 공국의 정식 후작의 작위를 받은 마당에 안 하기도 그렇다고 생각했는지 존대를 해주었다. 인간들의 규칙 안에 들어갔으니 그것을 따라주어야 한다고 생각한 것 같았다.

"한데 나이틀리님의 조건은 수락하시기로 하신 겁니까?"

메노프 후작도 그것에 대한 이야기를 들은 것 같았다. 보자마자 걱정되는지 물어보는 것을 보면 말이다. 샤는 사실 아직도 결정하지는 못했다. 우선은 만나나 보자는 심정으로 온 것이라고 하기도 그래서 긍정하는 듯 고개를 끄덕이고 말았다.

엘프하임에서 하루를 쉰 다음날, 호위대와 슈비나는 남고 메노프 촌장이 알려준 길을 따라 던전으로 향하는 샤였다. 초대받지 않은 사람은 드래곤의 던전 주위로 들어갈 수 없다는 메노프의 설명에 수긍할 수밖에 없었다.

"이 길이 맞는 거야? 어째 아무리 가도 그 길이 그 길 같은데……."

한참을 걸어 들어가도 던전의 입구는 보이지 않고 하늘 높이 치솟은 나무들만 나타나자 샤는 점점 불안해지기 시작했다.

─샤, 나 이제 여기서 기다릴게. 더 이상은 못 들어가. 미안해…….

데이지는 같이 끝까지 따라가지 못해서 미안한지 말끝을 흐리며 더 들어가기를 거부했다. 아무래도 나이틀리의 던전에 가까이 다가온 것 같았다. 샤는 별다른 기운을 느끼지 못했지만 데이지나 동물들은 느끼는 듯했다.

절대자에 대한 자연스러운 공포 같은 것을 말이다. 샤는 전생의 호랑이나 사자 옆에 가도 섬뜩함을 느꼈는데 용이라면 당연하다는 생각을 했다.

그런데 샤는 그것을 느낄 수가 없어 이상하다고 생각했다.

자신은 익스퍼트 최상급에 다다르고 있는 데도 못 느끼는 것에 대해 샤는 나름대로 생각하였다. 데이지가 느끼는 것은 죽음에 대한 본능적인 공포감이라면, 샤는 99번의 죽음을 경험했기에 그 죽음에 대한 공포감이 많이 희석되어 느끼지 못한다고만 생각했다. 데이지를 뒤로한 채 샤는 계속 앞으로 나아갔다.

한두 시간을 앞으로 더 나아가자 눈앞이 환해지며 시원한 물줄기 소리와 함께 계곡 밑으로 넓은 호수가 보였다. 호수 옆으로 계곡과 붙어서 돌로 이루어진 절벽이 보였는데, 절벽은 계곡과 멀어져 가면서 점점 높이를 높여가고 있었다. 돌로 이루어진 절벽의 끝에 계곡이 있고, 계곡의 앞으로 호수가 있는 모습이었다.

한편의 수채화를 보는 듯 아름답게 펼쳐진 모습에 넋을 잃고 한참을 바라보고 있는 샤였다. 한참을 주변의 풍경을 바라보며 서 있는데, 어디서 나타났는지 샤가 처음 보는 기괴한 모습의 사람이 샤의 앞으로 다가오기 시작했다. 샤는 자신의 눈을 의심하지 않을 수 없었다.

"자네가 플레이르 공국의 공왕인가?"

"그렇소만."

샤의 눈앞에 나타난 것은 파우누스였다. 상반신은 인간의 모습이며 하반신은 염소의 모양을 하고 있었는데 다리는 두 개였다. 또 머리에는 두 개의 뿔과 뾰족한 귀가 달렸으며, 매부리코 아저씨 같은 얼굴을 하고 있었다. 그런 기괴한 모습의 사람이 말을 하자 샤는 긴장이 된다기보다는 신기하다는 생각이 들었다. 신화 속에서나 볼 수 있는 모습이었기 때문이다. 물론 이 세상이 신화 속 세상 같기는 하지만 말이다.

"난 파우누스라고 불리네. 어떤 인간들은 새티로스라고도 부르고 팬이라고도 부르지만, 난 파우누스가 맘에 드니 그렇게 부르게. 나이틀리님의 유일하고도 유능한 전속 집사라고 보면 되네."

"아, 네."

"날 따라오게. 자네를 데려오라는 분부시네."

파우누스라고 불러달라는 이 기괴하게 생긴 인간을 따라 얕아 보이는 계곡 물을 건너 절벽 쪽으로 가자 절벽과 절벽이

겹쳐 있어 앞에서는 보이지 않던 길이 나왔다.

길을 따라 절벽 사이로 한참을 들어가자 길 끝에 아치 형태의 호화로운 문이 보였다. 문을 열고 안으로 들어서자 또 문이 있었다.

그렇게 몇 개의 문을 지나서 넓은 홀로 들어서자 홀 중앙에 오크—참—나무로 만든 듯한 탁자와 의자가 놓여 있었고, 천장에서는 크리스탈로 이루어진 샹들리에가 있었다.

벽과 바닥, 그리고 천장까지 모두 녹색 빛이 나는 청옥으로 이루어져 있었는데, 간간이 주변에 켜놓은 촛불의 빛을 반사하는 청옥으로 인해 홀 전체가 몽환적인 분위기를 연출하고 있었다.

녹색의 황홀한 분위기와는 다르게 샤는 긴장한 채 주변을 둘러보며 경계의 끈을 놓지 못하고 있었다. 그런 샤의 모습에 파우누스는 샤를 안심시키려는지 부드러운 표정으로 이야기하였다.

"긴장하지 않아도 되네. 잠시만 이곳에서 기다리면 곧 이곳의 주인이신 나이틀리님께서 오실 것이네. 그럼 나는 볼일을 보러 가보겠네. 나중에 또 보세."

"네."

파우누스가 사라지고 멀뚱히 서 있던 샤는 홀 주변의 장식과 바닥, 그리고 벽과 천장을 보며 어떻게 이렇게 많은 청옥을 구했을까 하는 의문과 함께 누가 이것들을 세공하고 깎아서 이곳을 만들었을까 하는 궁금증이 들었다. 그때 문이 열리며 누군가가 들어왔다.

"드워프네."

"네? 아! 위대한 존재를 뵙습니다!"

20대 중, 후반의 초록빛 머리의 여자가 들어오고 있었다. 직감적으로 샤는 그가 위대한 존재라고 불리우는 드래곤이라는 사실을 느꼈다.

짙은 녹색의 가슴이 깊이 파인 드레스와 어깨 위에 보랏빛 숄을 걸치고 귀와 목에 한 세트로 맞춘 듯 녹색의 테두리에 옅은 보랏빛 알이 박힌 장신구를 하고 나타난 나이틀리의 모습에선 여신에게서 느껴지는 성스러움이나 여성적인 느낌보다는 예쁘게 한껏 치장한 모습이면서도 오랜 시간 학문에 매달린 학자와 같은 느낌이 난다고 샤는 생각했다.

"그래, 인간. 내 조건을 받아들이기 위해서 왔겠지?"

"하온데 제 마음을 읽은 것입니까?"

"호, 말을 돌리는군. 어떤 존재든 드래곤을 제외하고는 이곳에 들어오면 누가 어떤 방법으로 이것들을 만들었는지 궁금해한다. 그래서 미리 말한 것뿐이다. 이제 네가 대답할 차례군. 조건을 받아들일 준비가 된 것이냐?"

"그전에 제가 드릴 말씀이 있습니다. 말할 수 있도록 허락해 주시겠습니까?"

"또 말을 돌리는군. 좋다. 말해보아라. 그러나 나의 조건은 변하지 않을 것이다."

나이틀리는 샤가 말을 자꾸 돌리는 것이 기분 상한 듯 목소리가 커졌지만 샤의 부탁을 허락해 주었다. 마른침을 삼키며 샤는 말을 시작하였다.

"본시 모든 인간은 태어나며 시작을 하고 죽으며 끝을 내옵니다. 하나 간혹 그 규칙에서 벗어난 인간이 있습니다."

샤는 어차피 자신의 기억을 읽는다면 나이틀리가 알아버릴 비밀이었기에 미리 말하기로 했다. 그 말을 듣자 나이틀리는 순간 이 샤라는 인간이 다른 인간과는 다른 위치에 있다는 것을 직감적으로 느꼈다. 자신의 의자 손잡이를 손으로 내려치며 외치듯 말했다.

쿵!

"틀렸다! 본시 이 세상 모든 만물은 시작도 끝도 없다! 단지 변화할 뿐이다! 너는 그 불규칙적이면서도 규칙적인 코스모스—카오스—의 안에서 태어난 돌연변이구나!"

자신을 규칙에서 벗어난 돌연변이라고 칭하는 말에 샤는 전적으로 동의할 수밖에 없었다. 더 이상의 말은 변명밖에 안 되는 것이다. 이미 모든 것을 안 것 같았다.

"네, 그렇습니다, 위대한 존재여!"

"너는 그 알량한 능력으로 세상을 지배하려 하였더냐! 변명하여 보거라, 인간아! 지금 네가 만들어내고 있는 변화는 무엇을 위한 것이냐?"

순간 샤는 몸을 움직이지도 못할 정도로 쏘아져 오는 나이틀리의 살기에 신음 소리도 흘릴 수 없는 상황이 되었다. 떨어지지 않는 입으로 천천히 말을 이어나갔다.

"세상을 지배할 욕심 따윈 저에게 없습니다. 다만 헐벗고 굶주린 백성들에게 편한 잠자리와 따뜻한 밥을 먹여주고 싶었을 뿐입니다."

거짓이고 위선이었다. 샤는 자신도 모르게 변명을 한 것이다. 샤 자신도 알고 있었다. 오직 자신과 자신의 백성들만을 위해서 철저히 이기적으로 움직였음을.

만약 자신이 부유한 왕국의 왕자로 태어났다면 자신은 절대로 가난한 다른 민족을 생각하지 않았을 것이다. 여행이나 하면서 편하게 살다가 죽었을 것이다. 그리고 다시 환생하여 다른 삶을 살았을 것이다.

"허, 가증스러운 것! 네가 풍요의 여신인 플레이르라도 되는 줄 착각하고 있느냐? 네가 천 번의 삶을 살았든 만 번의 삶을 살았든 넌 인간일 뿐이다! 네가 진정 그러한 마음만을 가지고 있다면 이렇게 삶을 반복하는 고통에서 진작 벗어났어야 할 것이다! 넌 아직도 인간, 그 이하도 이상도 아니다!"

"하오나……."

쾅!

"잘 들어라, 돌연변이 인간아! 너희 인간들이 서로를 죽이

고 파멸로 간다고 해도 우리 드래곤은 나서지 않을 것이다! 그
것이 너희의 선택에 의한 것이라면! 또한 다른 계의 존재가 이
중간계를 위협하거나, 이 세계의 일부가 멸종에 직면하기 전
에는 나서지 않을 것이다! 하나 너, 돌연변이 인간! 네가 그 알
량한 능력으로 이 중간계를 혼란에 빠지게 하고, 종족 간에 분
란을 가져오고, 자연을 파괴로 몰고 간다면, 너와 모든 인간들
은 종말을 맞게 될 것이다! 알아두어라! 인간들의 문명은 지금
의 문명만이 이 땅에 존재한 것이 아니라는 것을! 너희들이 있
기 전에도 문명은 존재했고, 너희들이 사라진다고 하더라도
새로운 존재의 문명이 이 땅에 나타날 것이라는 것을!"

그린 드래곤인 키이라 나이틀리는 자신이 존재하는 이유를
샤에게 말한 것이다. 그리고 경고한 것이다. 태어날 때 이미 자
신의 부모에게 기억의 전이로 조상 모두의 기억을 갖고도 1만
년에 육박하는 삶을 사는 드래곤의 입장에서 보면 인간의 문명
이라는 것은 돌고 도는 수레바퀴와 같아 보이는 것이다.

어느 순간 반짝하며 문명을 꽃피우다가도 자신들의 오만
함과 욕심으로 인해 결국 파멸로 치닫는 인간들의 모습은 그
의 조상들의 기억으로 수없이 많다는 것을 나이틀리는 알고
있었다. 하여 그녀는 인간들의 일에 관여치 않는 것이 당연하
지만 그렇지 않은 경우도 있다고 설명한 것이다.

이런 나이틀리의 말에 샤는 할 수 있는 대답이 없었다. 어
떤 말을 한다고 해도 나이틀리의 표정을 보아 화를 낼 것만

같았기 때문이다. 조용히 듣고만 있을 뿐이다.

"신은 너 같은 돌연변이에 의해서가 아닌 자연스런 문명의 발전에 의해서 이룩되어지고 사라지고 다시 만들어지는 변화를 원하는 것이지, 외부로부터 간섭받아 급격한 발전을 이루어 변화하는 것을 원하지 않는다."

"하오나 힘들고 삶에 지친 인간들에게 희망과 기회를 주고 싶습니다. 인간은 노력하면 이루지 못할 것 같은 것도 이루어 내곤 합니다. 기회가 주어진다면 많은 인간들은 지금보다 나아진 삶과 그 나아진 삶을 지키기 위해 평화를 원할 것입니다. 단지 몇몇의 야심과 욕심이 많은 인간들에 의해 어리석은 백성들이 부화뇌동(附和雷同)하지만, 모든 백성들에게 글을 가르치고 배움을 준다면 어리석은 선택을 하지 않을 것입니다."

"어리석은 인간! 아직도 자신을 속이고 있구나! 희망과 기회는 스스로 찾는 것이지 누군가에 의해서 얻어지는 것이 아니다! 그리고 넌 희망과 기회가 아니라 결과를 만들어줬다! 거지가 순간 왕이 된다고 왕 노릇을 제대로 하겠느냐? 준비없는 급작스런 변화는 많은 혼란을 몰고 올 것이고, 결국엔 파멸로 이어질 것이다!"

나이틀리는 샤의 말을 간단한 비교와 함께 말도 되지 않는 주장으로 매도해 버렸다.

샤는 더 이상 설득할 말이나 논리가 떠오르지 않았다. 나이틀리가 기운을 거두긴 했어도 쉽사리 움직이기도 힘들었다.

나이틀리는 샤를 바라보다 의미 모를 미소를 지었다.

"그래, 이제 순순히 나의 조건을 받아들이겠느냐?"

"조건을 받아들인다면 당신의 이름을 사용하는 것을 허락하시는 겁니까?"

"그래, 그 정도로 절실한 것이냐? 좋다! 단, 조건을 한 가지 바꾸어야겠다! 네 정확한 정체를 알기 위해 너의 머릿속을 들여다보려고 했는데, 이제 너의 정체를 알았으니 그럴 필요가 없을 것 같구나! 대신 매년 만들어내는 도자기 중 가장 뛰어난 것을 나에게 가져와야 한다! 할 수 있겠느냐?"

그런 드래곤 나이틀리는 그동안 샤의 모습을 지켜보고 있었다.

그리고 샤에게 물어보고 싶었다. 진정한 정체를 알고 싶기도 하였지만 자신의 행동 하나하나가 세상을 어떻게 바꾸게 될지 알고 있는지, 그리고 경고해야 한다는 생각을 한 것이다.

만약 세상을 지배할 마음을 품고 있다면 분명 중간계를 파멸로 몰고 갈 수도 있고, 다른 개인의 힘을 얻으려 할 것이라 생각한 것이다.

그것만이라도 하지 못하게 미리 경고해야 한다고 생각한 것이다. 나이틀리 본인도 왜 샤에게 끌리는지 모르지만, 분명 샤에게 끌리고 있었다. 그래서 샤를 어둠과 손잡게 하지 않게 하기 위해 나서는 것인지도 몰랐다.

샤는 갑자기 허탈한 기분이 들었다. 이 정도라면 이곳까지

와서 이 고생을 할 필요도 없었을 것이다. 너무 황당한 샤였다.

"네. 그야 물론 해드려야지요."

"그래, 그리고 갈 때 제조 비법도 파우누스에게 말해주고 가거라. 아, 그리고 내가 왜 너를 그냥 보내주는지 아느냐? 네가 너의 그 알량한 능력으로 처음부터 병기를 만들고 분란을 만들려고 했다면, 넌 벌써 다음 환생을 했어야 할 것이다. 하나 네가 중간계의 추를 흔들지 않을 것이란 확신이 들었기에 너를 살려주는 것이다. 앞으로 넌 이 세계에 살면서 절대로 다른 계의 힘을 불러들이지 않길 바란다. 그것만 지켜준다면 딱히 너에게 제재를 가하거나 하는 일은 없을 것이다."

"네, 명심하겠습니다."

나이틀리는 샤의 대답을 듣고 들어왔던 문을 통해 다시 사라졌다. 샤는 나이틀리가 사라지자 허탈해서 그 자리에 주저앉았다. 그리고 약간의 시간이 흐르자 파우누스가 들어왔다.

샤는 일어나 파우누스에게 도자기 제조법을 적어주고는 들어왔던 길로 다시 나왔다. 나오면서 샤는 머릿속이 복잡하게 돌아갔다. 우선은 계획했던 일 중 한 가지를 해결한 샤였기에 그나마 위안을 삼고 엘프하임으로 향했다.

─샤! 샤! 샤! 괜찮아? 그 녹색 도마뱀이 우리 샤에게 뭔 짓을 한 거야?! 샤! 왜 말이 없어?!

샤는 데이지의 반가워하는 행동에 어떤 대답도 하지 않았다. 그럴 기분이 아닌 것이다. 너무도 강한 존재와의 만남을 갖고서 허탈함과 함께 자괴감이 들었다.

그동안 자신의 행동이 어떠했는지를 심각하게 생각하게 되는 기회인 것 같았다. 나이틀리의 말이 모두 맞는 것 같았다.

자신의 알량한 능력으로 세상을 변화시킨다는 것이 어쩌면 세상을 더욱 혼란스럽고 힘들게 만들 수도 있다는 생각이 들었다.

그렇지만 엘프하임에 도착해 슈비나와 일행을 데리고 플레이르에 도착하자 언제 그런 생각을 했는지도 잊어버리고 다시 일에 몰두하기 시작했다. 이제는 카트나 제국의 황제와 담판을 지어야 했다.

'그런데 다른 계의 어떤 힘을 불러들이지 말라는 거야? 마왕이라도 소환할 거라고 생각한 건가?'

샤는 플레이르에 도착하자 하루를 쉬고는 다음날 각 부의 장관들과 월리를 불러 회의에 들어갔다.

샤는 회의에 소집된 인원에게 나이틀리와의 이야기를 간략하게, 자신에 관한 이야기는 대충 둘러서 넘어가며 급작스런 변화에 경계를 보였다는 정도로 말을 돌려서 말했다.

"그래서 나이틀리의 말은 다른 계의 존재를 끌어들이지 말라는 경고 같았소. 자, 이제 카트나 제국의 황제와 접촉하는 일만 남았는데, 이 일은 월리가 맡아서 해줄 것이라 생각하오. 월리, 이것에 대해 생각해 둔 것이 있다면 이야기해 보게."

"네, 전하. 제가 생각해 보건대 도자기에 관한 모든 것은 카트나 제국하고만 알고 넘어가야 할 사항 같습니다. 필립 공국이나 심지어 록트 왕국에도 알리지 않는 것이 좋겠습니다. 최대한 은밀하고 비밀리에 진행되어야 할 것이며, 일이 성사된 뒤에도 카트나 제국과 최대한 가까운 이동로를 찾는 것이 중요할 것 같습니다."

월리의 말은 최대한 조심하자는 말이었다. 조심해서 나쁠 건 없다고 생각하는 샤였다.

"모국인 록트에도 알리지 말자? 하긴 모국이긴 해도 현재는 엄연히 다른 국가이니까. 그건 그렇다 치고, 도자기를 카트나 제국에서 만들어지는 것으로 알려야 한다고는 하지만 그래도 나중을 위해 도자기 밑에 우리들만 아는 표식은 해야겠소. 그리고 이동로는 아직 카트나 제국과 어떤 합의된 사항도 없으니 그 결과를 보고 준비하도록 합시다. 너무 서두르지 맙시다. 서두르다 보면 일을 그르칠 수도 있으니."

"네, 전하. 명심하겠습니다."

"하면 월리가 카트나 제국으로 가서 제국의 황제를 만나 협상하고 오도록 하시오. 그리고 협상이 잘 해결되면 제국의 수도에 거점을 확보하는 것을 잊지 말도록 하게."

"네, 전하."

"그건 그렇게 하기로 하고, 다른 안건은 없소?"

샤가 다른 안건에 대해 묻자 가만히 있던 슈비나 장관이 뭔가 결심이 선 듯 나섰다. 미리 윌리와 말을 한 내용이었는데, 이동로에 관해서였다.

"전하, 제가 드릴 말씀이 있습니다. 예전 이곳에 대영주들이 있을 때 현재의 노토 시 밑으로 필립 공국의 수도로 가는 가까운 길이 있습니다. 이곳에서 돌아서 록트 왕국을 거쳐 필립 공국의 수도로 가면 석 달 가까이 걸리지만 노토 시 밑 산맥으로 넘어서 가면 한 달도 걸리지 않아 필립 공국의 벨라 시와 바로 연결되는 길이 있습니다. 그 길을 다시 복구하는 것은 어떻습니까?"

"아, 그런 길이 있소? 그럼 그 길을 복구한다면 많은 도움이 될 것이오. 한데 인력이 없으니……."

지금 플레이르 공국에는 가장 큰 문제가 바로 인력이었다. 현재 상태로만 간다면 큰 문제가 없겠지만, 군을 양성한다든지 새로운 사업을 시작한다든지 하는 큰 공사를 하려면 절대적으로 필요한 것인데, 엘프와 드워프까지 모두 합해도 만 명이 안 되었다. 더군다나 엘프야 엘프하임으로 따로 자신들의 거주지가 있으니 이름만 공국의 백성이지 사실 데려다가 부려먹을 수도 없었다.

인력을 늘리는 방법을 아무리 고심해 봐도 록트 왕국에서 지원받거나 노예를 사 오거나 둘 중 하나인데, 둘 다 문제가 있었다. 그렇지 않아도 사람이 없는 록트에 손을 내미는 것도 문제고, 한 명에 50실버 정도 하는 노예를 샤가 가진 돈으로

사 오는 것도 한계가 있었다. 이야기를 듣던 해리슨 공산부
장관이 말을 꺼냈다.

"전하, 노토 시에서도 인력이 부족하여 광산 채굴에 많은
어려움이 있습니다. 하여 그곳도 증원이 필요합니다."

샤는 어쩔 수 없이 급한 대로 노예라도 사와야 할 것 같다
고 결론을 내렸다. 이제 자리를 잡은 사람들을 다시 옮길 수
도 없으니 그 방법을 써야 할 것 같았다.

"그래? 그렇다면 당장은 노예라도 사와야 할 것 같소. 얼마
간의 돈을 내줄 테니 파렐 경은 그레그 경에게 윌리가 카트나
로 떠날 때 기사들을 데리고 가서 노예를 돈이 되는 대로 구
해오라고 하시오."

"네, 전하."

샤는 이제 도자기 장사가 잘되기를 바랄 수밖에 없었다. 가
진 돈이 그렇게 많지 않았다. 록트에서 지원해 주는 돈과 샤
가 가지고 있던 돈이 거의 떨어져 가고 있었다.

인구는 적으나 국가가 갖추어야 할 것은 대부분 갖춰야 하
기에 생각했던 것보다 돈이 너무 많이 들어갔다.

"아, 그건 그렇고, 윌리가 아직까지 특별한 직책이 없으니
떠나기 전에 공국의 정보원장으로 서임하고 작위는 한 부서의
장이니 백작의 위를 내리겠소. 물론 모두 알겠지만, 공국의 작
위는 명예 작위라는 것을 다들 알고 있을 것이오. 윌리도 알아
두시오. 작위는 줘도 봉토는 없소. 매달 급여만 지급될 것이

오. 다른 각 부의 장관들도 그러니 너무 섭섭해하지 마시게."

"전하, 아니옵니다. 전하의 은혜에 보답하기 위해 이 목숨 바쳐 공국을 위해 뛰겠습니다."

"그래, 열심히 해주시길 바라겠소."

며칠이 지나고 월리의 작위 수여식을 간소하게 하고 월리와 제피로스 기사단의 부단장인 그레그가 팔십여 명의 인원과 도자기를 가지고 카트나 제국을 향해 떠나고 있었다.

여기에 몇몇의 엘프와 노토스 기사단도 동행했는데 슈비나가 말한 새로운 길을 통해 가면서 길의 상태도 점검하고, 노토스 기사단을 보내 최소한 사람이 다닐 수 있는 길을 만들라는 샤의 명령을 수행하기 위해서였다.

"월리 경, 수고해 주게."

샤는 또 당부했다. 월리가 잘해주기만 한다면 공국의 발전에 큰 도움이 될 것이다.

일행이 공왕성을 떠나자 시끌벅적했던 곳이 순간 조용해지는 듯했다. 샤는 보레의 상황이 어떻게 돌아가는지 궁금하여 보레로 가보기로 하였다.

이제 일이 잘 풀리면 더 많은 가마와 숙련된 공인이 많이 필요할 테니 미리 준비를 해야 했다.

공왕성을 떠난 월리 일행은 노토 시를 거쳐 동남쪽으로 내려가고 있었다. 내려가면서 길 중간중간에 이정표를 세워 표시를 하고, 앞을 막는 것들을 치워갔다. 도저히 일행의 힘으로 치울 수 없는 것은 돌아서 가는 중이라 생각보다 시간이 많이 걸렸다.

아무리 한 사람 겨우 다닐 수 있는 길을 만든다고 하여도 그것이 쉽지만은 않았다. 많은 사람이 안전하게 다닐 수 있는 길을 만들려면 많은 인력과 장비를 동원해서 길도 넓히고 장애물도 치우고 해야 했지만, 당장은 좁은 길이라도 만들어보라는 샤의 명령에 고생을 하며 길을 대충 만들어가고 있는 것이다.

그렇게 길을 만들어가며 움직인 윌리 일행은 공왕성을 떠난 지 두 달이 넘어서야 필립 공국의 벨라 시 근처까지 갈 수 있었다. 확실히 빠른 길이었다. 록트 왕국을 통해 돌아서 왔다면 한 달이 더 걸렸을 것이다.

"이제 우리는 다시 길을 점검하고 사람이 다닐 수 있게 정비를 하며 돌아가겠소. 아무쪼록 모든 일을 잘 마치시고 돌아오길 바라겠소."

"네, 단장님. 그동안 고마웠습니다."

노토스 기사단 단장이 이제 자신들은 더 이상 갈 일이 없으니 뒤돌아간다고 하고 떠나갔다. 노토스 기사단과 엘프들을 보내고 일행은 하루를 더 움직여 필립 공국의 수도 북쪽에 있는 벨라 시로 들어설 수 있었다. 벨라 시는 수도와 가까운 시라서 그런지 3만여 명이 넘어가는 중급의 도시였다. 도시의 안쪽으로 들어간 일행은 여관을 잡고 하루를 쉬며 그동안 쌓인 피로를 풀었다.

"백작님, 그런데 노예를 어디로 가야 싸게 구합니까? 그리고 가격은 어느 정도 선으로 해야 하는지 아십니까?"

그레그는 이제 백작이 된 윌리에게 존대를 하며 노예 구입에 관해 묻고 있었다.

"아, 그레그 경. 그것을 아직까지 내가 이야기해 주지 못했군요. 노예는 필립 공국의 수도에서는 살 수가 없습니다. 노예 시장이 수도에서는 안 열립니다. 이대로 밑으로 3일 거리에 있는 세라노 시에 가면 그곳에 노예 시장이 있습니다. 본래 노예 가격은 농번기가 끝나는 겨울철이 가장 싼데, 지금이야 급하니 젊은 노예는 최하 50실버나 55실버는 주셔야 할 겁니다. 제 생각에 전하께서 백성의 수를 늘리는 것을 염두에 두고 하시는 일이니 웬만하면 가족 단위로 구하셔야 할 것 같습니다. 그것이 안 된다면 남녀 숫자를 어느 정도 맞춰서 구하는 것도 좋은 방법일 겁니다."

"그렇군요. 그런데 그 방법 말고는 사람 구할 방법이 없을까요?"

그레그는 이렇게 큰돈을 들여가며 백성을 꼭 사와야 하는 방법 말고는 다른 방법이 정말 없는지 궁금해서 물어본 것이다.

"전쟁이라도 한다면 여기저기 난민이나 고아들이라도 있 겠지만 지금이야 평화 시기이니 뾰족한 수가 없지요."

"네, 지금으로선 이 방법밖에 없군요."

"너무 그렇게 아까워하지 마세요. 조만간 일이 잘 풀리면 그 정도 돈은 아무것도 아닐 겁니다."

"네? 무슨 좋은 방법이라도 있습니까?"

"뭐, 그런 것이 있습니다."

하루를 쉬고 그레그는 일단의 기사와 병사들을 상인과 용 병으로 위장시켰다. 남의 나라에 들어왔는데 무장한 기사와 병사가 그냥 돌아다닐 수는 없었느니 어쩔 수 없었다.

그들을 데리고 노예 시장을 찾아 세라노로 떠나고 윌리는 카트나 제국을 향해 출발했다. 그레그는 세라노 시로 들어서 자 자리를 잡고 노예 시장으로 향했다.

샤가 노예를 사 오라고 준 돈은 1천 골드였다. 다음 록트의 지원금이 오기 전까지 들어가는 돈을 남기고는 모두 챙겨서 준 것이다.

이 거금은 모두 노예를 사는 금액으로 쓰라고 준 것인데, 이 돈을 모두 노예를 산다면 천오백 명 정도의 노예를 구입할 수 있는 거금이었다.

아마도 샤가 이 돈의 가치를 제대로 모르고 준 것 같다고 그레그는 생각했다. 그러나 어쩌겠나. 시키면 시키는 대로 해야지. 노예를 구하여 오라니 구하러 온 것뿐이다.

"이런, 너무 복잡해서 어디서 구입해야 할지 감이 안 오는구먼."

노예 시장은 매우 복잡했다. 여기저기서 단을 만들어 노예를 보여주고 경매하는 방식으로 파는 곳도 있고, 정해진 가격만을 받는 곳도 있었다. 특이한 곳은 성노로 젊은 여성들만 파는 곳도 있었는데, 그레그는 그 모습을 보고는 인상을 찌푸렸다. 딱히 그레그가 성인군자라서 그런 것이 아니라 너무 어린 아이들이 있어서였다.

"허, 참나. 이곳은 정말 내가 살던 세상과는 거리가 먼 곳 같군."

"그러게 말입니다. 록트에 있을 때는 상상도 못했던 모습이군요. 이렇게 많은 노예가 거래가 이루어지고, 저 어린 여자 아이들까지 성노로 팔리는 것을 보면 누군가는 산다는 것이겠죠?"

"그렇겠지……."

그레그는 일행과 대화를 하며 노예 시장을 둘러보고는 숙소로 돌아와 고민해야 했다. 생각했던 것과 노예 시장이 너무 달랐기 때문이다.

노동력이 될 만한 젊은 남자들은 별로 나오질 않고 젊은 여성과 어린아이들이 주를 이루고 있었기에 어찌해야 할지 감을 잡을 수 없었다.

모두 젊은 남자로 데려갈 필요는 없지만 당장 노동력이 부족해 노예를 구하러 온 것이기에 더욱 곤란했다. 그렇게 고민하고 있을 때 기사 중 한 명이 그레그에게 말하였다.

"부단장님, 혹시 이곳 영주인 글렌 하워튼 세라노 백작의 부인이 공왕 전하의 이모님이 되신다는 것을 아십니까? 본래 하워튼 시였다가 공국의 2공주와 결혼하면서 당시 공주의 이름인 세라노의 이름을 따서 도시 이름을 세라노라고 바꾸었다고 들었는데요. 그렇다면 이곳의 영주 부인께서 공왕 전하의 이모님이 되시지 않습니까?"

"그런가? 그런데 왜?"

"그러면 공왕 전하가 록트에서 여러 사업을 하시는 것을 이곳에서도 알고 있을 테니, 필요한 노예를 구입하고 싶어서 왔다고 설명드리고 부탁을 좀 해보면 어떨까요?"

"영주 부인에게?"

"뭐, 꼭 영주 부인이 아니더라도 사사로이는 이곳 영주도 공왕 전하의 이모부님이 되시지 않습니까? 그러니 공왕 전하가 보내서 왔다고 하면 만나는 줄 것 같은데요."

그레그는 기사의 말을 듣고는 곰곰이 생각해 보았다. 어느 정도 가능성은 있어 보였다. 아무래도 이곳 영주가 도와준다면 큰 도움이 될 것이다.

하나 샤가 보냈다면 하다못해 부탁하는 편지라도 있어야 하는데 그것도 없었다. 무작정 샤가 보냈다고 하면 그걸 믿어주겠는가.

그레그는 어떤 결심이 섰는지 다음날 노예 시장에 나온 젊은 남녀 노예 오십여 명을 사서 기사와 병사 몇을 딸려서 새로 찾아낸 길을 통해 플레이르로 보냈다. 그 기사에게 샤에게 전해줄 편지를 들려서 보냈다.

윌리 일행은 필립 공국을 떠나 카트나 제국의 수도로 들어서고 있었다. 수도에 도착한 윌리는 제국의 국방 대신인 오스카 공작에게 비밀리에 연락을 넣었다.

"제국의 기둥이신 오스카 폰 로이엔탈 공작 전하를 뵙니다."

"그래, 자네, 오랜만이구먼. 이번엔 또 무슨 일로 이 먼 걸음을 했는가?"

윌리는 오스카 공작과 인사를 하고 주위를 둘러보고는 말하지 않았다.

굉장히 비밀스러운 이야기를 해야 한다는 표정이었다.

그 모습에 오스카 공작이 주위의 시녀와 시종들을 밖으로 내보냈다. 윌리는 사람들이 모두 나가자 가져온 보따리를 공작 앞으로 내밀었다.

보따리를 풀자 비취색의 자기와 하늘빛 투명한 자기, 그리고 우윳빛의 맑은 빛이 나는 그릇들이 들어 있었다.

"오호! 아름답구먼! 이것은 무엇인가?"

"네, 전하. 도자기라고 불리는 것이옵니다. 이번에 록트의 개발자들이 개발한 것입니다."

"개발했다? 그러면 이것을 무엇으로 만들었는가?"

"그것에 대해서는 자세히 모르지만 특별한 흙과 여러 가지 약품이 들어간 것으로 알고 있습니다."

"그래? 하면 이러한 도자기를 얼마나 만들어낸다는 말인가?"

공작은 도자기의 아름다움에 빠져 도자기에서 눈을 떼지 못하고 있었다. 눈은 도자기에 둔 채 윌리에게 계속 질문을 던졌다.

"아직은 소량이지만 앞으로 점점 더 많은 양을 만들어낼 것 같사옵니다. 하여 이것을 제국과 이웃한 왕국에 팔아보려고 이렇게 가져왔습니다."

"그래? 그러면 팔면 되지 그것에 허락을 받을 필요가 있나? 허락이야 각 지역의 영주들에게 받으면 되지 않나? 이 정도 물건이면 어떤 영지에서도 마다하지 않을 것 같은데?"

"그것이 록트의 사정상 록트에서 만들어낸다고 나서서 말할 수가 없습니다. 그래서 이렇게 공작 전하의 도움을 얻고자 달려왔습니다."

"흠, 생각해 보니 그렇구먼. 간악한 아벨이나 그리니치에서 내버려 둘 것 같지 않구먼. 하면 어찌 도와달라는 말인가?"

공작은 월리를 보며 뭘 도와줄까 하는 표정으로 쳐다봤다.
월리는 이제부터가 시작이라는 생각에 긴장되어 숨을 한 번
들이키고는 말을 이어갔다.

"이 도자기를 제국에서 만들어 파는 것으로 했으면 합니
다. 그리해 주신다면 이익금의 일부를 제국과 공작 전하, 그
리고 황제 폐하께 드릴 수 있어 저희 록트에서도 그동안의 은
혜를 갚을 수 있는 기회가 될 것입니다."

"제국에서 만들어 파는 것으로 알리자? 그럼 우리 집안이
나 황제 폐하의 직영지에서 만드는 것으로 하자는 말인가? 허
허, 글쎄, 그것은 나 혼자 결정할 문제는 아닌 것 같은데…….
이 문제는 폐하께 직접 아뢰어 결정할 문제네. 수도에 잠시
머무르면 내 황궁에 들러 폐하께 아뢰어보겠네."

우선은 황제와 상의해 본다는 오스카 공작의 말에 월리는
이제 다 되었다고 생각했다. 그리고 황제에게 들어갈 때 가져
가려고 따로 싸온 보자기를 하나 더 공작에게 건넸다.

"이것은 제국의 태양이신 황제 폐하께 드리는 록트의 성의
입니다."

"흠, 그래. 내 잘 전달하도록 하겠네. 뭐 또 전할 말이 있는
가?"

월리는 아무도 없는 주위를 둘러보고는 공작에게 가까이
다가가 조용히 말했다.

"전하, 이것은 정말로 극비 중의 극비이옵니다. 사실은 이

것을 개발하고 만들고 있는 사람이 티러스 산맥 안쪽에 사는 키이라 나이틀리라는 그린 드래곤으로, 지금 유희 중인 사람입니다. 그래서 그가 유희를 끝내기 전에는 어디에도 이것에 관한 제조법이나 누가 만드는지에 대한 사항을 발설하거나 알려줄 수 없습니다. 저희 또한 마음대로 할 수가 없습니다. 물론 사람으로 유희 중이라 특별하게 이상한 모습을 보이지는 않습니다만, 내다 판다는 것은 어찌 조심스럽게 허락을 받아 낼 수는 있었습니다. 하나 다른 것은 겁이 나서 말도 못 붙이고 있습니다. 사실 인간의 힘으로 이런 물건을 만들기 어렵지요. 아무래도 이번 유희는 새로운 것을 만들어내는 개발자로 유희 중인 것 같습니다. 저희도 이것이 개발되기까지는 몰랐으나 궁정마법사인 8서클의 대현자께서 은밀히 말씀해 주셔서 알았습니다. 절대로 아는 척하지 말라고 당부 또 당부했지요. 유희 중인 것을 알면 알고 있는 사람을 모두 죽이고 떠난다고 하니……. 그러니 전하께서도 황제 폐하께만 은밀히 말씀하시고 보안에 신경 써주시기 바랍니다."

월리의 말을 듣고 있던 공작은 눈이 점점 커지며 아무도 없는 주위를 두리번거리며 극도로 조심하는 행동을 보였다.

"오호! 그런 일이 있는가? 그렇다면 더욱 조심해야겠구먼. 만약에라도 이 일이 밖으로 누설되면 큰 화를 당할 수도 있음이야. 역시 드래곤 정도 되니까 이런 것을 개발했겠지. 그렇지 않으면 인간으로 어찌 이런 아름다운 물건을 만들어낸단 말인가? 내 그 말은 잘 알아들었네. 걱정하지 말게."

"네, 전하. 그러면 황제 폐하께 잘 아뢰어주시기 바랍니다. 전 이만 물러가 부르심을 기다리고 있겠습니다."

윌리는 공작의 저택을 나와 숙소로 와서 한참을 웃어야 했다. 그 근엄한 공작이 두 눈을 깜빡거리며 자신의 거짓말에 매우 심각한 표정으로 대답하는 것을 보며 속으로 얼마나 웃었는지, 자신이 평소에 알던 공작이 아니었다.

그 시간, 그레그는 샤의 편지를 들고 온 기사를 데리고 영주성으로 가고 있었다.

영주성에 도착하자 영주성을 지키는 병사를 통해 우선은 영주 부인에게 편지를 전하게 했다. 록트 왕자의 인장이 찍혀 있는 그 편지에는 샤가 개발을 하는 데에 사람이 필요하니 이모님이 좀 도와달라는 내용과 안부를 묻는 내용이 적혀 있었다.

아직은 세상에 플레이르 공국의 대해서 말할 수가 없으니 어쩔 수 없이 밖에서는 록트의 왕자로 행세해야 하고, 기사들도 록트 왕자의 개인 호위기사로 행세해야 했다. 얼마간의 시간이 지나자 병사가 나와서 그레그와 기사를 안으로 데리고 들어갔다. 영주 관저 안에 손님을 맞이하는 접빈실 안으로 안내되어 들어가자 세리노 공주가 기다리고 있었다.

"록트의 기사 그레그가 사월의 장미보다 아름다우신 필립의 공주시며 세리노의 영주 부인을 뵈옵니다."

"오! 그래요, 그레그 경. 먼 길 오느라 수고했소. 그래, 편지를 보니 모두들 잘 지내고 있는 것 같은데 나의 조카인 록트의 2왕자는 또 무엇인가를 개발하려고 하는가 보오. 이곳 필립 공국에서도 샤가 만들어낸 상품들이 많이 소비되고 있다고 하던데, 그 아이의 능력이 대단하군요."

"네, 공주 전하. 아마도 플레이르 여신님의 가호가 있나 보옵니다. 왕자님의 노력으로 록트의 많은 백성들의 삶이 나아지고 있습니다. 하여 이번에 새로운 것을 하시고자 하시는데, 공주 전하께서도 아시는 것과 같이 록트는 사람이 없는 곳이라 이렇게 실례를 무릅쓰고 도움을 청하고자 찾아왔습니다."

그레그는 말을 잠시 중단하고 따라온 기사가 가지고 있는 상자를 열어 샤가 보내준 마노석으로 만든 장신구와 다기 세트 등을 세리노 공주 앞으로 내밀었다.

"이것은 왕자님께서 직접 찾아뵙지 못해 송구하시다고 드리는 미안함의 선물이옵니다. 너무 약소하다 여기지 마시고 받아주시옵소서."

"오! 아름답군요. 보아하니 그 귀하다는 마노석 같은데 이런 비싼 물건을 이모를 위해 보내주다니⋯ 그레그 경은 돌아가거든 이모가 고맙게 잘 받았다고 전해주세요."

"네, 공주 전하."

"그리고 부탁한 그 일은 이곳의 영주이신 부군께서 결정할 일이니 내가 잘 말하여 드리겠습니다. 돌아가 계시면 사람이 찾아갈 겁니다."

"네, 공주 전하. 저희는 돌아가 좋은 소식을 기다리고 있겠습니다. 편히 쉬소서."

영주 관저를 나와 숙소로 돌아온 그레그는 사람이 오길 기다리며 따분한 시간을 보내고 있었다.

"그런데 그 마노석으로 만든 장신구와 다기는 어찌 그 깐 깐한 푸기 영감에게서 받아냈나?"

그레그는 마노석으로 만든 장신구와 다기가 푸기에게서 나온 것을 알고는 돈도 없는 샤가 어떤 방법으로 구해줬는지 궁금했다.

"아, 그거요? 술이요."

"술? 무슨 술?"

"수도에 양조장을 만들고 있습니다. 그래서 앞으로 그 술을 마음껏 마시게 해주고 다달이 일정량의 마노석으로 만든 장신구나 용품을 받기로 했습니다."

"그렇군. 그건 그렇고, 여기서 노예를 구하면 어디에다 정착시킨다고 하나?"

"그건 노토에 우선 배정하고 노토 밑으로 새로운 마을을 만든다고 합니다. 길을 넓히는 데 투입된다고 한 것 같습니다. 앞으로 공국이 크면 클수록 여기나 제국으로 빠르고 안전한 길이 필요할 테니 언젠가는 하긴 해야겠죠. 그리고 공국이

크는 데도 도움이 될 테니까요.”

“그럼 돌아가면 길 만드는 일에 투입될라나? 이거 수련은
언제 하나.”

“그건 노토스 기사단이 할 것 같습니다.”

“그러면 다행이고.”

그렇게 무료한 시간을 잡담을 하며 보내고 있을 때 영주성
에서 사람이 나왔다. 영주성의 집사라는 사람은 오자마자 어
떤 사람이 얼마나 필요하며 가진 돈이 얼마냐고 물었다. 그래
천 골드 정도 있다고 하자 놀란 눈으로 영지를 새로 만들 거
냐고 되묻고는 사라졌다. 다음날이 되자 그 집사라는 사람이
와서 다시 면담을 했다.

“에… 한번에 그 많은 인원은 곤란합니다. 그래서 나눠서
구해드렸으면 하는데 괜찮겠습니까?”

“네, 어쩔 수 없죠. 그럼 나눠서 벨라 시까지만 보내주시면
벨라 시에서부터는 저희가 알아서 데리고 가겠습니다. 항상
벨라 시에 기사 몇 명을 대기시켜 놓을 테니 그곳으로 보내주
시면 됩니다.”

“그래요? 그러면 좀 편하겠군요. 그러면 언제까지 인원을
보내드려야 합니까?”

“저희도 많은 인원을 데려가려면 준비가 필요하니 벨라 시
에 가서 준비가 되는 대로 연락을 넣겠습니다. 그러면 그때부
터 보름이나 한 달 주기로 사람들을 보내주시면 저희가 데려

가도록 하겠습니다."

"그럼 그렇게 하도록 하죠."

구해줄 사람은 가족 단위의 노예로 부탁했고, 가격은 부부 한 쌍에 1골드, 성인이 안 된 자식들은 30실버, 성인이 된 자식은 50실버에 합의를 하고 노인은 무상으로 받기로 했다.

그렇게 일이 끝나자 그레그는 벨라 시로 이동해서 자세한 내용을 편지에 적어 샤에게 보냈고, 샤는 편지를 받자 노토스 기사단과 제피로스 기사단을 보내서 노예들을 데려오는 일을 시켰다.

제국에 있는 월리는 황제가 자신의 직영지에서 생산하여 파는 것으로 하라는 허락이 떨어지자 수도에 창고와 저택, 그리고 상점을 매입했다.

물론 가져간 돈이 없기에 공작의 보증으로 돈을 빌려서 사야 했다. 일을 마치고 사람을 보내 샤에게 일의 내용을 상세하게 적은 편지를 보내고 도자기를 판매할 거점을 만들었으니 도자기를 보내달라고 했다. 공작과 황제에게는 수익의 3할을 나눠 주기로 했다.

물론 판매한 양이나 수익은 판매하는 월리나 상단만 알고 있으니 적당히 쥐어주면 그런 줄 알 것이다.

"하하하! 일이 아주 잘됐구나! 이제 발판을 마련했으니 앞으로 공국이 발전할 일만 남았구나!"

"전하, 경하드리옵니다!"

윌리의 편지를 받은 샤는 각 장관들에게 회의를 소집하여 알리고 같이 축하를 하고 있었다.

"이제 그에 따른 준비를 해야 할 테니 모두 바빠질 것이오. 우선은 그레그 경이 기지를 발휘해 필립 공국에서 잘해주어서 다음 달부터는 노예들이 들어올 것이오. 이에 노토 시 밑에 새로운 마을을 만들어서 그곳에 정착하게 하고, 노예들이 들어오는 대로 도로 확장도 해야 할 거요. 또한 그 길을 당장은 외부에 알릴 수 없으니 다른 이들이 그 길에 접근치 못하도록 하는 방법도 강구해야 하며, 새로 만들어질 마을에 내다 팔 상품들을 적재할 창고도 만들어야 하오. 이런 준비 작업을 철저히 하여야 앞으로 공국을 발전시키는 데 걸림돌이 없을 것이오."

샤의 장황한 설명에 듣고 있던 대신들이 나서며 그에 대한 방안을 이야기하기 시작했다. 공산부 장관인 해리슨이 나서며 말하기 시작했다.

"신이 얼마간의 인원을 차출하여 새로 들어설 마을에 가서 노예들을 받을 준비를 하겠습니다."

"그래, 그렇게 하시오. 그리고 그곳의 이름은 음… 에그테르라 하시오. 그리고 가면서 노토 시에서 필요한 장비를 지원받아 가시오. 내 미리 연락을 해놓도록 하겠소."

"네, 전하."

“아, 그리고 노예들이 가족 단위로 들어온다고 하니 슈비나 장관도 그곳에 가서 가르침을 내려줄 사람을 알아보도록 하시오. 미리 준비해야 할 거요.”

“네, 전하. 미리 준비하고 있겠습니다.”

샤는 주위를 둘러보며 사람들을 한 명씩 바라보았다. 제일 중요한 도자기를 가지고 카트나 제국의 수도까지 가야 할 인원을 정해야 하는데 마땅한 사람이 없었다.

“카트나 제국의 수도까지 도자기를 가지고 운반해야 하는 일이 어떻게 보면 가장 중요한 일인데, 그것은 어찌했으면 좋겠소?”

가만히 돌아가는 것을 듣고만 있던 파렐이 나섰다.

“전하, 그것은 처음이고 또한 중요한 일이니만큼 신이 에우로스 기사단을 상단으로 위장시켜 갔다 왔으면 하옵니다.”

“그래요? 파렐 경이 직접 갔다 온다면 믿을 수는 있겠지만 어찌 공국의 국방장관을 보낼 수 있겠소.”

“전하, 이번 일보다 중요한 일이 어디 있겠사옵니까? 저에게 소임을 맡겨주신다면 최선을 다해서 임무를 완수하겠습니다.”

“그렇게까지 말씀하시니 알겠소. 그럼 그 일은 파렐 경이 직접 나서주기 바라오.”

“네, 전하.”

회의를 끝내고 샤는 다시 보레로 향했다. 이제는 정말로 도자기를 제대로 생산해야 하기에 마지막 점검과 준비를 해야 했다.

나무 상자를 만든 후 충격에 깨지지 않도록 건초를 천으로 만든 주머니를 안에 넣어서 도자기의 주변에 둘러줬다.

도자기의 모든 바닥에는 플레이르라고 이름을 새겨 넣었는데, 그것은 당장에는 밝힐 수 없지만 나중을 위해 넣은 것이었다. 언젠가는 자신들의 이름으로 당당하게 팔 수 있는 날을 기대하면서 말이다.

『록트리온』 2권에 계속

잠들어 있던 거대한 공룡, 중국이 깨어나고 있다!

세계의 중심으로 우뚝 부상하고 있는 중국.
그들을 알지 못하고서 어찌 글로벌 시대에
경쟁력을 갖췄다 할 수 있겠는가.

한 권으로 끝나는 중국 고전 시리즈

한 권으로 끝내는 중국 고전 길라잡이

■ 모리야 히로시 지음 / 장선연 옮김 | 값 12,000원

각 세계의 지도자들에게 지침서로 읽혀온 명저에서 핵심만 추출해 낸 입문자를 위한 실천적 고전 안내서!

한 권으로 끝내는 축축 전국 처세술

■ 마츠모토 히로시 지음 / 김미선 옮김 | 값 12,000원

예측 불허의 변수 속에 풍랑을 만난 조각배처럼 표류하는 현대인들에게 등대가 되고 나침반이 될 처세술의 비전!

한 권으로 끝내는 중국 고전 언행록

■ 미야기타니 마사미쓰 지음 / 연주미 옮김 | 값 12,000원

자기 계발과 경영 전략등 현대 생활에 도움이 되는 내용을 명쾌하게 풀어낸 이 책은 지적 자극이 넘치는 최고의 실용서이다.